JN252979

Welcome to Nowhere

はるかな旅の向こうに

エリザベス・レアード 作
Elizabeth Laird
石谷尚子 訳
Hisako Ishitani

評論社

WELCOME TO NOWHERE

by Elizabeth Laird

First published 2017 by Macmillan Children's Books
an imprint of Pan Macmillan,
a division of Macmillan Publishers International Limited.

Japanese translation published by arrangement with
Macmillan Publishers International Ltd
through The English Agency (Japan) Ltd.

装画／城芽ハヤト
装丁／川島 進

はるかな旅の向こうに

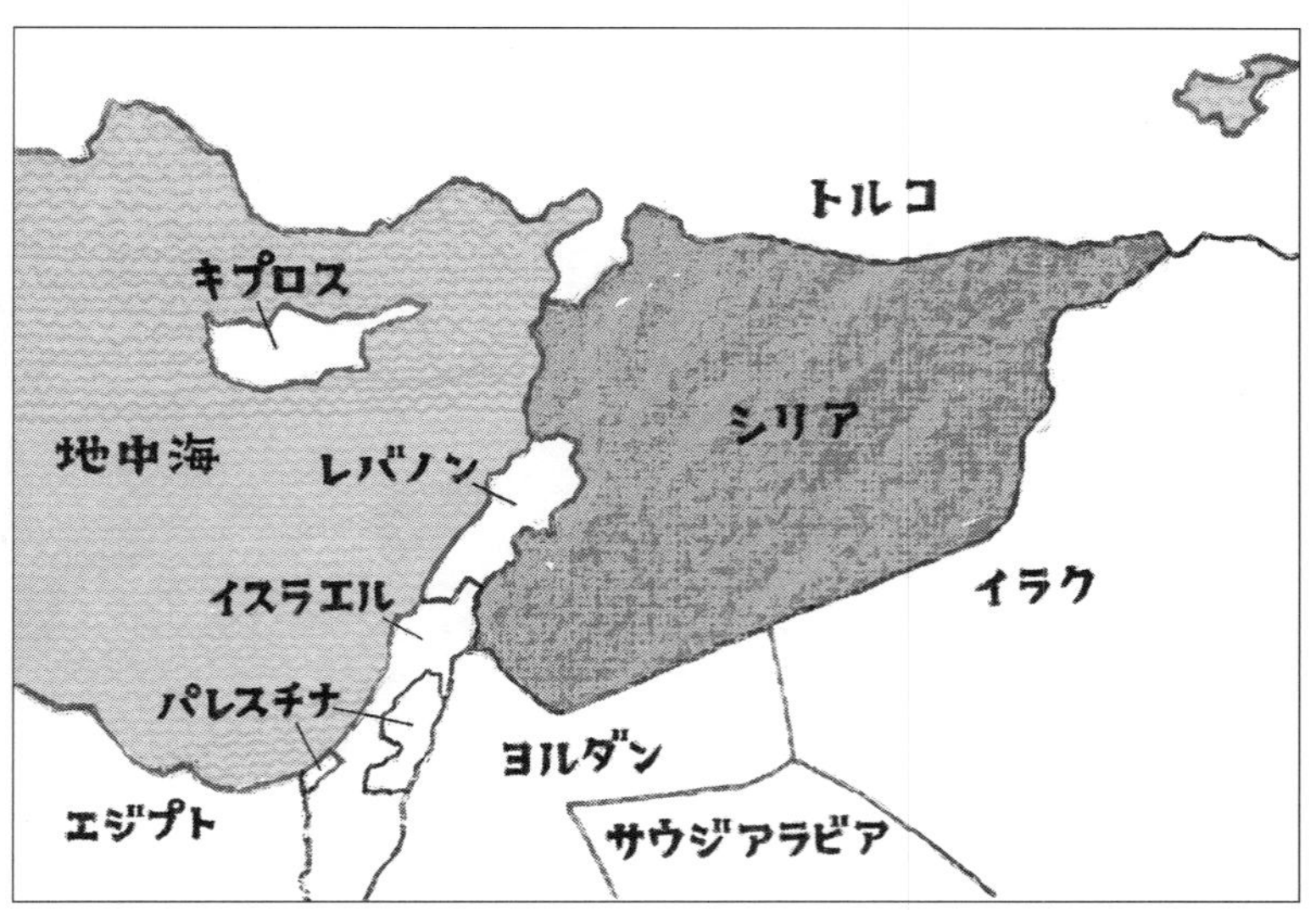
トルコ
キプロス
シリア
地中海
レバノン
イラク
イスラエル
パレスチナ
ヨルダン
エジプト
サウジアラビア

作者まえがき

シリアの内戦は、古い歴史がつまった美しい国土を、すみずみまで破壊しました。二〇一一年三月、ダルアーという南の町の高校生数人が、壁にスローガンを落書きしたのがきっかけでした。「政権崩壊が国民の願い」というスローガンです。

ちょうど中東のほかの国々で革命が起きていた時期でもあり、政府に緊張が走り、高校生たちに、きびしい処分がくだされました。逮捕、そして監獄での拷問。もともと血も涙もない政府に怒りを感じていた多くの人々が、こうした政府のやり方に反発し、デモやデモ行進に参加。政府は銃弾と逮捕で応戦し、死者が出るようにもなりました。さわぎは、ほかの町にも広がり、たちまち、国じゅうが内戦に巻きこまれてしまったのです。

その混乱に乗じて、過激で狂信的なイスラム教徒が新たな行動を起こすようになりました。欧米ではＩＳＩＳ（イスラム国）、中東ではダーイシュと呼ばれている人たちです。ＩＳＩＳの戦士はシリアとイラクの北部を征服し、世界じゅうでテロを起こしています。

本書『はるかな旅の向こうに』で語られる事件では、まだＩＳＩＳはシリアに顔を出していませんが、その残虐な思想を知ったら、ムサやオマルやその仲間たちは、どんなにかショックを受けることでしょう。

シリアでの混乱が生んだもうひとつの悲劇は、何百万人もの人々が、故郷を離れなければならなくなったことです。シリアの国民の半分が、シリアの国内や周辺の国々に避難しています。たとえばヨルダンでは、人口の六人に一人が、シリアからの難民です。

安住の地を求めて、ヨーロッパまで危険な旅を決行する人たちもいます。その中には、旅を乗り切って、家族や子どもたちのために、よりよい暮らしを築こうと努力している人たちもいます。しかし、なかには、いたましいことに途中で命を落とした人もいれば、ヨーロッパの国々で、こうした人たちを受け入れることへの不安が高まり、引き返さなければならなくなった人もいます。

二世代前の、第二次世界大戦のさなかにも、ヨーロッパでは数多くの人々が、故郷から逃げ出すことを余儀なくされました。でも、そういう人たちが悲惨な戦争を逃れ、新しい場所で落ち着くのを、手助けした人たちもいました。それはとても誇らしい記憶です。のちの人は、今の私たちをどう思うでしょうか。現在の難民のあつかわれ方を、どう見るでしょうか……。

第1章

1

ぼくの故郷は、キラキラとかがやいている。かがやいていた、と言ったほうがいいだろう。シリアの町、ボスラ。そんなに大きくないから、迷子（まいご）になる心配はない。町のまんなかには、ローマ時代のでっかい遺跡（いせき）がある。遺跡には、道路、寺院（じいん）、劇場、なんでもそろっている。以前は、ボスラを見ようと旅行者が世界じゅうからやってきた。そんなお金があったら、ぼくならドバイとか、ニューヨークとか、ロンドンに行く。べつに歴史オタクってわけでもないし。

今思うと、ボスラで暮らしていた日々は、夢（ゆめ）のようだ。何もかもがふつうで、平和そのものだった。父さんは、観光局で働いていた。つまり政府の仕事。家事は母さんが一手に引き受けていた。ぼくは、学校のほかに二つの仕事をしていたので、一日じゅういそがしく、時間に追われていた。

朝五時から七時は、アリおじさんがやってる金物屋での仕事。そのあと午後一時まで学校。

家で大急ぎでお昼を食べて、今度は従兄のラソールと遺跡で働く。

ラソールといっしょにいるときが、一日でいちばんいい時間だ。古いローマ劇場のすぐそばで、みやげ物屋をやっているラソールは、ぼくにとって、世界でいちばん、すばらしい人。二十歳で、おもしろくて、ハンサム。スポーツのことなら知らないことはないし、持ち物は最新式。ああいう大人になりたいなあって、思ってた。

ぼくの仕事は、旅行者を店に呼びこむこと。遺跡までずらーっと並んでいる店の中から、ぼくたちの店を選んでもらわなくてはならない。大人より子どものほうが目立つから、呼びこみはぼくが担当するのが正しい。それに、ぼくは売るのがうまい。コツをつかんでいるから。

「骨董品、いいものが安い！　美しい敷物が山積み！」飛んだりはねたりしながら、英語でくり返す。「ラクダのベル、におわないからだいじょうぶ！　いらっしゃい、いらっしゃい！この店で買って！」

英語は、このていどしか言えない。ほかは、学校で習った「ハロー、あなたの名前は？」と、「ぼくの名前はオマルです」だけ。金髪を長くのばした若い男の人に、英語らしいリズムに直してもらった。あれは、アメリカ人だと思う。午後ずっと、ラソールの店の前に座りこみ、ぼくが観光客を呼びこむ様子を、じっと見ていた。と思ったら、セリフをサササッと紙に書いて、どう言えばいいか教えてくれた。そのとおりに言うと、観光客がキョロキョロする。ぼくを見つけるとにっこり笑って、品物を買ってくれる人もいた。

ラソールは、ぼくが上手に売るので喜んで、絵葉書の販売もやらせてくれた。一組二十セントでぼくにゆずってくれる。一組に絵葉書が十枚入っている。観光客の目の前で、ササッと広げて見せてもいい。そのもうけのほとんどを、ラソールはぼくにくれる。で、ぼくはビニール袋に入れて、マットレスの下にこっそりためこむ。

観光客がとぎれ、ラソールもほかのみやげ物屋との話に夢中になっているときは、ぼくものんびりと、お気に入りの夢物語にふける。いつか、マットレスの下の絵葉書貯金がたくさんたまったら、ロバを買う。そして、観光客をロバに乗せる仕事をしている人たちに、貸し出す。そのお金で、もう一頭、もう一頭とふやして、たくさんのロバを集める。そうやってもうけたお金で、自分の店を持つ。ラソールの店よりずっとカッコイイ店。品物をうんと目立つように並べ、英語のポスターをかかげる。書き方は、姉ちゃんのエマンが教えてくれるはず。エマンは学校大好き人間で、英語の成績もばつぐんなのだ。ぼくはすぐに大金持ちになって、自動車を買う。大きくて白い自動車。黒っぽい窓のヤツ。それから、母さんに金のネックレスを買ってあげる。そうすれば、めんどうくさい兄ちゃんのムサより、ぼくのことを愛してくれるはず。それから……。

でも、あんな夢、いったい何になったろう？　あのときは、どんなことが待ち受けているかなんて、わかるはずもなかった。とんでもないことが起きるなんて、だれも、とりわけぼくは、想像すらしなかった。だって、十三歳にもなっていなかったんだから。

何もかも変わってしまうとわかった日のことは、とてもよく覚えている。朝の四時半、父さんにいつものように起こされた。

「一日じゅう寝てる気か？　おい、オマル。起きろ」

もちろん、まだ暗い。でも、廊下の向こうのキッチンから明かりがもれていて、母さんがストーブのそばにいるのが見える。カーラーを頭につけたまま、朝の紅茶をいれようと、お湯をわかしているのだ。

「あなた、オマルにきびしすぎますよ」母さんが父さんに言っている。「少しは体を休めないと。学校には、元気はつらつと行くものだわ。こんな時間に仕事に行かせるなんて」

「学校かい！」父さんの小ばかにした声。「オマルの近ごろの成績を見たろうが？　なまけてるのさ。働いて自活することを、学んだほうがいい。わたしも、あのくらいの歳からそうしてきた」それだけ言うと、父さんは紅茶を飲みにキッチンに入っていった。

ぼくのベッドの向かい側から、咳が。兄ちゃんのムサが目を覚ましている。薄暗い中に、ムサの目が光る。

「兄ちゃんはいいよな」ぼくは、しかめっつらをしながら、意地悪く言った。「ぐうたらしちゃって。真夜中と言ったほうがいい時間から、あくせく働いたことなんてないだろ。そうやって、一日じゅう寝てればいい。どうぞそのまま。ごゆっくり」

そう言ってすぐ、しまったと思った。ムサだって、できるなら、ぼくと同じように働くはず。でも脳性麻痺のせいで、さっさと歩けない。手の動きもギクシャクしている。ぼくは、ごめんねというかわりに、ムサに軽く蹴りを入れた。ムサも軽くパンチをくりだしたが、的をはずれた。そりゃそうだ。朝いちばんのムサは、筋肉のコントロールが効かないのだ。

「もうちょっとだったな」とぼく。

ムサは、うるせー、というようにうなった。

ぼくは心の中で言った。何が気に入らないのさ。やさしくしてやっただけなのに。

制服のシャツの袖に片腕をつっこんだものの頭が出なくて、ぼくはもがいていた。大きくなりすぎて、袖がきついのだ。そのとき母さんが、こう言ったような気がした。

「あなた、子どもたちには、いつ話すつもり？」

父さんが答えた。

「しかるべきときにな。急ぐことはない」

ぼくはシャツをグッと引っぱり、頭を出して、ムサを見た。ムサは起きあがるのに苦労している。

「聞いた？」と小声でぼく。「子どもたちに話すって、何だろう？」

「さあね」ムサがゲロゲロ声で言った。「おまえはかかわるな。おれが母さんから聞き出す。あとで教えてやっから」

少なくとも、そう言ったように聞こえた。ムサの言葉は、はっきりしない。舌が大きすぎるみたいな、そんなしゃべり方なのだ。ぼくは慣れているが、それでも一度では、なかなか聞き取れない。ぼくはちょっとむかついたが、ムサがそう言うのはもっともだ。ムサなら、母さんから何でも聞き出せる。兄弟姉妹のなかでいちばん、母さんにかわいがられているんだから。そういうのって、ほんとにやだよな、と思うこともある。ムサが意地悪なときは特に。

それはともかく、ぼくは疑問を頭からしめ出し、キッチンにかけこみ、姉ちゃんのエマンが差し出してくれたパンとチーズを、わしづかみにした。エマンはぼくより三歳、ムサより一歳半年上だ。ぼくが玄関を体半分出たとき、エマンの甲高い声が追ってきた。

「まだよ。髪をとかさないと！　ホームレスとまちがわれていいの？」

ぼくは、しかめっつらで、いばりくさっている姉ちゃんにブツブツ文句を言いながら、髪を手でなでつけ、ようやくアパートの外に出た。もう五時を過ぎている。急いでアリおじさんの金物屋まで走らなければ。二月は凍えるような季節。自動車の窓にも霜がつくほどだが、走れば、少なくとも体が温まる。

アリおじさんは気むずかしいじいさんだ。この店で働くために、ばかっ早い時間に起きるのはいやだったが、それでも、おじさんのことが好きだ。ぼくが店に着くと、おじさんはいつも熱い紅茶を入れてくれる。仕事を始める前に話すことはあまりない。何をすればいいか、ちゃんと心得ているから。キャスターつきの陳列棚を外に出す。店の中のそうじをする。それから、深い鍋やあさい鍋やプラスチックのボウルを、外の棚に並べる。給料は、おじさんが父さんにわたすが、ときどき、ぼくにもお駄賃をくれる。そのことを、おじさんは父さんに話さないでいてくれるし、ぼくも言わない。

その日、おじさんはいつになく不機嫌だった。ふだんから、愛想のかけらもない人だが、心根はやさしい。ぼくのことを気に入ってくれているのもわかっているから、きびしいことを言われても気にならない。でもその朝、ぼくはやることなすこと、うまくいかなかった。

「うかうかするな！」おじさんにぴしゃりと言われた。陳列棚をドアの枠にぶつけてしまったのだ。「わしを破滅させる気か？　そうだろうが？」

そのあと、ぼくは店のそうじに取りかかったが、おじさんにまたかみつかれた。

「気をつけろ！　ほこりを巻きあげてるぞ！　そこらじゅうをよごしやがって！」おじさんは、ほうきをうばい取って、自分でそうじをはじめたが、力まかせにはくものだから、おじさん自ら、ほこりを巻きあげることになった。

ぼくは何をすればいいかわからなくて、陳列棚にブラシをかけようと外に出たところで、男の人にぶつかりそうになった。少し離れたところで電器屋をやってる、じゃまくさい人だ。その人は、ぼくをおしのけて店に入り、大声で言った。

「いるかい、おじん？」（みんな、どういうわけかアリおじさんのことを、〈おじん〉と呼んでいる。）「家族の様子は？　みんな元気か？」

アリおじさんは、一瞬、答えをしぶった。

「ああ、おかげさんで」とようやく言うと、店からのそのそ出てきた。

「のほほんとしてる場合じゃないぞ」〈ミスターおじゃまムシ〉は、店の中をジロジロ見まわしている。だれかを探しているような目で。「どこもかしこも、トラブル続きだ。チュニジア、エジプト。テロリストがうごめきやがって。シリアは強い政府が牛耳ってるからいいようなものの。必要なのは法律と命令。問題を起こすヤツらは、一網打尽にぶっ殺す。そういうことだ」

「なるほど」アリおじさんが、よそよそしい声で言った。

〈ミスターおじゃまムシ〉が、アリおじさんに一歩迫った。

「おじんの息子は、大学生だろうが?」〈ミスターおじゃまムシ〉が店の奥のドアをじっと見た。そこにアリおじさんの息子がかくれているとでもいうように。

〈ミスターおじゃまムシ〉は答えを待ったが、アリおじさんは、うなずいただけだった。

「悪い仲間と、うろついてるってな」〈ミスターおじゃまムシ〉の声がするどくなった。「注意してやったほうがいいぞ、おじん。政治にはかかわらんように。若者はせっかちだ。きちんと教えてやれ」〈ミスターおじゃまムシ〉は、アリおじさんを長いことにらみつけていたが、やがてふり向いてぼくを見た。ゾクッとする目つきだ。

「オマルは学校に行く前に、店を手伝ってくれる子で」アリおじさんがあわてて言った。「実は、もう学校に行く時間でして。かばんはどこにやった、オマル？　急げ。出かけろ。おくれたら困るだろう？」

ぼくはポカンとした。学校に行くには早すぎる。かばんを取りに店の中に入ったが、カウンターの後ろからかばんを取り出す前に、外で〈ミスターおじゃまムシ〉を呼ぶ声がした。〈ミスターおじゃまムシ〉は、店の中には目をくれず、急いで行ってしまった。

アリおじさんは暗い顔をしている。手がふるえているのが見えた。

「だいじょうぶ、おじさん？　紅茶でも持ってこようか？」

おじさんは首をふった。

「だいじょうぶさ。でも、おまえに言っておくことがある。ああいう男には近よるなよ。それから、けっして政治の話をするな、だれにも。わかったな」

ぼくはうなずいた。正直に言うと内心、またかよ、と思った。父さんからも、しょっちゅう、同じことを言われてるから。

「むやみにかかわるな」父さんは、子どもたちに、何度も何度も言っている。「考えを口に出すな。よくないことを言ってるなんて通報されたら、家族全員に災難がふりかかる。政府に情報提供する人は、そこらじゅうにいる。だれがそういう人かわかったもんじゃない。監獄にぶちこまれるのはいやだろうが？　父さんが仕事を失うのもいやだろう？　それなら、口を開くな」

ぼくは、ボーッとつっ立っていた。どうすればいいかわからない。

「仕事にもどっていいの、アリおじさん？　学校に行けって言ったのは、本気じゃないよね。陳列棚にまだ品物を並べてないし」

「もういい、もういい、学校に行け」とおじさん。「どっちみち、店は閉めるから。しばらく、町を離れる。娘が住んでる村に行ってくる。そうすれば、何もかも解決する、神さまがお望みなら」

おじさんはポケットに手をつっこんで、紙幣を何枚か取り出し、ぼくの手におしこんだ。

「おまえは、いい子だ、オマル。これは、おまえがかせいだ分さ。もうひとつ、言っておくことがある。学校でよく勉強するんだぞ。何かひとつ、資格をとっておけ。なんだっていい。シリアはひどいことになる。どんなことでも役に立つ日がくる」

もらった紙幣をその場で数えたくなかったが、かなりの金額だということはわかった。だまって受け取り、お礼の言葉をボソボソ言って、店を出た。もっときちんとあいさつしておけばよかった。でもあのときは、それがアリおじさんを見る最後になるなんて、思いもしなかった。

2

アリおじさんの店から学校までは近い。それに今日は早すぎるから、急ぐこともない。学校っていやだ。どの科目も役に立たない。ぼくが目指している大物ビジネスマンになるのに、役立つ授業なんてひとつもない。

まずいのは、エマンもムサも、成績優秀なことだ。女子校に通っているエマンは、先生のお気に入りで、教科書は真新しいようにきれいなのに、すべての科目でいちばん。学校の先生になりたがっている。それを言うと、父さんは不機嫌になるが、その後ろで、母さんが笑顔を送ってエマンをはげましている。母さんも、実は若いころ、先生になりたかったんだって。でも十五歳のとき、母さんの父さんに、ぼくたちの父さんと結婚させられて、先生になれなかった。

ムサとぼくは、男子校に通ってる。先生たちは何年も、ムサを見放して劣等生呼ばわりしていた。ムサが言っていることを聞き取る努力もしなかったので、ムサは話をするのをあきらめていた時期もある。たしかに、ムサの字はめちゃくちゃだが、それは手が勝手に動いてしまうからで、勉強ができないからではない。

もしぼくが、ムサのようにしょっちゅう笑われたり、いじめられたりしたら、学校に行くのをやめてしまったと思うが、ムサは根性があった。学校に通い続けた。なぐられ、ノートを引き裂かれ、バカにされながら。そして十二歳になるころには、しぶしぶながらも一目おかれるようになり、いじめっ子たちも近よらなくなった。

ムサが七年生のとき、幸運にめぐりあった。担任になったイブラヒム先生は、ほかの先生とはちがった。家族にとっては当たり前のこと、つまりムサはとてつもなく頭がいいということに、気づいてくれたのだ。ムサは難しい方程式も、いともかんたんに解いてしまう。それに読書家だ。このことはほかのだれより、このぼくが知っている。ムサの、わかりにくい言葉をじっくり聞く気になれば、ムサはすばらしい話をしてくれる。クジラのこと、人間のDNA、オスマン帝国、ヘビ、木星の大気などなど。イブラヒム先生がムサの言葉を解読してくれたおかげで、ムサは優等生のような存在になった。友だちも二人できた。はっきり言って、二人とも変わり者。三人で町をうろつきながら、しゃべりまくっているが、何のことを話しているかはだれにもわからない。オタクっぽい三人といっしょにいるのを見られたら、ほかのみんなから仲間はずれにされるから、だれも近づこうとしない。

ぼくは、ムサの二年下級生として同じ学校に通っているのが、つらかった。ぼくまで天才だろうと思われるから。それを救ってくれたのは、何をかくそう、ムサだった。毎晩、時間があれば、ぼくの宿題を見てくれた。ときには、ぼくより頭がいいのを見せつけてやるぞ、という不純な動機のこともあったが、おまえのおかげで助かってるよ、という気持ちも伝わってきた。ぼくはいつも、いじめっ子を追いはらってやっていたから（でも、正直に告白すると、やばいことが起きそうだと見るや、こっそり逃げることもあった）。

家族の話にうつる前に、弟と妹のことを話しておく。ぼくより、うんと小さい。弟のファドはまだ五歳で、よく駄々をこねる。ナディアは一歳半だから、まだほんの赤ん坊。とてもかわいくて、だっこしてやるのも、遊んでやるのも、ぼくは大好きだ。

あの日、相変わらず役に立たない授業がようやく終わり、校門でムサを待っていた。ムサはのろのろやってくるので、ぼくは待ちきれなくて、先にさっさと歩き出すこともあったが、その日は、ムサと話がしたくて、待つのも苦にならなかった。

「それで？」道路に出るやいなや、聞いた。「重大な秘密の話、母さんから聞き出した？」

「ああ」

ムサは、かばんを反対の肩にかけなおしただけで、何も答えない。

「それで？」

「聞かないほうがいいぜ、オマル」

グズグズ話すのはムサがよく使う手だ。ぼくをイライラさせようと、わざと話を引きのばす。

ぼくは、かばんをムサにぶつけたが、ムサがバランスをくずしたので、肩をつかんで、すぐ立ち直らせた。

「何すんだよ！」ムサが怒った。「今は教えてやんない」

でも、言いたくてウズウズしているのがわかる。ぼくはいらだつ気持ちをグッとこらえた。

「教えてくれたら、かばんを持ってやるけどなー」ムサの逃げ道を作ってやった。

ムサはかばんをぼくにわたした。教科書がいっぱいつまっていて、ぼくのかばんよりずっと重い。

「はじめに、絶対、話を広めないって誓え」とムサ。「母さんが、だれにも言っちゃいけないって」

「誓うよ」

「だめだ、心がこもってない」

「誓うってば！　どうしろって言うんだよ。地面に頭をこすりつけろ、とか？」

「よしとしよう。こういうことだ。みんなでダルアーに引っ越す。父さんが農業省に転勤になったんだってさ。ということで、おまえの意見は？」

ぼくは、その場で棒立ちになった。道のまんなかで。体全体にショックが走った。

「じょうだんだよね、ムサ。じょうだんでなきゃ困る」

「だから、聞かないほうがいいって言っただろ？　ばあちゃんの家で暮らす」

「まさか。無理。ばあちゃんのとこには、マッジャおばさんがいるじゃん。フェイサルおじさんや子どもたちも」

「あの人たちは、引っ越すんだってさ。そういうことだ、オマル。そこでつっ立ってるのはやめな。通行のじゃまになる」

ぼくは、足を無理やり動かした。

「エマンは知ってるの？」

「知ってるだろ。母さんは、エマンには何でも話すから」

「たぶんファドも、ちびっこナディアも、町の半分も、もう知ってるんだろうな。ぼく以外はみんな」

「すねるのは、やめろ。おれだって、おまえが父さんの話を立ち聞きして、母さんに聞けって言うから、わかっただけさ」

「母さんはどっちみち、兄ちゃんには言うもん」ぼくは口をとがらせた。

ムサは、いつにない速さで、ぼくの前を歩いていく。ぼくもおくれないように歩く。

「いつ、そういうことになるわけ？」

「月末」

「えっ？　あとたったの四……じゃなくて、三週間かよ！　明日みたいなもんじゃん！　ラソールの店の、ぼくの仕事は？　絵葉書売りとか」

「絵葉書のことなんて、だれが心配するかよ？」今度は、ムサがやきもちを焼く番だ。「自分で言っただろ、最近は旅行客が来なくなったって。中東っていうだけで、そっぽを向きたくなるのさ」

ぼくはくちびるをかんだ。ムサが正しいと認めるしかない。旅行客の足がぱったりとだえている。みんなこわがっているのだ。何週間も、絵葉書セットはひと組も売れていない。

ぼくはだまって歩いた。この驚きのニュースをかみしめながら。ムサも心の中で、さまざまな思いをたぎらせていたのだろう、突然、こう言った。

「おまえは、どうにでもなるさ！　でも、おれはどうだ？　何もかもやり直しさ。『アホ、まぬけ、障害者。プラムを口から出したらどうだ、ムサちゃん！　その調子、ムサ、走れ！　ヘイ、みなさん、あれにご注目！　見世物のはじまり、はじまり！』そうして、なぐられる。ヤツらが、おれの腕をへし折ったの、覚えてるだろうが？　おまえや、おまえの絵葉書なんて！」

ムサが口をつぐんだ。感情が高ぶって、言葉につまったのだ。

「ごめん」ぼくは、小声でつぶやいた。「そこまで考えてなかった」

「生徒はまだいい。先生はもっとひどいはず。無視する、バカ呼ばわりする。父さんに、十まで数えられますか、なんて聞いて、赤ん坊あつかいさ」

ムサは、また続けられなくなった。

「ぼくが、受けて立つよ」我ながら歯の浮くような言い方だ。「約束する。相手がだれだろうと——」

「ああ、それはどうも」ムサがさえぎった。「弟が、かわりにケンカしてくれるなんて、すんばらしいよな」

家のすぐそばまで帰ってきた。

「ぼくのかばん、持って帰って」ぼくは、かばんを差し出しながら言った。「まだ、みんなと顔をあわせたくないから」ぼくはローマ劇場のほうにかけだした。むしょうにラソールに会いたかった。ぼくの夢を台なしにしたくなかった。

何事もなければ、ボスラの旧市街はにぎやかだ。観光客を満載したバスがやってくる。乗客は駐車場にとまったバスからおりるとすぐ、遺跡に向かう。観光客が着いてすぐは、みやげ物の売りどきではない。おみやげでも買おうかという気になるのは、土ぼこりの立つ旧市街を何キロも歩いてローマ劇場で写真をとりまくって、ヘトヘトになっているときだ。

気持ちのよい木陰に椅子を並べ、屋台で冷えた飲み物を売っている一角がある。ラソールのみやげ物店は、そこにある。店は一軒ではなく、たくさん集まっている。敷物や絵つけされた陶器、糸でつないだラクダのベル、真鍮のお盆、手織りのスカーフやバッグが並べられている光景は、とてもきれいだ。

ところがその日は、いつものようなにぎわいはなかった。駐車場にとまっている車は、一台もない。屋台の半分は閉まっていて、飲み物売り場も閉鎖。店をあけている店主の何人かが、ラソールのまわりに集まっている。ラソールは携帯電話を耳におしあて、真剣に何かを聞いていて、それをほかの人に伝えている。ラソールを取り囲んでいる人の様子から、悪いニュースだとわかる。

「エジプトで」と、ラソールが言っているのが聞こえた。「何てことだ！ デモ隊に発砲？ そりゃひどい」

一人が背中を丸めた。もう一人は顔をそむけた。だれの顔も見たくないというように。

絵葉書売りの少年たちも、しずんだ顔をしている。いつもなら、周囲に観光客がいないときは、的に向かって石を投げる遊びに熱中し、大人たちに、ローマ遺跡の柱が傷つくぞ、とどなられる。ところが今日は、たがいの顔を見かわしながら、何が起きているのか探ろうとしている。ラソールがぼくに、こっちに来いと合図した。電話を終えて、携帯電話をポケットにすべりこませている。

「チュニジア、エジプト、リビア……いたるところで紛争勃発だ」

「そんなの、ここではごめんだよ」なかの一人が言った。「ここの政府ときたら……」と言って、集まっている人たちに目を走らせた。しまった、言いすぎた、と思ったようだ。男たちはつぎつぎに小声で、じゃあな、すぐまた、などと言い、そのあとすぐ、店のシャッターをおろすガラガラという音があちこちから聞こえてきた。

ラソールは店に入って、書類やお金をしまっている引き出しの中をかきまわしはじめた。ぼくもあとについて、店に入った。

「教えてよ。どうなってるの？」

ラソールは憂鬱そうな顔をしている。

「最悪だ、中東全域が」ラソールは声を落とした。「ここの治安はしっかりしてるが、国民が怒ってる」くちびるに指をあてた。「こんなこと、聞かなかったことにしてくれよ。おれがトラブルに巻きこまれたらいやだろ？」

「父さんが、この国の政府はすごく強いって」少しは安心できるかなと思って、口に出した。「この国で紛争を起こそうなんて非常識な人は、政府がゆるさないって」

ラソールが顔をこわばらせた。

「おまえのおやじさんはだな……」と言って、言葉を切った。

「何なの？」

「言っておくが、我々は政府がやってることに反対なんだ。おまえのおやじさんは、政府で働いてる人間だろ、要するに」

「そうでもないよ、観光局だもん」

父さんはダルアーでべつの仕事をすることになったんだ、と口走りそうになったところで、ムサとの約束を思い出した。

「観光局も政府なんだよ」とラソール。「いずれにしても、もうすぐダルアーの農業省に転勤なんだろ」

ぼくはラソールを見つめた。怒りが爆発しそうだ。

「みんな、どいつもこいつも、ぼくより先に知りやがって！　こっちは、たった今、ムサから聞いたばっかなのに。不公平すぎる、そんなの」

ラソールが笑った。

「よせったら。まるで、怒り狂った雄鶏みたいだぞ。真っ赤になって、さわぎたてて」

笑われた。それもぼくのヒーローに笑われたのでは、もう何も言えない。涙があふれた。

「ごめんごめん、ぼうず。あのな、おまえのことを本気で笑ったわけじゃないよ。おれが知ったのは、おまえのおやじさんから、だれか農業省の知りあいに、探りを入れてくれないかって、たのまれたからなのさ。いい働き口かどうか知りたいってね。おれは正直に言ったよ。給料はいいが、ダルアーでは、政府の人間は憎まれてるから、きらわれ者になるだろうってね。でも、おやじさんは、聞く耳を持たなくて。おやじさんが、おまえに言わなかったのは、急な話で驚かせたくなかったんだと思うよ」

そういうことだったのか。

「わかったよ」ぼくは、やっとの思いで言った。「ここにずっといたいだけ。それに……それにラソールのとこで働きたい。絵葉書とか売りたいんだ」

「それは無理だな、いずれにしても」ラソールは、また引き出しの中を探している。一枚の名刺を引っぱり出して、よく見てから、ポケットに入れた。「おれも、ここを立ちのく。観光は、ここでは成り立たない。まわりを見てみろ。バスはどうだ？　中国人のツアーグループはいるか？　家族連れのドイツ人は？　みすぼらしいバックパッカーまでいなくなっちまった」ラソールは声を落とした。「この国は汚職だらけ。そこにもってきて不況、逮捕……国民はもう、うんざりなんだ。特にダルアーではな。紛争がおっぱじまりそうな場所だ。ひどいことになるぜ。よりつきたくない場所だ。この国では、まともなビジネスなんてできやしない。おれは出ていく」

べつの怒りがこみあげた。

「すごいアイディアだね、ぼくらをみんなダルアーに移動させるなんて。きたない紛争のまっただなかに」

「おまえはだいじょうぶだよ」ラソールがのんきに言った。「でも気をつけな……」

「わかってる、わかってるってば」ぼくはさえぎった。「政治に口を出すな、考えていることを人に言うな、あれするな、これするな」

ラソールにくっついて店を出て、ラソールがシャッターをおろす間、待っていた。

「家まで送って行こう」とラソール。「そっちのほうに用があるから」

「これからどうするの？」ぼくは聞いた。ラソールの足が速いので、ぼくはおくれまいと小走りになった。

「出ていく」ラソールが小声で答えた。

「どういうこと?」ぼくはギョッとした。

ラソールは上着のポケットに手を入れて、さっき引き出しの中から見つけた名刺を取り出した。

「これ、おれの未来につながるパスポートなんだよ、オマル」

「パスポートじゃないよ。パスポートってどんなもんか、知ってるもん」

ラソールはふざけて、ぼくの腕をバシッとたたいた。

「この名刺の人物が、おれを未来に連れてってくれる」ラソールはえらそうに言った。「おれはドイツに行く。またはスウェーデン。またはイギリス」

「そんなの危険だよ!」心配だ。「悪徳商人がいるってよ。首をしめてトラックの荷台におしこんで、海にしずめて、そいでもって……」

「ちがう」とラソール。「これは、顔の広い人なんだ。高くつくが、それだけの価値はある」

喉にこみあげた塊を、もう一度のみこんで、やっとの思いで声を出した。

「ヨーロッパで何すんの?」

「がむしゃらに働く。貯金する。自分の店を持つ。一年か二年で、お前を呼びよせる。いっしょにビジネスの世界に飛びこむ」

冷たい雨のあとに、太陽が出たような気がした。

「本気なの、ラソール？」

「もちろん本気さ。おまえは、生まれながらのセールスマンだからな。いっしょに、ひと財産(ざいさん)築(きず)こうぜ。何なんだ、ぼうず(ハビービ)、泣くなよ！　まだ、さよならとは言ってないぜ。準備に何週間もかかる。おまえがダルアーに出発する前に、会いに行くよ」

3

ぼくの家族には、おかしなめぐりあわせがある。間の悪い時に間の悪い場所にいあわせてしまうのだ。隕石が空からふってくるときに、ちょうどその真下にいるのはだれでしょう？　よくできました。ぼくと父さんと母さんと、兄弟姉妹。これは科学的に実証ずみだから、驚くことではないが、今回も、ダルアーで紛争が勃発するってときに、そのダルアーに引っ越す。

ボスラの学校での最後の日。ぼくは校舎をふり返ってうれしかったが、ムサは校門をくぐったとき、泣きそうになっていたと思う。ぼくはいつものように、ムサといっしょに家に向かって歩き始めた。時間はかかるが仕方ない。そこへ、ムサのオタク友だち二人が追いついて来た。

「先に帰ってるよ」ぼくは、しめしめと思った。ムサは答えるまでもないと無視している。

二、三歩離れたところで、ムサの叫ぶような声が聞こえてきた。

「何だって？　マジで？　スローガンを学校の壁にスプレー？　それって——それって、すごすぎ！」

ぼくは立ち止まってしゃがみ、靴の紐を結びなおすふりをしながら、聞き耳を立てた。

「シーッ、このバカ！」オタクの一人が、心配そうにあたりを見まわした。「話題にするだけで危険だぞ」

一生けんめいに聞こうとすると、どうしても頭がかたむいてしまう。

「やつら十五歳。おれたちと同い年」もう一人のオタクが言った。「壁に名前まで書いたんだって。まさに自殺行為」

ぼくは立ちあがって、のろのろ歩いた。話し声が聞こえる距離を保ちながら。

「最初につかまったヤツが拷問にかけられて」と、さっきの子。「仲間のことを、バラしたって」

ぼくはふるえあがった。拷問にかけられたら、ぼくなら、どうする？ 勇敢にふるまって、仲間のことを裏切ったりはしないよな、と自問自答したが、そんな勇気はない。爪を一枚はがされただけで、泣き叫んで命ごいしちゃいそう。

ぼくはふり向いて聞きたかった。

「どんなヤバイことを書いたの？」

ありがたいことに、ムサがかわりに聞いてくれた。

「政権崩壊が国民の願い」オタクの一人が言った。「今が潮時。退場しろ」

壁に政治的なスローガンをスプレーしても、たいていの人は、そんなに悪いことではないと思うかもしれない。今だからわかるが、世界の大部分の国では、そういうことをしたところで、逮捕されたり、拷問にかけられたり、処刑までされることはない。でもシリアでは、政府を悪く思っただけで、命の危険にさらされる。体がふるえた。アリおじさんの顔を思い出した。〈ミスターおじゃまムシ〉に、ちょっと息子のことを言われただけで、あんな暗い顔をしていた。町から逃げ出すほどだった。

オタクたちのうわさ話を小耳にはさんだら、もうたくさん。ぼくは、トラにでも追いかけられているように、かけ出した。一目散に走って家に帰った。

家はもう、いつもの家ではなかった。父さんと母さんが荷造りに精を出し、家具の半分が消え、どこもかしこも雑然としていた。口げんかもつぎつぎに起きた。

こんなことになる前は、ぼくたちが学校から帰ると、母さんはいつもおやつを用意して、あれこれ聞いてくれた。でも今は、ばあちゃんといっしょに暮らすと思うだけで憂鬱になり、ぼくたちのことなんか眼中にない。これまでは、小声で文句を言うていどだったが、今日は涙を流すほどになった。壁ぎわに並べてあるクッションのひとつに、くずおれるようにへたりこみ、体をゆらしながら、頭にかぶってるスカーフ、ヒジャブのはしで涙をぬぐっている。父さんが心配そうに見つめる。母さんに泣かれるのは苦手なのだ。

「泣くなよ、おまえ」父さんがやさしい声で言っている。「ダルアーのこと、気に入るぞ。ずらっと並んだ店を想像してみたまえ。母さんのアパートも、ひろびろしてる。ベッドルームが三つだからな！　男の子たちの学校も、今よりましだ。おまえも、男の子には、いい教育を受けさせたいだろ？　だから、このチャンスを逃しちゃいかんのだ」

母さんは泣くのをやめて、顔をかくしていたショールをはらいのけた。母さんの目に、一瞬、恐怖が浮かんだのが見えた。

「男の子たちの学校ってことですか？」母さんが心配そうに言った。「エマンの学校も、ってことですよね？　あの子は、ほんとに頭がよくて、一生けんめい勉強してます。お願いします、ハミド」

父さんはくちびるを固く結んだ。

「女の子に教育はいらん。エマンはもう十六歳。結婚適齢期だ。とてもいい話が来てるんだよ……」

母さんが叫んだ。

「結婚ですって？　早すぎますよ！　あなたも知ってるでしょう、あの子がどんなに……」

「あの子は命じられたようにするまでだ」父さんのこの声音が出たら、家族のだれも反論できない。

母さんは怒りで頰を赤く染め、深いため息をついた。

「あの子を学校に行かせないって言うなら、わたしは……わたしはダルアーには行きません。男の子たちを連れて行けばいいでしょう。ナディアとエマンはここで、わたしといっしょに暮らせばいい」

「バカなことを言うな」父さんが鼻息もあらく言った。「このアパートの賃貸契約はもう破棄したんだぞ。おまえたちがここで暮らすなんて、不可能だ」

父さんも母さんも、ぼくが聞いていることに気づいていない。ぼくは、居間のドアのところから成り行きを見ていたが、立ちあがった母さんを応援していた。

「じゃあ、賃貸契約をしなおすだけです。わたしは本気よ、ハミド。悪いうわさがたっても、わたしは気にしませんから」母さんは大きなため息をついた。「ダルアーに引っ越すのは、エマンを学校に行かせることが条件」

ぼくは、息を止めた。母さんの勇気はすごい。これまで、母さんが父さんにさからったことは一度もない。母さんが女の子たちとここで暮らすなら、ぼくもここにいられるかもしれない。急に希望がわいてきた。

会話に少し間があいた。父さんが爆発するのではないかと思ったが、こう言った。

「よし、レイラ。そんなふうに思うなら、おまえの好きにすればいい。ただし、エマンが一度でも勝手なまねをするようなことがあれば……」

「あの子はそんなことしないわ！」母さんの声が和らいだ。「あの子がどんな子か、わかっているわよね、ハミド。ボスラでいちばんいい子よ。じまんの娘、そうでしょう？」

そのとき、エマンがいるのに気づいた。緊張して、キッチンに続く廊下の陰に立っている。それが今、音を立てないようにクルクルまわり、頭の上で、ひそかに拍手している。ぼくは、姉ちゃんをまじまじと見つめた。姉ちゃんをはじめて見るような気がした。ぼくはこれまで、姉ちゃんが優秀なのを、ねたましく思っていたし、母さんと仲よくやっているのがおもしろくなかった。でも今はじめて、エマンにも悩みがあることを知った。急に、姉ちゃんが愛おしくなった。

ぼくは、父さんと母さんの後ろを通って、キッチンに入った。

「ねえ、エマン」小声で言った。「ぼくも聞いたよ」

エマンはキッチンのドアを閉めて、声がもれないように口をおさえながら、うれしそうに笑った。こういうときにふさわしい言葉が見つからない。

「よかったね」やっとしぼり出した。しわがれた低い声になってしまった。最近はよくこうなる。それをかくそうと咳をした。居間で人が動く気配がする。父さんが外出しようとしている。母さんを後ろにしたがえて。

エマンがぼくの腕をつかんでゆすった。もうふつうの声で話ができる。

「オマル、何も知らなかったでしょうけど、あたしは、ものすごく心配してたの」

「心配？　なぜ？」

エマンは、目を見はってぼくを見た。

「きたならしい老人と結婚させられるの！　父さんが選んだ結婚相手だもん、想像つくでしょ？　父さんみたいな、ひどい亭主関白にきまってる。学校には行くな！　将来のことなんて考えるな！　子どもを産んで料理をしてればいい」

「でも、姉ちゃん、子ども好きだろ？」

「そうよ、でも自分の子どもはいらない。まだ。やりたいことがあるのよ、オマル。学校の先生になりたいの！　自分の人生を生きたいの」

ぼくだって、という仲間意識がわきあがった。

「その気持ちわかる。ぼくも同じだもん」これまで、エマンに秘密を打ち明けようなんて、思ったこともなかった。でも、考えるより先に、言葉がほとばしり出た。「ぼく、ビジネスマンになるんだ、ラソールみたいに。ラソールがヨーロッパに行くって、知ってた？　ぼくを呼んでくれるって。落ち着いて、ぼくが……その、もっと大きくなったら。ぼくたち、いっしょに店を出すんだ」

しまった、笑われる、と思ったが、反対に、エマンはまじめな顔で、うなずいてくれた。

「いい考えだわ、オマル。あんたに向いてるわよ。家族の中でいちばんのお金持ちになるわね。いつか、ダイヤモンドのネックレスを買ってね？　ねえ、約束よ」

二人で笑った。急に世界がパッと明るくなったみたいだ。二人を包む空気が変わった。もう、いばりくさった姉ちゃんと、うるさい弟ではない。すっかり仲よくなった気がする。

「姉ちゃんの味方になるからな」まじめで大人っぽい調子で言った。「父さんに結婚させられるなんて、阻止してやる。ぜったい、大学に行けるようにしてやっから。まかしといて、エマン」

そう言ってから、バカなことを口走ったな、と思った。父さんが、ぼくの忠告を受け入れるなんて、ぜったいないのは、ぼくも姉ちゃんもよくわかってる。でも、エマンは笑ったりしなかった。

「その約束、守ってよ、オマル。そのうちきっと、あんたにたよることになりそう」

今住んでるアパートから引っ越すなんて、いやだった。生まれてからずっとここにいて、ひと晩だって、ほかのところで寝たことなんかない。引っ越しの日は最悪だった。残ってる家具を買い取る人が来て、小型トラックに積んで運び去った。母さんが泣いていた。ぼくも泣きたかった。

父さんに、じゃまだからと追い出された。道ばたにぽつねんとたたずんでいると、突然、マットレスの下にかくしている、ぼくの全財産のことを思い出した。心臓がドキンとして、体じゅうに寒気が走った。ムサのマットレスはもう、トラックに積みこまれている。ぼくのマットレスにも取りかかったにちがいない。

家の中にかけこんだ。父さんが母さんと言い争っている。

「ダメだ、レイラ」と父さん。「あのテーブルは持っていけない。おふくろは、山のように家具を持ってるんだから。あれを、何に使おうってんだ?」

ぼくは必死の思いで、母さんの腕を引っぱった。母さんが、それをはらいのける。

「何ごとだ、オマル？　外に出ていろと命じたはずだ」

「まだ言ってなかったんだけど」ぼくは、おずおずと言った。

母さんは聞いてないように見える。

「だからね、ハミド」母さんが蒸し返した。

驚いたことに、父さんが折れた。

「役立たずのテーブル、持っていけ、そこまで言うなら」父さんが不機嫌な声で言った。「おれは、もっとましなことに頭を使わねばならん」父さんは、大股で外に出ていった。

ぼくは母さんの袖をもう一度、引っぱった。母さんがぼくにニコッと笑いかけた。二人だけの秘密、というように。

「だいじょうぶよ、ぼうや。お金は確保ずみ。あなたの冬のコートの裏に、縫いつけておいたから」

ぼくは驚いて、母さんを見つめた。

「怒ってないよね？」

「もちろんよ！　あれを手にするために、どれだけ働いたことか。あれは、あなたがかせいだもの。あなたが持っていてあたりまえよ」

「いつ、気づいたの？」

母さんが笑った。

「ずっと前にね。あなたのシーツを洗濯(せんたく)してるのは、だれでしょう？」

「父さんも知ってるの？」おずおずと聞いた。

「いいえ。二人の秘密にしておきましょ」

もうたまらなくなって、ぼくは母さんにだきついた。が、すぐに離(はな)れた。父さんが外から入ってきたのだ。

「あと一時間でタクシーがくる。こんなところで何してる、オマル？　外で待ってろと言ったはずだ」

4

父さんが正しかったことがひとつある。ダルアーのばあちゃんのアパートは、あいているスペースがほとんどない。ボスラのぼくたちのアパートより部屋数は多いが、どこもかしこも家具でいっぱい。古くて大きいアパートの二階で、前にはベランダがついているが、そこも、土ぼこりにまみれた植物がところせましと並んでいる。

ばあちゃんは、ぼくたちに会ってもうれしくないのが、ひと目でわかった。ばあちゃんの本当のお気に入りは、マッジャおばさんらしい。ばあちゃんのいちばん下の娘で、ずっとばあちゃんの言いなりになってきた人だ。マッジャおばさんの子どもは、まだ小さい女の子たちで、おとなしくて、はずかしがり屋ばかり。それなのに今、転がりこんだのは、三人のティーンエイジャー――エマンとムサとぼく……それにもちろん、ファド。まだ五歳だが、パトカーのサイレンよりうるさい。それからナディア。よちよち歩きまわって、あっちにぶつかり、こっちにぶつかり。

ばあちゃんは、ムサを見ると目をそらす。

「体の不自由な子なんて、こっちの家系には、一人もいないがね」ばあちゃんが父さんに言っている。母さんのせいだと言わんばかり。

ナディアだけは、ばあちゃんに好かれているらしい。食事のときも、ナディアを母さんのそばから引き離し、あれもこれもと食べさせる。

ばあちゃんは母さんのことをいまいましく思っていて、母さんもばあちゃんのことが、がまんならないのは、最初からはっきりしていた。二人そろっているところにいあわせようもんなら、最悪。母さんがばあちゃんのキッチンで料理をしようとするときは、特に。ばあちゃんは窓のそばで足を組んで座り、こんなふうに言う。

「おやまあ、レイラ、あんたはシチューに、そんなにたくさんシナモンを入れるのかね?」とか、「なんだって、そのお皿の縁を欠いちまったの。あたしのいちばんのお気に入りだったのにねえ」とか。

母さんが料理を大皿に盛りつけて出すと、ばあちゃんは自分のお皿にぞんざいに取り分けて、こう言う。

「そりゃ、マッジャの料理の腕はピカイチさ。あたしが仕こんでやったからね」

母さんはけっして口答えしないで、口をキッと一文字に結ぶ。戦いはアパートの中だけの話ではなかった。外の世界も、深刻な状況になっている。壁に政治的なスローガンを落書きした少年たちが拷問の末、監獄に入れられたといううわさが広がって以来、毎日のようにデモ行進や抗議が行われているらしい。おっかないけど、ワクワクする。みんなこわいもの知らずになっているようだ。憲兵は、高圧で水をぶっ放す放水銃ってのを使い、つかまえた人を手あたり次第なぐりつける。逮捕されると、拷問と銃殺。それでも、ダルアーの人々はめげずに、もくもくとデモに行っている。

何が起きているのか、ぼくにはさっぱりわからないが、そういうことにはかかわりたくない。政治なんて、ぼくの人生設計には関係ない。ビジネスマンになって、手っ取り早く金持ちになりたいのだから、政府にたてつくなんて、賢明なやり方じゃない。

ダルアーに引っ越して数日後、ムサとぼくは、新しい学校に行くことになった。考えただけで、おなかが痛くなる。

「おれのこと、待ってなくていいぞ」すぐ近くの学校に、はじめて歩いて行きながら、ムサが言った。その声の調子で、ムサもぼくと同じくらい、こわがっているのがわかった。

「そういうわけにはいかない」ぼくはムッとして言った。「ぼくのこと、どういう弟だと思ってるんだよ?」

「おバカな弟」ムサが、ゆがんだ笑顔で言った。

学校は、予想していた以上にいやな雰囲気で始まった。十歳くらいの少年の一団がムサを見て、笑い声をあげた。歩いている横に来て、ムサのぎくしゃくした歩き方をまねたり、はやし立てたり。前の学校で経験ずみの恐怖と怒りが、またわきあがってきたが、ここでぼくが爆発したら、もっと事態が悪くなる。気分を変えて、こう言った。

「地球と月がどのくらい離れてるかなんて、まさか、答えられないよね？　この子は知ってるんだ。天才だから」

うまくいくかどうかは微妙だが、とっさに思いついた最善の方法だ。一人か二人、考えこんだり感心したりするのがいたが、いちばん大きい少年が言った。

「天才のわけないよ。ただの身体障害者じゃん。気持ちワルッ」

「そっちこそ、気持ちワルッ」ぼくは肩をすくめて言い返した。

何か気のきいたことを言わなくちゃ、とあせっているうちに、思いもよらぬことが起きた。おおぜいの少年が校舎の入り口に立ちはだかって、ガヤガヤ話をしていた。そのとき、いちばんノッポの少年が、大きな声で「おーい、きみがムサ？」と言うなり、こっちに向かって歩いてきた。

目のはしに、むかつく少年たちが小づきあいながら、ノッポの子に尊敬のまなざしを送っているのが見える。

「やあ、おれ、バセムっていうんだ。ボスラにいる従弟から、きみが来るって、聞いてた。いいヤツだって言ってた。みんなに紹介するから来いよ」

それから、ぼくは自分の目を疑ったがムサをだきかかえるようにして、校舎の入り口近くに立っている上級生の少年たちのところに引っぱっていって、グループに引き入れてくれた。ムサは、「会えてうれしいよ、バセム。こっちは弟のオマル。かっこいい子でしょ」なんてことは言わず、校庭の生意気で腹立たしい子どもたちのただなかに、ぼくをおきざりにした。

「あのムサって子、おまえの友だち？」なかの一人が言った。「あの足、どうなってんの？」

「あれはぼくの兄貴。脳性麻痺なんだ」ぼくは手短に言った。「歩くと、ああなっちゃう」

「本気で意地悪したわけじゃないからね」べつの一人が、心配そうに言った。「バセムの友だちだって、知らなかったもん」

「バセム」と言ったときの声の調子で、一目おいているのがわかった。

いかにもムサらしいや。こんないやな学校に初登校した日に、自分は一目おかれるようなヤツの仲間になって、問題児のなかにぼくをおきざりにするんだから。

ぼくは背を丸め、うつむいて校舎の入り口に向かった。やるべきことを片づけるしかない。事務室を探して、どのクラスに入るのか聞いてみなくちゃ。

学校の初日は、思ったよりよいこともあったが、悪いこともあった。よかったのは、足の不自由な子の弟、というレッテルを貼られずにすんだこと。でも、前の学校での成績が悪かったので、生意気な悪ガキたちと同じクラスに入れられたのは、思いがけない不運だった。

ぼくは一日のほとんどを、指折り数えて過ごした。あと何日と何時間と何分たったら、こんなゴミためみたいな学校と永久におさらばして、ラソールといっしょに、ぼくらしい人生を始められるんだろう。ラソールはまだボスラにいる。ラソールに会いたくてたまらない。もう一度、ラソールのあの言葉を聞きたい。ヨーロッパで落ち着いたら、いっしょにビジネスをやろうな。この夢にしがみついてないと、心がなえて死んじまいそう。

最後のたいくつな授業が終わるやいなや、学校を飛び出そうと、かばんに手をのばした。その瞬間、少年の一人にかばんをひったくられた。

「くやしかったら取ってみろ、ボスラの落ちこぼれ」笑いながら言っている。

ぼくはかばんに飛びついたが、その前に、ほかの子のところに蹴り飛ばされた。教室に残っている数人の少年が、やっつけろ、やっつけろと言わんばかりの顔で見物してる。ムサをいじめる子たちによく似た顔つき。ぼくがドジをふんだら、それをいじめの材料にしてやろうと、待ちかまえているのだ。

胸をドキドキさせながら、やれやれという顔をしてみせた。それから自分の席につき、腕を組んで、あくびをするふりをした。

「やりたきゃやれば。時間はたっぷりある」と言って、待った。

少年たちはすぐにあきたが、ファリドといういちばん大きい子が、とんでもないことを思いついた。ぼくのかばんを窓に向かって投げようとしている。本気だぞ、という顔つきで。その無残な結果がパッと目に浮かんだ。こなごなになった窓、校庭に落ちているガラスまみれのかばん、先生に言いつけられ、しかられて、おしおき……。

　超人的な力が、ぼくの体にみなぎった。かばんが窓に向かって飛んだ瞬間、獲物に飛びかかるチーターさながら飛びついて、ガラスにぶつかる寸前にキャッチ。

「ワーオ！　ナイスキャッチ！」一人の少年が言った。

「すげえ、オマル」とべつの子。

　試験に合格したような気分だ。ぼくは笑顔を見せようとしたが、息もできないありさまで、それは無理。急いでドアに向かったが、安心したのは早かった。ファリドが立ちふさがった。

「ざまあみろって思ってるだろ、この落ちこぼれ」ファリドは、ぼくの脛を蹴りつける仕草をしながら言った。「また明日な。今から明日が楽しみだぜ」


　ムサはもう、校門のところまで行っていた。今朝、バセムといっしょにいた少年二人といっしょで、顔の半分いっぱいに笑みを浮かべている。その少年たちは、ぼくが近づくのを見て、ムサのそばから離れていったが、こんな話し声が聞こえた。

「ほんとにやるのかな？　バセムはやる気まんまんらしいけど、おれは感心しないな」

「おれも」もう一人が言った。「あいつの言ってること、よくわかんない」

　ムサは、新しい友だちのことを夢中でしゃべっていたが、ぼくは、そんなことに耳をかたむける気分ではない。ムサなんかおいて一人で帰りたかったが、母さんのことを思い出してふみとどまった。ムサといっしょに帰らなかったら、母さんにこっぴどく怒られる。ぼくは、ムサの保護者ときめつけられているんだから。保護してほしいのはこっちなのに、母さんはそんなこと、夢にも思わない。

「で、そっちはどうだった？」ムサが、沈黙をやぶった。

「すばらしかった。人生で最高の一日だった」ぼくは声をふるわせて言った。

「いじめられたとか？」

ぼくは返事をしなかった。道に空き缶が落ちている。思い切り蹴とばした。

「ごめんな、オマル」ムサが言ったが、心配してというより、見くだすような口調だ。「わかった、バセムに言っとくよ。あいつならきっと……」

ぼくは歯を食いしばった。

「自分のことは自分で始末する。心配してくれて、どうもありがとう」

言葉が宙に浮いた。あべこべじゃないか。ムサがぼくの保護者づらするなんて、ゆるせない。本当にぼくの役目なんだろうか、ムサを保護するってのは？　そんな考えがチラッと浮かんだが、そんなこと考えちゃいけない気がして、心からしめ出した。

「聞いちゃったもんね、あの子たちが言ってたこと」ぼくはムサをとがめるように言った。

「あれって、どういう意味？　『やる気まんまん』とか？」

「そいつは言えないな」ムサは、きざっぽくて、むかつく口調で言った。「知ってる人間は少なければ少ないほうがいい」

「そんならいいさ」ぼくは、フンと肩をすくめた。「ささやかな秘密を守りぬけば。どうぞご自由に」

ムサは、ワクワクしているときの癖で、ゴボゴボと喉を鳴らした。ぼくは思わずふり向いて、ムサを見た。ムサの目が、興奮で生き生きしている。

「いいか、教えてやってもいいけど、これは大人の話。お前をトラブルに巻きこむのもなあ」

今度はぼくも、本気で怒った。

「ぼくはどうせ、バカな子だろ？」

足を速めた。ムサが追いつくのに苦労している。いい気味。

「聞けよ、オマル！　ちょっと危険だってこと」

そう言われると、聞きたくなる。

「危険だって？　バカじゃない？　何に巻きこまれてるんだよ？」

ムサが言葉につまっている。やがて言った。

「わかった、教えてやる。でも誓ってもらわないと……」

ぼくは目を白黒させた。

「またそれかよ。どうせまた、世界じゅうの人が知ってる秘密なんだろ」

「これはちがう」

ムサの笑顔が消えた。

「わかったよ。誓う。聞かれる前に言っとくけど、本気で誓う」

ムサはちょっと考えこんだ。どこから話そうか迷っているみたい。それから肩ごしにふり返った。背後にしのびよってくる者がいないか、心配してるようなそぶり。

「革命」とても小さい声だったので、聞きまちがいじゃないかと思った。

「何だって？」

「革命」ひそひそ声でくり返した。

「わかった。もうつばを飛ばさなくていいよ。なるほど……」それから、ムサの言葉をかみしめた。ぼくたちは、歩みを止めた。ムサの顔を見つめた。ぼくは笑いそうになった。やせっぽちの兄ちゃん。フラフラしながら立ち、舌がだらりと垂れ、どこから見ても、革命とは結びつかない。

「じょうだん言ってるの？」これしか思いつかなかった。「いったいいつから、政治なんかに興味持つようになったんだよ、それとも……」

ムサは真剣な顔だ。ぼくをじっと見つめ、ぼくの反応を値ぶみしてるようだ。

「ボスラのオタク連中の入れ知恵なんだろ？」ぼくは一語一語かみしめるように言った。「みんな、兄ちゃんたちはパソコンとか何とか、オタクっぽいことばっか話してると思ってたけど、本当は……」

ぼくの声が小さくなった。

「イスマエルのおやじさんが、ものすごく性能のいいコンピューターを持ってるんだ」ムサが続けた。「それに、ブロードバンドの接続も、めっちゃいい。それを、午後はイスマエルに使わせてくれる。政府の転覆を企てるなんて、だれが疑う？　オタク二人と身障者だろ？　三人で、我らの親愛なる政府が、これまでやってきたことを調べたんだ。ひどいもんだよ、オマル。数々の逮捕、拉致、拷問……でも、そんなのはほんの一部。やめさせなくちゃいけない。おれたちが望んでるのは、正常で民主的な政府。言論の自由。拷問の禁止。腐敗の撲滅……」

「気でも狂ったの？」ぼくはがまんできなくなった。「政府がどんなことしてくれてるか、知らないの？　父さんが言ってるじゃん、何度も何度も」

「父さんは、政府で働いてる」ムサの声は、これまで聞いたこともないほど、苦しげだった。

「父さんは、その政府でうまくやってきた。だから、政府が転覆したら、父さんもトラブルに巻きこまれる。おれじゃない」

ぼくはムサを見つめた。どう切り出せばいいのかわからない。

「バセムは、どうかかわってるの？」ぼくはようやく質問した。

ムサがニコッとした。

「ぼくら、バセムに情報提供してたんだ。バセムが書くのに必要な情報をね。二週間前に、騒動を起こした少年たちのこと、知ってるだろ？」

「学校の壁という壁に、『政権崩壊が国民の願い』なんて、スプレーしたバカなやつらのことだろ？」ぼくは、とんでもないことだと言わんばかりに口をはさんだ。「つかまって拷問にかけられたんだよね？」

ムサは無視した。

「みんなバセムの友だちなんだ。デモに参加してるやつらみんな。だれがまとめてると思う？　男子生徒たちなのさ！　子どもたち！　おれたち！　おれたちで、この腐った政府をぶっつぶすんだよ、オマル。おれにも役割があるから、仲間はずれにはされない」

本で読んだか、つまらない映画で見た内容を、ペラペラしゃべってるみたいな話しっぷりだ。「兄ちゃん、頭がおかしい」背筋が寒くなった。「とうとう、おかしくなっちゃったんだ」

ムサは、ぼくの腕をつかんでゆすった。

「自分の国がどうなってもいいのか、オマル？　独裁国家で暮らしたいのか？」

こんな話につきあうなんて、わずらわしい。ムサの手をふりはらった。

「やめてよ、ぼくはそういうことには興味ないんだから。政治の話なんか」

「政治？　政治こそ命！」ムサの言葉に熱がこもる。「政治は……」

ぼくはブチ切れた。

「やめろったら、ムサ。だまれ！　今に逮捕されて殺されて、父さんは仕事を失って、家族全員、どん底生活になるよ。ぼくがまともな人間なら、父さんに言いつけて、兄ちゃんを閉じこめてもらう」

兄ちゃんの目が、不安げになったのを見て、ざまあみろと思った。

「そんなことしないよな！　約束したじゃないか！」

「約束も場合によりけり」ぼくは、おもおもしい声音で言った。「死ぬか生きるかとなれば」

声まで変えるなんて、我ながらバカバカしい。でもありがたいことに、ちょうどアパートに着いた。玄関に母さんが立って、ぼくたちをじっと見ていた。

「それで？」母さんが心配そうに言った。「どうだったの？」

「問題なかった」二人で同時に答えると、母さんをおしのけて中に入った。

5

ボスラにいたころは、ぼくと兄ちゃんと弟は、金曜日になるといつも、父さんといっしょにモスクにお祈り(いの)に行っていた。ぼくはそれを、けっこう楽しみにしてた。きちんとした服を着ていく。父さんも機嫌(きげん)がよくて、ときには歩きながら、父さんのお父さんのことや、兄弟たちとの楽しい思い出を話してくれた。正直に言うと、こういうときだけは、父さんを好きになれた。

ボスラのモスクでは、おじさんたちや従兄(いとこ)たちはもちろんのこと、友だちにも会えた。ファドも、五歳(さい)のギャング集団(しゅうだん)に入って遊べた。ムサとぼくは、何年もコーランの学校に通っていたので、お祈りはどれも知っている。お祈りを唱(とな)えるとき、みんなといっしょに立ったり座(すわ)ったりするのが好きだった。いいことをしている気持ちになれたし、大人っぽい気分も味わえた。

でもダルアーでは、金曜日が苦手だ。モスクは知らない人ばっか。それより何より、学校の子に出くわすかもと、気が気じゃない。

あの最初の登校日のあと、友だち関係はよくなっていた。ファリドは休火山みたいで、いつ火を噴くかわからないけれど、大部分の子は、それなりにやさしくしてくれる。でも、モスクで父さんといっしょにいるところを見られるのだけは、ごめんだ。父さんのこと、どう思われるだろう。ほかの子のお父さんは、みんな背が高くてかっこいい。父さんみたいにチビでやせてる人はいない。それに父さんの歯並びもはずかしい。

ぼくたちのアパートからいちばん近いモスクは、とても小さかった。入り口で靴をぬぐと、中をじっくりながめた。たしかに、中はいい感じだ。天井が高くてひろびろしている。壁のタイルはとてもきれいだし、床に敷きつめられたカーペットもぶあつい。ぼくたちは身を清めるために洗面所に行った。ファドの袖をたくしあげて、腕を洗ってやった（父さんはお祈りの前に完璧に身を清めないとうるさいから）。そのとき、バセムがいるのが見えて、ぎくりとした。父さんの前で、まずいことを言ってきたらどうしよう。

バセムはムサを見て軽くうなずき、ムサはちょっとだけ手をあげたが、すぐそっぽを向いた。二人が、たがいに知らんぷりしているのを見て、よけいにこわくなった。

お祈りが終わると、知らない人が父さんに話しかけてきた。その話しぶりから、その人も農業省で働いてることがわかった。ファドがさわぎだしたので、ぼくは手をつかんでなだめた。こんなかっこいい人に、行儀の悪い家族だと思われたくない。父さんが、その人の話にいちいち笑顔でうなずいているところを見ると、えらい人のようだ。

さっきからムサがいない。見まわすと、モスクの広い庭のはしのほうに、ていねいにさか毛を立てた黒髪が見えた。道に出る門のすぐ近くにいる。タイミングよく、父さんの職場の人が咳をしたので、父さんに声をかけた。

「ムサが先に行っちゃった。追いかけるから」

父さんがうなずいた。

「ファドを連れていけ」

ぼくは聞こえないふりをして、ムサを追いかけた。ムサの姿をしっかりとらえ、人混みにまぎれて見失わないようにしていたが、もう少しで、大事な場面を見そこなうところだった。バセムがムサにサッと近づき、たがいにひと言もかわすことなく、目をあわせることもなく、ムサのズボンのポケットに、何かをすべりこませたのだ。

こんなこと、放っておくわけにはいかない。ぼくは人混みをかきわけてムサのほうにかけ出した。そのとき、ファドが呼んでいるのが聞こえた。

「オマル！　待ってー」

ファドの泣き声に、ぼくは立ち止まってふり返った。じゃまばっかする弟が、背の高い男の人の足の間でもがきながら、すぐ近くまで来ている。

「父ちゃんのところに帰れ！」ぼくはビシッと言った。

「いっしょに行くー」ファドは、下くちびるをつき出して強情を張っている。

「ダメだ、ファド。ほら、父さんにお菓子を買ってもらいな。きちんとたのめば、買ってくれるから」

ほんとかな、という顔をしているファドを軽くおしやって、様子を見ていると、父さんのところに無事もどった。でもそのときには、当然のことながら、ムサの姿は消えていた。

モスクの庭に残っている人が、どんどん少なくなってきた。心配そうな顔で、人々が急いで家に帰っていく。何か聞きもらしたんだろうか。何か新たなニュースが報告されたのか。お説教をちゃんと聞いていなかった。ラソールのヨーロッパへの危険な旅は、順調に進んでいるのかなあと、気をもみながら考えていた。ラソールは約束したのに、さよならを言いに来てくれなかった。その後のメールによる連絡は、チャンスがめぐってきて、トルコ行きの飛行機に乗ったというところまでだ。それからどうなったのか、どうしても知りたい。無事に海をわたってギリシャに行って、ヨーロッパに着いたんだろうか。

ぼくがやっとたどりついた門のまわりは、混みあっていて、通りぬけるのに時間がかかった。ムサは家に帰ったんだろうと思い、ぼくも家の方向に歩き出した。偶然にも、左手の路地を見たのがよかった。その道のつきあたりを、ムサが曲がって、大通りに向かうのが見えた。

何をやらかそうとしているのか、たしかめなければ。ぼくは全速力で走り、間もなく追いついた。ぼくがムサに手をのばす前に、足音を聞いたムサがふり返り、どなった。

「何だって、ついてくるんだ？　ファドはどうした？　ちゃんと世話しろよ」

「ファドのことなら心配ない。それより、何してんだよ？　バセムから受け取ったのは、何？」

ムサが顔を赤くした。

「どうしておまえ……」

「兄ちゃんのポケットに、何か入れたの見ちゃった。なんでそんなにかくすんだよ。まさか、銃を受け取ったんじゃないよね？」

「銃？」ムサが目を見開いたので、眉が、ふさふさとした黒髪にかくれた。それからムサがふきだした。「おれが？　このぎくしゃくした手で？　どうなると思う？　ねらいをさだめて、バーン！　おれの手は宙を泳ぎ、『ああ、ごめんなさい、あなたの頭じゃなくて、自分の頭を撃っちゃいました。おれのミスでした』」

ムサはおどけてみせたが、ぼくは笑わなかった。

「それで、ポケットの中は何？」

ムサがぼくをにらみつけた。

「おまえを守ってやろうってのに、うすのろめ」

「ぼくを何から守るのさ？　兄ちゃんをおいて、一人で帰ったりしたら、どうなる？　母さんがきっと……」

「オマル、おれはもう十五歳。おまえの兄貴だぜ、念のため。帰れ。失せろ」

「でも母さんが……」

「母さんにはメールした。本を借りに友だちの家に行くって」

「メールできるわけないだろ。ボスラで携帯なくしたくせに」

「それがどっこい、バセムが親切でね。古いやつを貸してくれたんだ。ほら」

ムサは、高そうなスマートフォンをポケットから出して、ぼくの顔の前でふって見せた。うらやましい、と思いながら、それを見つめた。

「ちっとも古くないじゃん、いちばん新しいモデルだよ。それがどうして秘密なの？　ふつうに手わたさないのは、どういうわけ？」

「おまえには関係ないだろ、このチビ。とっちめるぞ」

ムサが行ってしまった。ムサにしては、かなり足早に。ぼくはその場に立ちつくした。自動車がクラクションを鳴らしながら走っていくなじみのない道路で、ムサの後ろ姿を見つめるしかなかった。


ダルアーの道のことがまだよくわからなくて、家に帰るのに迷った。ようやく、自分がどこにいるのかわかったとき、携帯電話が鳴った。ぼくの携帯は古くて、画面のガラスが割れている。母さんからのメッセージだ。

〈どこにいるの？　すぐ帰りなさい〉

吹きぬけ階段の折り返しのところをのぼっているときに、母さんがドアをあけた。階段をのぼり終えるとすぐ、母さんが手をのばしてぼくを中に引き入れた。そばでエマンが心配そうに手を組んでいる。

「ムサはどうしたの？」母さんが声を張りあげた。「ファドと父さんはどこ？」

ぼくは母さんを見つめた。母さんは子どもたちの心配ばかりしているが、今回は本物のうろたえぶりだ。

「ファドは父さんといっしょにいるよ、母さん。お菓子を買いに行ってるはず。ムサは友だちの家に行って……」

「本を借りにね。もう知ってる。メールしてきたから」とエマンが口をはさんだ。「ムサ、どうかしてない？　こんな日に？」

「だから？　何か問題でも？　みんなすぐもどってくるさ」

母さんがエマンをおしのけた。

「問題？　何が起きてるか知らないの？　テレビで大さわぎよ。ダルアーで大規模な反政府デモがあるの！　犯罪者集団と危険分子が暴れまわってるって！　そんなところに家族みんながいるなんて！　まっただなかに！　何が起きるかわからないところに……」

「何だって？　ばあちゃんはどこ？」

「おばあちゃんは、ナディアを連れてマッジャおばさんのとこ」エマンが母さんをチラッと見て言った。「今朝は、おばあちゃんのご機嫌がすごく悪くてね。母さんのこと……」

「もういいから、エマン」母さんがさえぎった。

母さんの顔が赤くほてっている。また、もめ事が起きたのだ。ばあちゃんがナディアをだきあげて出ていくのが、見えるようだ。マッジャおばさんに、ぼくたちみんなの悪口をしゃべりまくるんだろう。それで母さんは、動揺してるってわけだ。

ぼくは母さんのわきをすばやくすりぬけて、家の中に入った。

「何にも見なかったけど、町で。昼ごはんは何？」

母さんが怒って、両手をピシャリと打った。

「何を言ってるの？　家族みんなが無事にもどってくるまで、昼ごはんはありません。手伝ってちょうだい、オマル。あんたなら、やれる」

母さんは、ほんとに取り乱してる。悪いことした。

「母さん、ごめん」ぼくは小声で言った。「ぼく、何すればいい？」

「おばさんの家まで行って、ナディアを連れ帰ってちょうだい。ナディアを連れもどしたいの。わたしのそばに」

「ばあちゃんはナディアをわたさないよ、母さん。わかるでしょ」

「つべこべ言わずに行きなさい、オマル！　おばあちゃんには、父さんの命令だって言えばいい。何とでも言ってちょうだい。とにかく、ナディアを連れて帰って」

マッジャおばさんのアパートは遠くないが、大通りをわたらなければならない。ぼくは急ぎ足で、細い路地を歩いていった。排水孔や敷石の段差を飛びこえながら。母さんには腹が立つ。ばあちゃんとの争いに、ぼくを利用するなんて。ただでさえ、うんざりしてるんだ。ムサは新しい友だちとうまくやってるし、ラソールはヨーロッパに行っちまうし、父さんはぼくらをこんないやな場所に連れてくるし、ダルアーという町もウザい。世の中の何もかもが、ぼくにさからってまわってる気がする。

いろんな思いにとらわれていたので、あやうく父さんにぶつかるところだった。父さんはフアドを引きずるようにして、急いで歩いていた。

「オマル、どこに行くんだ？」

「母さんの言いつけで、マッジャおばさんちに、ナディアをむかえに行く。ばあちゃんがナディアを連れてっちまったから」

「そうか」父さんはそれしか言わなかったが、ぼくには、父さんの心の内が手に取るようにわかった。いざこざが起きたのを察したものの、かかわるまいときめこんでいるのだ。「よし、わかった」と父さん。「まっすぐに帰ってこいよ。町でさわぎが起きそうだから」

ぼくは急いだ。でも、さわぎの兆候は見てとれない。ただ、道路はどこも、いつになく静かだ。金曜日だから店が閉まっているのは当たり前だが、人通りがないというのは、不気味だ。落ち着かない気分になってきた。みんなこわがって、家に閉じこもっているんだろうか？　それにムサ！　心臓がドキッとした。新しい友だちにのぼせあがって、言われるままに、さわぎに巻きこまれるかもしれない。

ぼくは走り出した。マッジャおばさんのアパートは、大通りをわたって二ブロック行ったところだ。いつもなら、両方からおしよせる車の流れをかきわけて、苦労して道路をわたらなければならないが、今日は、閑散としている。

マッジャおばさんのアパートに通じる細い道に入ろうとしたとき、遠くのほうで重い車両がゴロゴロと動いている音がした。ワッ！　見えた。隊列を組んだ軍用トラックが、ゆっくりとはうように進んできて、ぼくのいるところから二、三百メートルのところで止まった。兵隊がぞろぞろとおりている。おっかない光景だ。一目散にその場を離れるべきなのはわかっているが、好奇心が先立ち、とどまった。店の入り口にすばやくもぐりこみ、用心しながらのぞいた。何が起きるのか見てみたい。

軍用トラックのエンジン音が大きくて、ほかの音はかき消されていたが、エンジンが止まると、反対方向から叫び声が近づいてくるのが聞こえた。かくれている場所から、こわごわ顔を出して、道路の先のほうを見た。こわいもの見たさで心臓がドキドキしている。群衆が道いっぱいに広がり、人の波となって、こっちに向かって走ってくる。前列の人たちが、旗をかかげている。太い字で黒々と、口にしてはいけない言葉が書いてある。

〈政権を倒せ！〉

〈殺すな！〉

やっと、叫んでいる言葉も聞き取れるようになった。心にゾクッとひびく言葉だ。

「神よ、シリアに、自由を！　神よ、シリアに、自由を！」

すると、妙な気分に襲われた。何はさておき、あそこに走って行きたい。デモ行進をしているおおぜいの大人や少年たちといっしょに、叫びたい。何がなんだか、さっぱりわからないけれど、あの勇敢で、かっこよくて、はなばなしい一団に、どうしても加わりたい。

でも、あまりの迫力に圧倒されて、動けない。なすすべもなく立ちつくし、成り行きを見つめた。兵隊たちがデモ隊に向かって整然と列を組み、いつでも発砲できるように銃をかまえている。それに向かって、デモ隊が旗をなびかせながら、どんどん近づいてくる。叫び声が次第に大きくなる。

「神よ、シリアに、自由を！　神よ、シリアに、自由を！」

デモ隊が、銃をかまえた兵士たちの前で止まった。時間が止まったような光景。作り物のような、テレビ番組を見ているような、不思議な感覚。でも、物語の世界ではないのだ。兵隊たちが発砲し、耳をつんざく銃声がとどろいた。デモに加わりたいという思いが、恐怖に変わった。体が硬直して、身動きできない。

どなり声と共に銃弾が飛び、標的に当たって悲鳴があがる。最前列で行進していた少年たちが身をよじってたおれた。三人か四人は身動きせずにたおれたまま。ほかは転がったり、はったりしながら逃げようとしている。ぼくはハッと我に返った。これは本物の兵隊、本物の銃、本物の銃弾なのだ。

そのとき、ムサの姿が見えた。兄ちゃんのバカもん。行進のわきで足を引きずりながら、こっちに向かってくる。大切な新しい携帯を顔の前にかかげて。デモの一部始終を撮影しているのだ。

兵隊たちが、再び発砲。群衆のまっただなかに。またもや大人や少年がたおれた。真っ赤な血しぶきが、たおれた人たちの服を赤く染めあげる。こんなところにいてはいけない。銃弾が飛んでこないところまで、逃げなくては。でもムサが！　ムサをおいて行けるか？　この騒乱を冷静に撮影しているムサ。標的になるのはまちがいない。こんな危険きわまりないところに、おきざりにできるもんか。

6

この日、ぼくは多くのことを学んだが、そのひとつは、とんでもない恐怖を味わうと、思いがけないことが起きるということだ。急に力がわいてくる。時間が止まるので、考える余裕が出る。痛みまで感じなくなる。兄ちゃんのところに走っていくときに、腕をどこかにぶつけたらしいが、あとになって青あざができているのを見るまで、まるで気がつかなかった。

ムサのところにたどりつく前に、部隊がまた発砲し始めた。デモに加わっている人たちはちりぢりになって、路地に逃げこんだり、あとからやってくる群衆をかき分けてもどろうとしたり。それを兵士が追いかけ、警棒でなぐる、転んだ人を蹴りつける。一網打尽につかまえてトラックに引きずっていく。

ぼくは、道路にすばやく目を走らせた。ムサが兵士たちから逃げきるのは無理だ。どこかかくれる場所を見つけなければ。

間一髪で、見つかった。店と店の間の細い路地が、大きなゴミ箱に半分かくれている。ぼくはムサの耳もと近くで大声を出した。ムサは気づきもしないで、まわりで起きている暴力沙汰を、しっかり撮影している。

「やめろ！　このアホ！」ぼくは叫びながら、ムサが持っている携帯電話をもぎ取った。

ムサが、すごい形相でふり返った。

「返せ！　何をする！」

ぼくはムサを路地におしこんだ。暗くて、がらくたが散乱している。いろいろな思いがかけめぐった。ムサが携帯を持ったまま見つかったら、逮捕され、拷問にかけられるのはまちがいない。そのとき、頭のすぐ上に、格子がはまった小さい窓があるのに気づいた。かくし場所としては物足りないが、何もしないよりはましだ。ジャンプして、窓の敷居の上に携帯を放りこんだ。

「返せ！　返せったら！」ムサが金切り声を出した。

「正気かよ？　見つかったら死刑だぞ」

物わかりがいいのは、さすがムサ。ぼくをにらんだものの、不承不承うなずいた。

「携帯を取ってくれ、電源切るから。着信音がしたら気づかれちまう。そのあとで、もう一度かくせ。明日、取りにくる。場所、よく覚えとけよ」

「兄ちゃんから、命令されたくないもんだ」ぼくはピシャリと言い返した。

「たのむよ、オマル。やってくれ」

また携帯に触れると思っただけでいやだったが、たしかにムサの言うとおりだ。もし見つかったら、必ず持ち主を見つけ出し、関係者をたどってムサに行きつく。こわれた椅子をつかんで、バランスを取りながら乗っかって、敷居の上を探って携帯を見つけた。

「よこせ」とムサ。ムサがスイッチを切り、ぼくがもとの場所にもどした。危ないところだった。兵士が一人、路地の入り口に姿を現した。太陽の光を背に立った姿が、不気味なシルエットになっている。金属のヘルメットをかぶった頭が、でっかくて恐ろしい。こっちに向かってやってくる。がらくたに、つまずきながら。

突然、ムサがぼくによりかかった。ぼくの肩に頭をおしつけ、うなだれた。それから、ぼくをグイと小づいてきた。それでムサが何をたくらんでいるのかわかった。

「ああ、来てくれてよかった」ぼくはその兵士に、弱々しい声で言った。「ぼくたち、こわくてこわくて！　あの気が狂ったような人たち、もういなくなった？」

「ああ」兵士が、がなった。「気が狂ってるのは、おまえらもいっしょだ。仲間だろうが。逮捕する」

ムサが、グダグダとわけのわからない声を出し、わざと、よだれを垂らした。

「ぼくたち、何が起きてるのかわかんなくて」とぼく。「ボスラから来たばっか。おばさんちに、行くとこなんだ」

兵士は、ムサのシャツに垂れたよだれを、顔をしかめて見ている。

「これ、兄ちゃん」とぼく。「ぼくがめんどうを見ることになってるんだ。足が不自由で、頭も弱い」

兵士がかがみこんで、ムサをしげしげと見た。それから拳骨をつき出した。あと一センチでムサの鼻に当たるところだった。ムサが一撃をかわそうと身をかわし、転びそうになった。両腕をはげしくふりまわし、ネコの鳴き声のような声を出している。危険が差し迫っているというのに、さすが兄ちゃんだと、ほくそえみそうになった。兵士の疑いの目が、軽蔑のまなざしに変わった。

「いかれたヤツか」兵士が言った。「仮死状態で生まれたんだな。こいつを連れて出ていけ」

兵士が不愉快そうに見つめるなか、ぼくたちは、つまずいたりよろめいたりしながら、薄暗い路地から、明るい陽射しのもとに出た。

ムサは演技を続けている。兵士からじゅうぶん離れるまで、歩くのもままならない姿勢でぼくにもたれかかり、腕をぶらぶらさせ続けた。

「演技、やめるんじゃないぞ！」ぼくは小声で言った。「向こうにも、兵士がたむろしてる。うんと離れるまで、続けてくれ」

ぼくたちがふつうの歩き方にもどったのは、数ブロック離れてからだった。だいぶ静かになった。それでも、大通りの方から、まだ争いの音が聞こえてくる。叫び声、悲鳴、軍用車のエンジン音。

「おれのこと、頭が弱いって言ったよな？」ムサがゲロゲロ声で言った。「つぐなってもらうぞ、このチビ」

ぼくはニヤッとした。

「まさか。兄ちゃんが尻もちつきそうなのを、たった今、助けてやったじゃない。それとも、もう忘れちゃったとか？」

ぼくたちは、ムサが歩ける最大の速度で歩き続けた。突然、ムサが言った。

「どこなんだ、ここは？」

「あそこが、マッジャおばさんちに行く曲がり角だと思うよ」ぼくが指さしながら言った。「あの青い看板でわかる。行こうよ。おばさんちで、さわぎがおさまるのを待とう」

ムサがためらっている。

「おれ、バセムの期待を、裏切ってるんだよな。みんなといっしょにいなくちゃ。おれは無理」

ムサの言葉は、数発の発砲音でさえぎられた。さっきより近くで叫び声が聞こえる。ぼくはムサの腕をつかんだ。

「急げ！　ヤツら、こっちに来るかも」

ありがたいことに、ムサは文句を言わなかった。

曲がり角にたどりつき、ほっと息をついた。ぼくの方向感覚は正しかった。フェイサルおじさんとマッジャおばさんのアパートは、もう目と鼻の先だ。建物の入り口が暗くて、前に来たときは、なんだかいやな家だと思ったけど、今日は手招きしてるような気がする。

ぼくたちは、その入り口に逃げこんだ。同時に、デモの先頭が道の先に見えた。かけ足でこっちに迫ってくる。デモ隊の後ろから、軍用トラックが一台、不気味なうなりをとどろかせながら、ついてきている。

建物の入り口はとても暗かったので、すぐには人影に気づかなかった。せまくて急な階段のいちばん下の段に、肩をよせあっている人たちがいる。そのとき、甲高いはしゃぎ声が聞こえた。

「ムッシー！　オミー！」ぼくらをニックネームで呼ぶ声と同時に、小さな腕がぼくの足にだきついた。

「ナディア！」ぼくはだきあげながら言った。「こんなとこで、何してんの？　上に行こう。マッジャおばさんを探しに行こう」

階段に座っていた黒っぽい人影が立ちあがったので、よく見ると、ばあちゃんだった。

「ばあちゃん？　どうしたの？　中に入ろうよ。こんなとこにいちゃ、危ない」

暗がりから、ばあちゃんが出てきて、顔が見えた。青白い顔を楕円形に残しただけで、伝統衣装の黒いアバヤが全身をおおっている。目は、怒りに燃えたぎっている。

「中に入れないのさ。もぬけのからで。わたしが来るの知ってたんだよ、マッジャは。フェイサルに書きおきをしてきた。フェイサルが、わざと家族を連れ出したにきまってる。マッジャがわたしをこんな目にあわせるなんて、あり得ない！　ナディアと二人、ここに座って、何時間もマッジャたちが帰ってくるのを待ってたんだよ。家には帰りたくない。あんたたちの母さんが……」

ばあちゃんは、がっくりと肩を落とした。急に、途方に暮れた顔になった。くちびるをわなわなとふるわせている。ぼくは、本当のところ、ばあちゃんがかわいそうになった。

ナディアが、ぼくの腕の中でピョンピョン飛びはねている。

「くすぐって、オミー！　ナディアをくすぐってよ！」

「あとでな、チビちゃん。おとなしくして」

いったいどうすればいいのか、ぼくは必死に考えた。

ムサは道路のほうを見ている。少年たちが、目の前を走っていく。突然、ムサが叫んだ。

「ラティフ！　こっち！」

走っていく集団から一人がぬけ出し、ふり向いて、ムサに走りよってきた。

「こんなとこにいちゃだめだ」その少年が息をはずませながら言った。「やつら、家を一軒ずつ調べてる。大人も子どもも、自宅にいないのは逮捕してるぞ」

「ここは、おばさんの家なんだ」ムサが一生けんめい、ゆっくり、はっきり、しゃべっている。「でも、おばさんがいなくて、中に入れない。あの、これは、ばあちゃんと妹。二人を家に連れて帰らなくちゃなんない」

ラティフがたじろいだ。ぼくはラティフの様子を見て、それから道路を見やった。軍用トラックが一台いるが、止まっている。兵士たちも、どこかに行ってしまったようだ。そのとき、ばあちゃんが、ぼくの腕を引っぱった。

「どうなってるんだい？　撃ちあいの音が聞こえたが。だれだい、この子は？　ムサは何をしゃべってるのかね？」

ぼくは、ばあちゃんの手をふりはらいたいのを、がまんした。

「ムサは、ぼくたちを何とか家に連れ帰ろうとしてるんだよ、ばあちゃん。町の中は大混乱だから」

ばあちゃんは、いつもの人を見くだす顔をした。

「ムサ？　ムサに何ができる？　ただの役立たず以下の子なんだよ」

ぼくは、無視した。ラティフが何を言ってるのか、耳をそばだてた。ムサが家の住所を伝えている。ラティフが困ったなという顔をした。そのとき、走っていく少年の一人がラティフを見て、かけよってきた。バセムだ。

「ムサ！」意気ごんだ声だ。「うまくいったか？」

「いったはず」ムサがうなずいた。「携帯はかくした。今のところ無事。明日、取ってくる」

「どこにかくした？」

ムサがニヤッとした。

「聞かないほうがいいって」

ぼくはナディアをだいたまま、前に進み出た。ばあちゃんは、ぼくの袖にしがみついている。

バセムが目を見開いた。

「みんなで何してる、こんなところで？」

「立ち往生してるんだ」とぼく。「家に連れて帰らなくちゃなんないのに」

「消防署の向こうに住んでるんだってさ」ラティフが言った。

バセムが首をふった。

「このさわぎがおさまらないと、そこまで行くのは無理だな。道づたいには行けない」

「いい方法がある」とラティフ。「おれたちにとっても都合がいいよ、バセム。ドラッグストアの裏からガレージの後ろをまわって、敷地を通りぬける、それから裏庭をいくつかつたっていけばいい。何回か塀を乗りこえなくちゃなんないが、道に出ないですむ」

バセムは目を細くして、そのルートを思い浮かべている。

「よし、それでいこう」そして、ばあちゃんを顎で示しながら言った。「何とかなるよな？　塀を乗りこえるときが問題だが」

ばあちゃんが、バセムの言葉を聞きつけて言った。

「わたしが塀を乗りこえるだと？　ちょっとお聞き、お若いの……」

道路の向こうのはしで爆発音がして、全員、ビクッとした。

ばあちゃんが小さな悲鳴をあげた。

「銃撃なのか？　みんな殺されちまう！」

白い煙があがり、渦を巻くようにして道路づたいに、ゆっくりと近づいてくる。

「催涙ガスだ！」バセムが言った。「ここにいちゃまずい。行くぞ」

「わたしはだめ……無理……」ばあちゃんの文句がはじまった。

ぼくの忍耐が切れた。

「ばあちゃん、息がつまって死んじゃうよ。撃たれてもいいの？」ぼくはどなった。「バセムとラティフの言うことをきかなくちゃ。みんなを家に連れて帰ってくれるんだから」

「おい、その子をわたしな」ラティフがナディアに腕を差し出した「お年よりのめんどうを見てくれ、オマル。行くぞ」

バセムが建物の入り口から外を見ている。手をふって、ついてこいと合図した。

「来い！　今だ！」

ぼくたちが舗装道路にいたのは、わずか数秒。ラティフとバセムがせまい路地に飛びこんだ。マッジャおばさんのアパートの下のドラッグストア沿いの路地だ。銃を持った兵士たちがこっちに向かってくるのを目にしたばあちゃんは、ショックで凍りついたが、すぐ催涙ガスのにおいに気づき、アバヤのはしで顔をおおい、もう一方の手でぼくの腕にしがみついた。あんまり強くつかんでくるから、カニのハサミにはさまれたかと思った。

もし、ばあちゃんとムサがいなかったら、ぼくはこの逃避行を楽しんだかもしれない。塀を乗りこえ、薄暗い路地を走り、ひっそりしたビルの間を通りぬけ……でも心配だった。ムサが足かせになるのではないか。塀が現れるたび、がれきの山にぶち当たるたび、二人はたいへんな目にあった。でも、あの日、ばあちゃんへの尊敬の念がわきおこったのも事実。ばあちゃんは文句ひとつ言わず、ラティフとバセムにしたがった。ぼくたちは何度も、ばあちゃんを、骨ばった荷物のように持ちあげ、塀の上から下に受けわたしたが、小さくうめくだけだった。地面におろされて再び立つと、黒くて長いアバヤのよごれを落とし、少年たちの後ろを急ぎ足でついていったが、その様子は、まるで黒いゴキブリ。ムサも何とかついてきた。ムサの手助けをする理由はない。こんな目にあうのは、ムサのせいだから。三十分近くたって、ようやく家の近くにたどりついた。町もこのあたりまで来ると静かで閑散としている。

「やっと、どこにいるか、わかったよ」消防署が見えてきたとき、ムサがあえぎながら言った。

「ありがとな、二人とも。本当に助かった。困ってたんだ、あそこで」

「おれたちにとっても、好都合だった」バセムが言った。「あのまま走ってたら、おれたち、つかまってた」

　ラティフがナディアをおろそうとした。ここに来るまでずっと、ナディアは声も出さずに、ラティフにしがみついていた。ラティフの首に腕をまわし、恐怖で目をまん丸にして。そして今、どうやらラティフから離れたくないらしい。

「ママが待ってるよ。もうすぐお家に帰れるぞ」と、ぼくが説得。

「ママ！　ママ！」ナディアが急に泣き出した。

バセムがムサをわきに呼んだ。

「あれ、いつ取ってこられる？」バセムが聞いた。

「静かになったらすぐ。だれかに手伝ってもらう必要があるけど」

「アハメドを行かせよう」

「そんな必要ないよ」ぼくが割りこんだ。「ぼくが行く」

ムサが首をふった。

「おまえじゃダメだ、オマル。危険すぎる」

人を見くだした口調に、むかついた。

「行くと言ったら行く」

ばあちゃんが、泣いてるナディアの手を引いて道をわたり、ぼくたちのアパートの入り口に向かって急いでいる。それを追いかけた。ばあちゃんが、きびしい顔でふり返った。

「あの二人はだれだい？　ムサは、あの子たちと何をしようってのかい？」

「ムサのクラスメートだよ。同じ学校。ムサの友だち」

「もう友だちになったのかい？　学校には、まだ二週間しか行ってないじゃないか。ムサは利用されてるんだよ。頭がからっぽなのを見ぬかれてるのさ。仲間に引きずりこまれちまって」

ぼくの体がカッと熱くなった。

「ムサの頭はからっぽじゃない」腹立ちまぎれに大声を出しすぎた。声を落として言った。「ムサは、ものすごく頭がいいんだぞ、ばあちゃん。ぼくなんかより、ずっと。エマンより」

「そうは見えないね。ボーッとした顔してるじゃないか」

上のほうから大きな声がして、ぼくたちの部屋のバルコニーの、ぶあつくはびこった、ほこりだらけの葉っぱの向こうに、頭が見えた。エマンが、ぼくたちが帰ってきたのに気づいたのだ。

「おまえたち男の子は、何かたくらんでいるんだろ」とばあちゃん。「わたしの目をごまかそうったって、そうはいかないからね」

「ぼく、何にもたくらんでなんかいないよ」ぼくは身ぶるいしながら言った。「家に早く帰りたいだけ」

「理由もなしに、街なかのあんなところに、行くわけがないだろうが」

「母さんにたのまれたんだよ、ナディアを連れて帰れって」怒りがこみあげた。「知らない間に、デモにぶつかっちゃったんだ」

ぼくたちはアパートの建物に着き、階段をのぼりはじめた。ムサがすぐ後ろをついてくる。ばあちゃんがふり返って、ムサをねめつけた。

「あのバセムって子が言った、うまくいったかってのは、どういう意味なんだい?」

ムサがばあちゃんを見あげて、無邪気(むじゃき)な顔で笑った。

「本当は知りたくないくせに、ばあちゃん」

ばあちゃんが眉(まゆ)をひそめた。

「この子の話はひと言もわからん」とぶつくさ言った。

そこで時間切れ。はじめにエマンが、それから母さんが、足音高く階段(かいだん)をおりてきて、ぼくたちを見るなり、ああ、よかったと言いながら、大きな声で質問攻(しつもんぜ)めにしてきた。

7

その晩は、よく眠れなかった。父さんと母さんの話し声でおそくまで寝つけなかったし、そのあとも、恐ろしい夢にうなされた。悪夢のさなかに目を覚まし、すぐに約束を思い出した。バセムの携帯電話をかくし場所から取ってこなければならない。こわくておなかが痛くなった。土曜日なので学校はないが、父さんが外出をゆるしてくれるとは思えない。たとえウィークデーでも、だめだろう。前の日の銃撃で亡くなった人たちのお葬式があるのだ。大群衆が集まってくるのはまちがいない。それに、きのうのおとなしいデモにまで、警官が発砲して死者が出たことを考えると、過激派が加わったら大あれになるだろう。

ムサも、ぼくと同じようにイライラしている。問題の携帯電話のことを考えているのがわかる。アパートの中には、二人きりで話す場所がない。ばあちゃんは機嫌をそこねているようで、エマンといっしょに使っている部屋から出てこない。ファドはぼくたちの部屋で、おもちゃの自動車を使ってそうぞうしいゲームをしている。母さんはキッチン。父さんはテレビの前から動かず、えんえんと続くニュース番組を見ている。

うれしそうな顔をしているのは、エマンだけ。居間のすみの小さいテーブルに本を何冊も広げ、宿題に没頭（ぼっとう）している。でもそれはほんの数分のこと。父さんがふり返ってエマンを見た。

「おまえ、どうしてキッチンで母さんの手伝いをしないんだ？」父さんがどなった。「そんな勉強、何になる？　こんな物騒（ぶっそう）な世の中で、おまえを毎日通学させるなんてことが、どうしてできる？」

エマンが驚（おどろ）いて顔をあげ、父さんを見た。エマンは怒（いか）りで顔を真っ赤にして、何か言いかけたが、やめておいたほうがいいと思ったのだろう、口をつぐんだ。エマンに勇気があったとしても、父さんと言い争っていいことは何もない。エマンは本をそろえて、キッチンに入っていった。

ぼくにチャンスがめぐってきたのは、ナディアのおかげだった。ナディアは朝からずっとぐずっていたが、お昼近くになると、ソファの上でぐったり横になった。ほっぺを真っ赤にして、動かそうとすると泣き出す。

「おでこをさわってみて」キッチンから出てきてはナディアの様子を見ていた母さんが、父さんに言った。「熱があるの。薬を買ってきていただかないと、ハミド」

父さんが答える前にすかさず、ぼくが答えた。

「わかった、母さん。ぼくが行く」

「あなたはダメ」母さんはまだ父さんのほうを見ている。「今日は、子どもたちには外に出てほしくないわ」

父さんは、テレビの画面から目をそらさずにいる。

「オマルを行かせろ、レイラ。このあたりはさわぎもまったく起きてないんだから」

「ぼくもオマルといっしょに行くよ」ムサが言って、立ちあがろうともがいた。ムサもテレビを見ていた、額に八の字をよせながら。ぼくは、首をわずかにふって、ムサの申し出をことわった。ムサはがっかりしてソファに座りなおしたが、腹立たしそうに顔をしかめている。

「いけません」母さんがきびしい声で言った。「外に出るなんて無茶ですよ。二人も行かせるわけにはいきません」

母さんは、父さんに目をすえながら言ったが、父さんはそしらぬ顔だ。

ぼくは胸をドキドキさせながら、大通りを急いだ。ドラッグストアまでは、わずか一ブロック。五分もあればナディアの薬を買って帰れる。すると、ムサのさげすむような目つきが頭をよぎった。ムサなら、口実を見つけて、大急ぎで携帯電話を取りに行くだろう。そして逮捕される。ぼくは、勇気をふりしぼって方向を変え、足をふみしめて歩いた。走ったら疑われる。大通りを行きかう人もいくらかいるが、いつもに比べると少ない。店の多くが閉まっている。シャッターをおろし、鍵をかけて。たまにあいてる店もあるが、町はきのうとは様変わりしている。ぼくは一瞬、パニックになった。携帯電話をかくした路地の入り口はどこだっけ？遠くにイスラム寺院の塔が見えてきてやっと、遠くまで来すぎたことがわかった。立ち止まり、携帯電話を売っている店のショーウィンドウを見るふりをしてから、来た道をもどった。

ここだ！　やっと見つけた。きのう、路地の中ほどにあったごみ箱が、今日はない。どおりで、薄暗い小さな路地を見つけられなかったわけだ。路地にかけこんだところで、しばらく立ち止まり、暗がりに目が慣れるのを待った。

窓があった！　がらくたをふむたびにガサガサ音がする。きのうは、窓の敷居に手がとどくように椅子をふみ台にしたが、それも今日はない。しかたないのでジャンプして、敷居に指を走らせた。でも、落ちてきたのは、コンクリートの破片だけ。がっくり。

やっぱりバカだよ、ムサは！　携帯電話は、もうばれちまった。みんなトラブルに巻きこまれる。

もう一度、渾身の力をこめて飛びあがった。今度は、敷居の上が見えるように、両手で敷居をつかんで、頭を引きあげた。あった！　携帯電話がある、敷居の向こう側に。飛びついて取ってから、下に飛びおりた。ほっと胸をなでおろした。

携帯をポケットにすべりこませ、路地の入口までもどったとき、大きな手に腕をつかまれた。

「きたないヤツめ！」野太い声だ。「家にトイレはないのかい？　もうがまんならん、路地がくさくてかなわない」

男は大柄でこわい顔、ビール樽のようなおなかをしている。

「す、すみません」ぼくは口ごもった。「どうしても、その……」

男につき飛ばされ、すんでのところで、走ってきたタクシーにぶつかるところだった。

「今度見つけようもんなら……」

「もう来ません！　約束します！」

転びそうになった体を立てなおし、曲がり角まで一気に走った。道を曲がったところで立ち止まり、壁によりかかって、バクバクしている心臓がおさまるのを待った。

携帯電話を無事、取りもどせたのがうれしくて、家のすぐ近くに来るまで、ナディアの薬のことをすっかり忘れていた。ドラッグストアまで引き返した。買い物客がイライラしながら長い行列を作っていた。そんなこんなで、アパートの階段をかけあがって、玄関のドアをノックしたのは、家を出てから一時間以上もたっていた。

母さんがいきおいよくドアをあけた。母さんのすぐ後ろにムサがいる。

「いったいどこに行ってたの？」

ぼくは薬の袋をわたし、母さんをおしのけた。

「ごめん、母さん。ドラッグストアがあくまで、待たされた。黒山の人なんだもん。めちゃ待たされた」

「みんな買いだめしてるのね」母さんが、おだやかな口調にもどった。「何が起きるか、見通しが立たないんですもの。よくやってくれたわ、オマル」

「町でトラブルは起きてなかったか？」父さんが遠くから言った。父さんは、ソファの同じ場所に座ったままだ。

「べつに。静かだったよ。あいてる店もあったし……」

ムサが目で、気をつけろと合図してきたので、口をつぐんだ。アパートとドラッグストアの間に、店は二軒しかない。もう少しでボロを出すところだった。

ムサが、ぼくたちの小さな部屋に向かって、足を引きずりながら歩いていく。ぼくも続いた。部屋では、フアドが床に腹ばいになって、ミニカーを走らせている。

「出てけ」二人で同時に言った。

フアドが起きあがった。髪の毛がトサカのようにさか立っている。まるで怒ったニワトリ。

「なんで？　ひどいよ。ぼくも使っていい部屋なのに」

「出てけ」ムサがくり返した。

なんだかフアドがかわいそう。

「あとで遊んでやっから。約束する。英雄ごっこしよっか。バットマンになれるぞ」

フアドはのろのろとドアに向かった。出ていくとすぐ、ぼくはドアを閉め、ドアを背にして立った。

「取ってきた？　だれにも見られず？　現物はどこ？」

ムサは早口でつぎつぎに質問をくり出して、舌がもつれた。

「はい、これ」

ぼくはポケットから携帯(けいたい)を取り出し、ムサのベッドに放り投げた。ぼくの背中で、ドアノブがまわる音がした。

「オマル！　取って、ぼくのショベルカー！」

ムサがあわてて携帯電話を枕(まくら)の下にかくす。

「いいぞ」ぼくはドアをあけてやった。「自分で取れ。でもすぐ出てけ、いいね？　じゃないと、ゲームはなし」

ファドはけげんな顔でムサを見て、それからぼくを見た。

「秘密(ひみつ)の話なの？」

ぼくは、ファドの小さいベッドの下から、ショベルカーのおもちゃを見つけ出して、ファドにわたした。

「ムサに、宿題を見てもらってるだけ。さあ、早く行け」

ようやくファドが出て行った。ムサが携帯電話を枕の下から引っぱり出した。

「バセムに電話する」と言って、番号を探(さが)している。呼(よ)び出(だ)し音が鳴ると、ムサが携帯をぼくにわたした。「おまえが話せ。電話だと、みんな、おれの話を聞き取れない」

すぐにバセムが電話口に出てきた。こっちが話す前に、バセムが手短に言った。

「取ってきたんだな？」

「うん」

「今、家?」

「そう」

「よし」

そして電話が切れた。

「かっこいい」ムサに電話を投げ返しながら、言った。「『もしもし、オマル?』とか、『元気か』とか、なんにも言わないで、いきなり『今、家?』だって。それだけで、ガチャン」

ムサが眉をあげた。

「政府が電話を見張ってるのさ、このバカ。時間が短ければ、つき止めるのが難しくなる」

「ふーん、知らなかった」

ムサは、麻痺のないほうの顔だけで、ゆがんだ笑顔を見せた。

「ようこそ、秘密の政治活動へ、わが弟よ。よくやった。自由のために一撃を加えたな」

ぼくは身ぶるいした。

「これが最後だからね。これっきりにしてよ」

ムサはいいほうの手で携帯電話を包みこむようにしている。ぼくは、それを見ながら疑った。

「それ、どうする気?」

「バセムかラティフが取りに来る」

「いつ?」

「都合がついたらすぐ、のはず」

間もなく携帯電話がこのアパートから持ち出されるとわかって、ムラムラと好奇心がわいた。

「ボタンをおしまちがえたりしないで、ちゃんと撮影できてるといいね」ぼくは言った。

ムサがニヤニヤした。

「見たいんだろう？」

「まさか。そんなわけないだろ？」

ムサはもう画面に指をすべらせている。

「ほら。見ようぜ」

見たくないなんて言えない。ドアのそばを離れてムサのベッドに移動しているときに、背後でドアが開いた。ドアのすきまからエマンが顔を出した。

「母さんがね……」

「あける前に、なんでノックしないんだよ？」ぼくは、機嫌の悪い声でさえぎり、急いでエマンの前に立ちはだかった。「着がえの最中かもしんないだろ？」

「ごめん。そんなに怒らなくてもいいのに。母さんがね、食べに来なさいって」

エマンが向こうに行った。

ムサは、携帯電話を枕の下にもどし、ぼくに向かって首をふった。

「またな」ムサが小声で言った。

＊

エマンと母さんがいつものように、床に布を広げていた。ぼくたちは、ばあちゃんのふっくらしたクッションに座って、湯気を立てている料理を取り囲む。おいしそうなにおい。ぼくは何もかも忘れて、ああ腹ペコだ、と思った。

みんな、あまり口をきかずに食べている。ぼくも、夢中で食べた。母さんは、ぼくが好きなものを作ってくれていた。ラム肉のミートボール。つけあわせは、母さんお手製のナスのピクルス。母さんは、大量のピクルスをボスラから運んできた。

ばあちゃんは、ぼくの向かい側に座っていた。大きなクッションを背に当てている。いつになく食欲旺盛だ。やがて、クッションに深く体をあずけて言った。

「おいしかったよ、レイラ」

驚いて、みんないっせいに、ばあちゃんを見た。

「ありがとうございます、ウンム・ハミド」と母さんが言った。〈ウンム・ハミド〉というのは〈ハミドのお母さん〉という意味で、ばあちゃんの正式な名前。母さんはばあちゃんのことをいつも、こう呼ぶ。母さんは口をぬぐって、やったでしょう、という勝利の笑顔をかくした。

食事が終わって、ムサとぼくは、自分たちの部屋に引きあげた。

「ばあちゃん、どうしたんだろうね？」ぼくはムサに聞いた。

ムサが笑った。

「ばあちゃん、朝からずっと電話で、マッジャおばさんにガミガミ言い続け。今や母さんが、ばあちゃんのお気に入りになったんだろ」

ファドが部屋に入ってきた。

「遊んでくれるんでしょ、オマル。約束したもんね」

ちょっとはずかしいけど、実はファドと遊ぶのを楽しいと思うこともある。それに、ここ二日間、緊張の連続だったので、五歳児にもどって遊べるなんて、ありがたい。撃ちあいっこしたり、ベッドにダイビングしたり、へんな鳴き声を出したり。遊び疲れたころ、母さんが声をかけてきた。

「お友だちがみえたわよ、ムサ」

ムサは、ベッドに寝そべって、ぼくたちが遊ぶのを見ているところだった。ムサがぼくをチラッと見た。ファドは、だれが来たのか見ようとかけていった。ムサは、枕の下から携帯電話を取り出し、もがきながらベッドから出た。部屋の中をさっと見まわして、ぼくの読みかけのコミック誌『マジッド』をひっつかむと、その中に携帯電話をすべりこませた。

「こらっ」ぼくは抗議した。「まだ読み終わってないんだぞ」

「返してもらえるさ」ムサがボソッと言った。「これ、お前がわたしたほうがいい。おれの手、へんな動きをしちまったら、携帯が落ちる」

ラティフは、ソファの向かい側の椅子にちょこんと座って、父さんの話を行儀よく聞いていた。なかなかおしゃれだ。糊のきいた白いシャツ、ワックスでかためた黒い髪。「おっしゃるとおりです。アブー・ムサ」ラティフが熱心に答えている。「重大な局面をむかえていますが、終わりが見えません」

「政府に選択の余地はない」父さんが、えらそうにぴしゃりと言った。「力でおさえこむ、それしかない」

ぼくの横で、ムサが百面相をしている。目をぐるっとまわしたり、口をへの字に曲げたり。ラティフが目をあげ、ムサを見た。ラティフは笑いたいのをこらえ、気を取りなおして、おとなしく父さんに相槌を打っている。

偽善者め、とぼくは思った。

ばあちゃんと母さんがキッチンから出て来たのを見て、ラティフはさっと立ちあがった。「お変わりありませんか、ウンム・ハミド?」ばあちゃんに、静かにいたわりの言葉をかけている。「おさわりがなければいいのですが……」声がだんだん小さくなった。

「あなたが、ナディアをずっとだいて、送ってきてくださったのね?」母さんが言った。母さんのスカートにしがみつきながら、はずかしそうにラティフをチラチラ見ていたナディアを、母さんがだきあげた。「何とお礼を言ったらいいか！　それに、ウンム・ハミドのめんどうまで見てくださって！」母さんは、体をひねって、肩ごしに声をかけた。「エマン！　コーヒーとハニーケーキを！」

ばあちゃんはひと言もしゃべらず、物問いたげにラティフを観察している。ぼくは、ドキッとした。ばあちゃんが何か嗅ぎつけていたらどうしよう？　父さんに言いつけられたら、どうする？

でもそれは一瞬のこと。ばあちゃんが、にっこり笑った。よかった。ラティフの行儀のいいマナーや、きれいになでつけた髪、きちんとした服装を見て、安心したのだ。ばあちゃんはキッチンに行った。半開きのドアから、ばあちゃんがエマンをせかす声が聞こえる。

ラティフがムサをチラッと見た。

「ありがとうございます。ウンム・ムサ。でも長居はできないんです」とラティフが母さんに言った。「ナディアちゃんがどうしてるかと思って、よってみたんですが、それから、あの……」

「それから、この雑誌を借りに来たんだ」ムサがすばやく口をはさんだ。

ムサがぼくの背中をこづいた。それで、家族の半分の目の前で、ソファをぐるっとまわって、ぼくの雑誌にはさんだ不発弾でもおかしくないものを、ラティフにわたす羽目になった。

ラティフはもう少しでヘマをするところだった。雑誌をさかさにつかんだので、中で携帯電話がすべったのが手につたわった。ぼくは携帯の位置をもとにもどした。

「ぼくが、かばんに入れたげる」あわてて言った。

問題の物がかばんにおさまり、ラティフがドア近くまで進んだとき、ぼくは手にじっとりと汗をかきながら、心の中で、早く帰ってよ、と言っていた。

そういうわけで、ムサが撮影した映像を見るチャンスは逃してしまった。

8

バセムやラティフやほかの少年たちは、自分たちがやっていることが、そのうち全面戦争につながるかもしれないと知りながら、ダルアーで行動していたんだろうか。ぼくにはわからない。ムサに聞いてみたが、にらみつけられておしまいだった。そのうちに話しあえるようになるのだろう。

ぼくたち家族が引っ越したころのダルアーは、ごくふつうの町だった。歩道のわきには店が所せましと並び、車道をひっきりなしに自動車が行きかい、町にはあるべきもの——店、学校、病院、モスク、教会——がすべてそろっていた。それが数か月後に、無残にもぶちこわされた。廃墟の町。死者の町。

今ふり返ると、それはあっという間の出来事だった。学校の壁に最初に落書きされてから本格的な惨事になるまで、ほんの二、三週間。でもその当時は、一日一日が、とても長く感じられた。

ダルアーの怒れる市民が、いつもどこかでデモ行進をしていた。催涙ガスの刺激臭が町をおおうこともしばしば。道路からは、デモ行進の叫びが伝わってくる。

「血と魂の戦い！　恐れるものはない！　神よ、シリアに自由を！」

警察と軍隊が、デモ隊に向けて発砲をくり返す。〈テロリスト〉ときめつけて。父さんも、デモ行進をしている人を、そう呼ぶ。でも、バセムもラティフもムサも、テロリストなんかじゃない。おびえずに暮らせる国に住みたいだけだ。公正でかくしごとのない政府を望んでいるだけ。

デモ行進の翌日はきまって、あちこちで葬式がある。いきり立った男たちに少年も加わって、道路をふみ鳴らしながら棺をかつぎ、大声で叫ぶ。その声は、百キロも離れた首都ダマスカスにも聞こえるほど大きい。

それでも、ムサがもらった携帯電話に一通のメールが来るまでは、どこか別世界の出来事のような気がしていた。その晩、家族で夕食をすませ、ぼくはナディアと他愛ない手遊びをしながら、宿題に取りかかるのを先のばしにしていた。

ムサが、携帯の小さな画面を見おろして、喉をボコボコ鳴らした。

「何だ、その声？」とぼく。「おぼれたカエルみたい」

ぼくの宿題をムサがやってくれないなんて、むかつく。ムサは、宿題は自分でやらなくちゃ身につかないぞなんて、お説教までしやがる。

ムサを見ると、ショックのあまり、まともに口がきけないらしい。手がはげしくふるえ、携帯電話がすっとんだ。ぼくは、ムサが拾う前に飛びついて、画面を読んだ。三回読んで、やっと書いてあることがわかった。

〈ラティフが頭を撃たれた。たった今、病院で死んだ。明日、葬式〉

「まさか」ぼくの声がふるえまくった。「バセムに、からかわれてるのさ」

でも、嘘ではない。二人とも、これは本当のことだとわかっていた。


ラティフが死んで、ぼくは少し成長した気がする。ラティフは、ぼくの友だちというわけじゃない。二、三回、会ったきりなんだから。でも、〈抵抗する戦士〉が死んだと聞くたびに、ラティフのことを思い出す。校門のところでバセムの横に立っていたラティフ。ダルアーの裏通りを、ナディアをだいて走りぬけた姿。ぼくたちのアパートで椅子にあさく腰かけ、父さんの話を行儀よく聞いていたラティフ。糊のきいたシャツを着てたっけ。ぼくのコミック雑誌にかくした携帯電話を、もう少しで落とすところだったよな。

ラティフが死ぬまでは、ムサの言うことと父さんの言うことの、二つの考えがぼくの頭の中でせめぎあっていた。ムサの熱弁をしょっちゅう聞かされていた。腐った政権、警察の実態、抑圧、腐敗、などなど。かと思うと、テレビが大統領の言葉を紹介する。大統領は、「外国の勢力」や「陰謀」、シリアが直面している「団結の試練」について、長々と述べる。父さんもしょっちゅう、きびしい声でお説教をたれる。「法と秩序」とか、「過激なやつらは懲らしめるべき」とか。

ラティフのお葬式が終わってから、ぼくはこういう話を、いっさい聞きたくなくなった。臆病かもしれないけれど、戦いとか死とか、ぼくには関係ない。ムサのように勇敢にはなれない。何が起きていて、だれが正しいのか、だれがまちがっているのか、だれがよくてだれが悪いのか、さっぱりわからない。ただただ、もとの静かな世の中にもどってほしい。

でも、わかってる。もとにもどることなんて、けっしてないのだ。

しばらくは、家族みんな、ふだんの生活を続けようと努力していた。父さんは農業省に出勤。母さんはナディアの世話をしたり、家事をすべて引き受けたりしながら、ばあちゃんのいじめに耐えようとしていた。ぼくたちはみんな学校。でもぼくは、相変わらず家で落ち着けない。何かしようとするたびに母さんから、あれを買ってきてくれだの、ばあちゃんが育てている、のび放題の植物に水をやれだの、言われるから。

でも、以前とまったく同じ、なんてわけにはいかない。父さんは、新しい仕事が気に入らないようで、毎日、腹を立てまくって家に帰ってくる。むしゃくしゃしてるから、些細なことで爆発してしまう。

エマンへの風当たりが、特にひどい。エマンは頭にかぶる花柄のヒジャブを買ってきた。鏡の前で長いこと、ああでもないこうでもないとかぶりなおして、ようやく小さい真珠のついたピンで留めた。とてもきれいだし、センスもいいのに、父さんは、エマンがそれをかぶって学校から帰って来たのを見て、激怒。

「わたしに、はじをかかせる気か？」とどなった。「そんなかっこうで、まともな家族のつもりか、それとも……」

続く言葉はくり返したくない。

ムサはほとんど家にいない。夜おそく、もうファドが眠ってしまってから、家にしのび足で帰ってくる。何が起きているのか、しつこく聞き出そうとしても、いつも両腕を広げて、何も知らないとはぐらかされてしまう。

「ぼくを信じてないんだね！　ぼくのこと、子どもあつかいしやがって！」ぼくは食いつく。

「命がけで携帯電話を取りもどしてやったのは、だれだっけ？　だれが――？」

「その話はやめろ、オマル」ムサは、ぼくがうるさいハエだと言わんばかりに、すげない態度をとる。「おまえとおれは、考え方がちがう」

「ぼくの考え方なんて、知らないくせに！」

「おれにはわかる。独裁国家からシリアを解放するために、命をささげる覚悟はあるか？　監獄に入れられ拷問されても、かまわないと思ってるか？」

こんなこと言われたら、引き下がるしかない。ぼくに、そんな気はさらさらないし、それは、ムサもぼくも百も承知だ。

「殉教者にでもなれば？」とぼく。「そんなの知ったことか」

我ながら、まるですねた子どもみたいだと思うけど、本音を言ったら、バカ丸出しになっちゃう。本当はね、本当は、死なないでほしいんだよ、ムサ。兄ちゃんは立派。大好きなんだ。わかるでしょ、なーんて。

ひとつよかったのは、ばあちゃんが変わったこと。ばあちゃんは、あの日、フェイサルおじさんとマッジャおばさんにアパートからしめ出されたことを、いまだに根に持ってる。その腹いせに、母さんにとてもやさしくふるまうようになった。しばらくすると、ただの腹いせだけじゃないんだとわかった。母さんとキッチンで、うわさ話などしながら、長い時間いっしょに過ごすようになったから。

ラティフが死んだことは、ぼくたちと同じく、ばあちゃんにとってもショックだった。

「あんないい子が」ばあちゃんはくり返し言った。「あんなに行儀がいい子がねえ。兵隊どもは、何様のつもりかね、罪のない少年たちを銃撃するなんて」

その上、父さんが強い政府だの、法と秩序だの、いつものお説教を始めると、ばあちゃんがこんなことを言って、ぼくたちを驚かせた。

「またそんなおめでたいことを言って、ハミド。ムサは状況をよくつかんでるよ。おまえより、よっぽど物わかりがいい、身体障害者なのに」

町の中が、みるみるひどいありさまになっていくので、急に家の中が和やかになったのは、ありがたかった。さまざまなうわさ話が、狂ったカラスが飛びまわるように、広まった。ばあちゃんは、玄関前の踊り場に何時間も立ちっぱなしで、古くからつきあいがある隣人と、町のまんなかのあの有名な古いモスクを政府軍が破壊しちまってと、声高にしゃべっている。エマンは、ピンクの携帯電話をしょっちゅう耳に当てて、新しくできた友だちと、学校に行っても危険はないか、話しあう。父さんは帰宅すると毎晩、「若い連中」の無礼な行動はけしからんと息巻く。若者たちが、政府の建物にかかげられている大統領の肖像画を、引きずりおろしたのだ。アパートの庭で遊んでいるファドまで、家にかけこんできて、友だちの兄ちゃんが何人もいなくなっちゃったなどと、あることないこと話す。

何が本当で、何が嘘なのか、見分けるのは難しい。テレビのニュースを見たって意味がない。父さんのように、たわごとであれ嘘であれ、ただたくさんのことを聞きたいと思っているんならべつだけど。

ムサはもちろん、何も言わない。べつのスマートフォンを手に入れた。バセムからもらったんだろう。何時間も、ネットサーフィンやメールをしている。

ところが突然、役所がインターネットを切断した。インターネットがないのは、何とも落ち着かない。まるで、無人島に住んでるみたいな気分だ。ほかのところで何が起きているのか、さっぱりわからない。ソーシャルメディアもないから、友だちと連絡が取れないし、情報を探す手立てもなく、ニュースさえ入って来ない。

でもぼくは、エマンやムサほど困らない。連絡を取りたいのは、ラソールだけだから。おんぼろの古い携帯で、メールを送り続けているのに、ほとんど返信がない。わかっているのは、苦労してドイツまで行ったあと、ノルウェーに行く決心をしたところまで。

人がすぐ慣れっこになるのは、驚き。デモやデモ行進、銃撃、お葬式――こういうことがみんな、あたりまえに思えてくる。ぼくは毎日、学校に行く。校門が開いているときは、たいくつな授業と、いまいましいファリドの蹴りに耐えなければならない。校門が閉まっていると、そのままぶらぶら家に帰る。

この先どうなるのかは、考えない。考えたところで、政府が次に何をするかなんて、わかるわけないんだから

戦車がダルアーに入ってきた日、ぼくは体調が悪かった。四月の終わりで、日ましに暑くなっている。エマンは家にいた。父さんに外に出るなときびしく言われていたが、どっちみち、女子校はもう何日も休校なのだ。ファドとムサは、男子校が開いているかどうか見に行ったけど、ぼくは、咳がひどいのをいいことに、家にいた。

フアドとムサは、一時間も経たないうちに、あわてて家に帰ってきた。父さんもすぐ後ろにいる。母さんがナディアをだいて、キッチンから出て来た。

「何があったの？　そろって帰って来るなんて、どうしたの？」

「対決だ。テロリストが――」父さんがぶっきらぼうに言うと、ムサがいやな顔をした。「――古いモスクを占拠しやがって。政府が部隊を送って追い出しにかかった」

「戦車を出したんだよ、戦車を」ムサが強い口調で話を引き取った。「モスクに発砲し始めてる」

　ばあちゃんもキッチンから出て来た。憤慨しているようだ。

「大モスクに発砲してるのかね？　戦車から？」ばあちゃんは両手で頬をピシャピシャたたいた。「何てこと！　アッラーの罰がくだる、そんなことしちゃ！」

「何も知らないのに意見を言うもんじゃない」父さんがぴしゃりと言った。「エマン、ナディアのめんどうを見てくれ。レイラ、わたしといっしょに買い物に行こう。食糧をできるだけ買いだめしておく必要がある。オマル、仮病を使うのはやめて、いっしょに来い。大量の荷物になるかもしれんから」

　外に出ると、町がパニック状態になっているのがわかった。人をおおぜい乗せた車がぞくぞくと、ほかの車をおしのけるようにして進んでいく。車の屋根に、マットレスや大きくふくらんだバッグを目いっぱい積んで、せわしなく警笛を鳴らしながら。

まだ営業を続けている食料品店は少なく、買い物客がおしあいへしあいしながら、手あたり次第に買いあさっている。すでに売り切れて買えないものもあったが、持てるかぎりのものを買うことができた。乾燥レンズ豆、小麦粉、米、お茶、料理用オイル、チーズなど。こっそり板チョコも入れようとしたら、その手を父さんにぴしゃりとたたかれた。

無事に家に帰りついたときは、ほっと胸をなでおろした。戦車の姿は見えなかったが、店から次の店まで走る間ずっと、いつ道の向こうに戦車が現れて、こっぱみじんに吹き飛ばされるか、気が気じゃなかった。

戦車が町の大通りをやってくる音ときたら、ものごい轟音だ。耳をつんざくエンジン音だけではない。キャタピラーが舗装路をこする音。街灯をなぎたおすときの、金属や割れたガラスのバリバリいう音。でもそれは、まだ発砲する前の話。いざ銃撃が始まると、ビューン、バシッと、それは恐ろしい音がして、一瞬、体が固まる。それから猛スピードでダッシュして、どこでもいいから身をかくせる場所に逃げこむ。

その日は、ダルアーが包囲されて攻撃が始まった日。おなかがしめつけられるように痛くなった。あんなにこわい思いをしたのは、その日がはじめて。その夜、そしてそのあとの夜も、なかなか寝つけなくなった。やっと眠ってもこわい夢ばかり。

覚えているかぎり、あんな長い一日はなかったが、その日の午後、下の道路で何度も悲鳴があがり、何かをたたくバンバンという音がした。ムサとぼくは身を低くしながらベランダに出て、ジャングルのようになった植物の陰から、下をのぞいた。

「中に入って！」母さんが金切り声をあげた。「撃たれたらどうするの？」

母さんに同じ言葉を言わせる必要はなかった。どっちみち、ぼくたちはしっかり見てしまった。バンバンというのは、ライフルの台尻でドアをたたく音。たたいているのは兵士たち。

「やつら、一軒ずつ調べてる」ムサが真っ青になりながら言った。「オマル、助けてくれ」

心臓がドキンとはねた。

「あの携帯電話だろ？　あのいまいましい電話」

「それだけじゃない」ムサはふるえる手をズボンのポケットにねじこみ、赤い表紙の小さなノートを引っぱり出し、ぼくにわたそうとした。

ぼくはパッと飛びのいた。毒ヘビを手わたされるとでもいうように。

「いやだ」ぼくは声をふりしぼった。「いやだよ」

ムサが、携帯をおしつけてきた。ムサは緊張すると痙攣がひどくなる。今、ムサの手はところかまわず暴れまわっている。ぼくが固まっていると、ムサは顔をそむけた。

「ならいい。自分でかくすから」

悲鳴とバンバンいう音が、だんだん近づいてくる。ムサは手が言うことをきかず、ノートを取り落とした。しかたなく、ぼくが拾った。

「どうする？」手短に聞いた。「マットレスの下？」

「すぐ見つかる」

「トイレに流すとか？」

「時間がかかる」

「裏の窓から投げ捨てるよ」ぼくはバスルームに向かう。

「待て！」ムサがぼくの腕をつかむ。「おま・のー・のー・あい」

ぼくは、ほかの人にはわからないムサの言葉を理解する天才だ。

「おま・のー・のー・あい」

ぼくはイライラして、足ぶみした。

「長い言葉はやめろ！　時間がない！『おまのーのーあい』って何？」

「だます。それしか。おまえのノートとノートの間、つっこめ」

「兄ちゃんのノート、だよね？」

「そう、そう。おれの。表紙にラベルを貼って。棚の、おれの筆入れのそば。〈物理のノート〉って書け。ほかのノートの間にかくす」

ぼくは急いで、ノートの中をパラパラと見た。メモが書き連ねてある。ムサのクネクネした字で、数字や聞き慣れない言葉がずらずらっと。これなら、兵士に見つかったって、読めっこない。

「携帯電話はどうする？」

「おれにまかせろ」

ぼくは、ぼくたちの部屋にかけこみ、大急ぎで新しいラベルを貼りつけ、ムサのノートの間につっこんだ。ぼくたちの部屋から出たとたんに、耳をつんざく音がして、ぼくは総毛立った。兵士たちがもう、ぼくたちの建物にやってきて、一階の入り口をバンバンたたいている。父さんが急いで家の玄関に行き、ボタンをおして、兵士たちを建物の中に入れた。

ムサはリビングにはいない。ぼくはキッチンに走った。母さんがエマンに、糊のついたテープを手わたしている。エマンは窓ぎわの椅子の上に立って、窓ガラスにテープを十文字に貼りつけている。ばあちゃんは、近くのテーブルで、ふるえる手でナディアにビスケットを食べさせている。

「オマル、エマンを手伝って――」母さんが言いかけたが、全部聞き終わる前に、ぼくはキッチンを飛び出した。

建物の下のほうから声がして、重い足音が階段をあがってくる。つっ立ったまま、凍りついた。父さんは、玄関のドアをあけて、踊り場を見ている。書類の束を手に。

ムサが、ばあちゃんとエマンの部屋から出てきた。

「かくした?」ぼくはヒソヒソ声で聞いた。

ムサがうなずいたちょうどそのとき、兵士たちが玄関に姿を見せた。ムサがぼくによりかかってきた。ヘナヘナになりながら。頭を一方にたおして、ニタニタと笑う。ぼくは、ムサの頭をささえて、よだれが垂れるようにしてやった。

父さんは落ち着いた声で兵士二人と話しながら、書類の束を見せている。

「ほら、このとおり。農業省です。政府で働いてまして。アパートの中を調べたい？　当然です。それがあなたがたの仕事ですからね」父さんはふり返って、ぼくたちがキッチンの入り口に立っているのを見た。「オマル、ムサ、見たいと言われるものはすべて、お見せするように」

二人の兵士は軍隊のヘルメットを目深にかぶっているので、その目や表情まで読み取ることはできない。二人はムサからぼくに、それからファドにすばやく目を走らせた。ファドは、ソファの後ろからこわごわのぞいている。

「ほかの家族は？」兵士の一人がどなった。

「妻と、母と、二人の娘です」父さんが答えた。心配を笑顔でかくしている。

「どこにいる？」

「キッチンに」

吹きぬけになった階段の下から、大きな声で命令が飛んだ。兵士の一人が父さんをおしのけ、足早に部屋の中をぐるっとまわりながら、ドアをあけては中をすばやく見ていく。キッチンの中を見たときは、エマンのおし殺したような叫び声と、ばあちゃんが思わずもらした怒りの声が聞こえた。兵士はキッチンのドアを手早く閉めると、無言で父さんをおしのけ、踊り場に出ていった。足音高く階段をおりていく兵士たちに、父さんが後ろから声をかけた。

「神さまがお望みなら、立派なお仕事が実りますよ。根絶やしにするには……」

父さんは、いつものえらそうな演説でしめくくろうとしたにちがいない。でも兵士たちは耳をかたむけることなく、階段の折り返しを曲がっていく。すぐに建物の金属ドアがバタンと閉まるのが聞こえた。

兵士たちが見えなくなるなり、ムサは演技をやめ、そっと、ばあちゃんの部屋に入っていった。すぐに、携帯電話を手にして出てきた。母さんが恐る恐るキッチンのドアをあけ、こちらの様子をうかがっている。

「もうだいじょうぶですよ」母さんが、キッチンの中に声をかける。「いなくなってます」

母さんのあとから、ばあちゃんが出てきた。

「とんでもないヤツらだ！」しわがれ声を張りあげた。「あいつら、家にズカズカ入ってきて、かぶり物をしてない、わたしの孫娘を、いやらしい目で見つめたりして！」

「見つめるひまなんて、なかったわよ、おばあちゃん」エマンが言った。「おどおどしたウサギみたいだったわ。キッチンをのぞいたら、女性が三人もいるんですもの」

エマンは、家族の中でただ一人、ばあちゃんに言い返す度胸がある。ばあちゃんも、それを喜んでいるように見える。

「彼らは、自分たちの仕事をしてるだけだ」父さんがこわばった声で言った。「政府で働いていると言ったら、すぐわかってくれた。家族に破壊活動をゆるすような人間ではないと」

ムサはもう、ぼくたちの部屋にもどっている。ぼくも急いでもどった。ムサは、赤い表紙の小さなノートを探している。

「携帯電話、どこにかくしたの？」とぼく。

ムサがニヤッと笑った。

「ばあちゃんの、下着の引き出し」

「そりゃやばい！　ばあちゃんに見つかったら、ぶっ殺されるぞ」

「まさか。とにかく、ばあちゃんはそれくらいの目にあって当然。自分のばあちゃんに、四六時中、身障者と言われてみろ」

ぼくは想像した――ムサの携帯電話、映像や写真や、やばいメッセージがいっぱいつまった革命のためのダイナマイトが、ばあちゃんの大きくて黒いパンティーや鎧のようなコルセットの間に鎮座してたなんて。ムサとぼくは、見つめあった。それから二人でベッドの上にたおれこみ、それぞれ枕に口をおしあてて、笑い声がもれるのを防いだ。

9

政府が、自分の家にいる一般人（ぼくみたいな）のところに戦車でやってきて威嚇するなんて、正しいことなんだろうか？　父さんの言いぐさは「おそらく」、ぼくに言わせれば「まさか」。政府に送りこまれた狙撃手が屋根の上にかくれて、下の道路にいる人々をねらい撃ちするなんて、どう思う？　父さんは何も答えないだろうが、ぼくは言う。「いやだ」。政府が攻撃ヘリコプターを町の上に飛ばし、下にいる人々に向かって大きな爆弾を落とすのは、ゆるされるのだろうか？　これには、さすがの父さんも「まずいな」と言う。ぼくは「ダメだ、ダメ、ダメ」と言う。

大規模な戦争に向かっていることがわかるまで、少し時間がかかった。政府が町じゅうの電気を止めたというのに。もちろん、停電になったときはショックだった。電燈もテレビもつかない。携帯電話の充電もできない。冷蔵庫も冷凍庫も使えない。何もかもできないことだらけ。最初は、ついうっかり電気のスイッチをおしたり、冷蔵庫に冷たい飲み物を取りに行ったりした。

でも、すぐに慣れた。慣れるしかなかった。母さんにたのまれて、売り切れないうちにと大急ぎで、ローソクとマッチを買いに走った。幸い、ばあちゃんが古いオイルランプを二つ持っていたので、明かりについては問題なかった。いちばん困ったのは、携帯電話の充電ができないこと。役所にはまだ電気が来ているので、父さんが自分と母さんの携帯電話は持っていったが、ぼくたちの分はダメだと言う。なんて意地悪なんだろう。テレビからもインターネットからもニュースが入らないとなると、うわさ話にたよるしかない。さまざまな風評が巷をかけめぐる――ばかばかしい話、あり得ないような野蛮な話。でもやがて、それが本当だとわかることもあった。

電気がないのは、たちまち日常生活の一部になった。爆撃や銃撃と同じように。紛争が始まる前はどんな暮らしだったのかも、半分、忘れるようになった。少なくとも、ぼくは忘れ始めた。

最初は、発砲音を聞くと、ギョッとして心臓がドキドキして、鳥肌が立った。それは、ちょっとしたスリルだった。元気づく瞬間みたいな。ラティフが殺されてからも、戦闘が現実のものとは、なかなか思えなかった。コンピューターゲームのさなかにハッとする、そのていどにしか、受け止められないこともあった。

でも、さすがにすぐ、戦争はゲームとはちがうことに気づかされた。車による自爆や銃撃のあと、道路に残された血の海は、恐ろしい現実そのものだ。爆弾が建物をまるごと吹き飛ばしたあと、息苦しくなるほどの粉塵が空中にただよっている光景も、現実そのものだった。

スリルなんてものではなく、消えることのない、胸をえぐられるような大きな恐怖。そういう恐怖をみんなが感じていた。ファドはおねしょをする。ナディアは、母さんが床におろそうとするたびに泣き叫ぶ。ばあちゃんは、部屋のすみのクッションの上で体をゆすりながら、ビーズをくってお祈りにはげむ。エマンは引きこもりがちに。ムサは真夜中にうなされて、ぼくを起こすことも。

やがて、政府が断水にふみきった。それが最悪。やせこけた馬が、水のタンクをおんぼろの台車で運んでくる。ぼくたちは、その呼び声に耳をすませるしかない。母さんが、馬の蹄の音を聞きつけると、ぼくに石油缶とバケツを持たせ、急いで階下に走らせる。父さんも家にいれば、ぼくのあとから、階段をかけおりる。これは、実はそうかんたんな仕事ではない。ぼくたちより体格のいいやつらが、人をおしのけて前のほうを占領するのだ。ぼくと父さんがそれぞれ、小さい石油缶ひとつ分の水を買うのでせいいっぱい、ということも。

ほんの少しの水しかないと、ひどいことになる。飲み水ていどなら店で買うこともできる。でも、母さんが料理や皿洗いにたくさん使うので、洗濯の水はほとんど残らない。着ているものはよごれてくるし、シャンプーもたまにしかできない。髪がほこりと油にまみれて、頭がかゆいったらない。

でも、水不足以上に最悪だったのは、ムサが病気になったこと。それは、ぼくのせいとも言える、どうしようもないことなんだけど。六月に、ぼくが学校でばい菌をもらってインフルエンザにかかった。それがムサにうつったのだ。

ぼくは数日でよくなったが、ムサの症状は重かった。七月の末になると、暑さもきびしい。ムサが高熱を出して、母さんがパニックになった晩のことは、忘れられない。ガソリンが不足していて、タクシーはほとんど走っていない。父さんが大金をはらって一台見つけ、ムサを病院に運びこんだ。ぼくはひと晩じゅう眠れなかった。ムサはこのまま死んでしまうんだろうか。ぼくたちの部屋の戸棚をムサの本が占領して困るなんて、文句を言わなければよかった。

ムサは点滴につながれて、何週間も入院していた。腎臓の働きがどうのこうの、という診断だったが、ぼくにはどういう病気かよくわからない。だんだんによくなったが、何か月もかかった。退院してきたときも、生まれたてのウサギみたいに弱々しく、精神的にも落ちこんでいて、見るのもかわいそうなほどだった。

そのころ、ぼくは二、三人の友だちとつきあうようになっていた。たまに、母さんがゆるしてくれるときは、その子たちと、こっそり家を出て、サッカーをして遊んだ。父さんも母さんも、ぼくが新しい友だちを作ると、きまって疑いの目を向ける。顔を黒いスカーフでおおった気の狂った原理主義者の仲間に、引きずりこまれるんじゃないかとこわかったんだろう。そいつらに、人の頭を切り落とすように強要されるかもしれない。そりゃ、心配だ。

母さんはぼくに、つぎつぎと用事を言いつけた。水を運んでこい、店の行列に並べ、携帯電話が使えなくなった知りあいに手紙をとどけろ、などなど。ぼくは、ムサといっしょにいてやれなくて悪いな、と思った。でもムサのほうは、いっしょにいたいのは、ぼくじゃない。ムサが会いたかったのはバセムたち。でもバセムたちは、一度も来なかった。

ある日の午後、ぼくはいつにもましてイライラしてた。午前中いっぱい、町の中を走りまわって、母さんが使う料理用オイルを探した（店という店で売り切れらしい）。疲れて、暑い。洗い流すこともできない汗とほこりで、体じゅうがかゆい。アパートの中は蒸し風呂なのに、停電だから、もちろん扇風機も使えない。そういうときに、ムサがバセムの家に手紙をとどけてほしいと言ってきた。

「なんだって、このぼくなんだよ？」ぼくは意地悪く言った。「バセムに捨てられたくせに。バセムにも、ほかの子たちにも。気づいてないの？　病気してから、だれも相手にしてくれないじゃん」

「そんな解釈しかできないのかよ」ムサが、カッと怒った。「目立つなって合言葉、聞いたことないとか？　監視されてるって知らないのかよ？　みんな。四六時中。おれが、逮捕されればいいとでも？　どうなんだよ？」

「わかった、落ち着いてよ」ぼくは、悪かったなと思って、低姿勢に出た。たしかに、ムサの友だちのことは、言いすぎた。ぼくが外出すると、ときどきムサの友だちが近づいてきて、メモをそっとわたされることもあった。ぼくはなんだかこわくて、そのメモを大急ぎでポケットにねじこみ、家に帰ると、読まずにムサにわたす。だから、ムサと友だちは連絡を取りあっているのだ。

九月には新学期が始まるはずだったが、事はそううまく運ばなかった。学校が始まっても、先生たちの多くが出て来ない。きっとドイツかイギリスに行ってしまったんだろう。うらやましい。そうしてラソールに思いを馳せた。ノルウェーでうまくやってるのかなあと、何百回考えたことか。休校になったときは、実はとてもうれしかった。固い椅子に何時間も座り続けるのも、興味のない話がとめどなく続くのも、こりごり。

ダルアーの夏の暑さは猛烈で、冬の寒さはキリキリときびしい。ボスラにいたころは、雪がふると、うれしかった。雪合戦をしたり、凍りついた雪の上をすべって遊んだり、何とも楽しかった。ダルアーはちがう。アパートの上の階にこもりっきりになる。父さんが、石油を暖房に使う余裕はないと言うので、部屋を温められるのは朝の一時間か二時間のみ。一日じゅう寒さにふるえ、ありったけの服を重ね着して耐えるしかない。

戦争のまっただなかで生きるには、あらゆることに慣れなければならない。新鮮な食べ物の味は忘れる。焼きはらわれた店があっても気づかないふりをする。ストライキを続けようとする店に、政府が火を放ったのだ。でも、そんなことは考えずに、がれきの山を乗りこえ、砕けた舗装路の上を歩く。よごれた服や脂ぎった髪も気にしない。銃撃や爆発の音を聞いても、すぐ近くでないかぎり、ひるんだりしない。

でも、ひどい爆撃が始まった日は、平常心ではいられなかった。それは二月のこと。ぼくたちがダルアーに引っ越して一年。ムサはすっかり健康を取りもどし、一人で出かけていた。母さんには相変わらず、友だちに本を借りに行くと嘘をついていたが、ぼくまでだますことはできない。バセムやほかの友だちと、また陰謀をたくらんでいるのだ。

少し前から、軍隊が町のすぐ外に大砲をしかけたとうわさが流れていた。父さんも、ジャケットのボタンをもてあそんでいる。父さんが動揺したときの癖だ。もう何日も、ぼくは母さんの言いつけで、近所の店という店に並んで、食糧を買い集めているが、持っていったバッグの半分ほどしか買えずに帰ることが続いている。

「あずかったお金じゃ足りないんだよ、母さん」とぼく。「いいつけどおりお米を買うと、紅茶を買うには足りなくなるんだ」

母さんは父さんが仕事から帰ると、父さんに矛先を向ける。

「わたしにどうしろとおっしゃるんですか？」母さんの声が高くなる。「家族に空気を食べさせろとでも？　わたしには、奇跡を起こす力なんてありません」

あの日、まず奇妙だったのは、父さんが家にいたこと。いったんは仕事に出かけたものの、農業省が閉まっていたと言ってすぐに帰ってきた。父さんが玄関から入ってくるのを見て、母さんはひどく驚いた。

「何てこと！　いったいどうしたの？　だれか亡くなったの？」

父さんは何も答えず、ソファにドサッと腰をおろした。数か月前には、いつものお説教で、大統領は日夜を問わず、この国をよくするために働いているから、テロリストもタジタジだよ、と言っていた。その父さんが、この日言ったのは、これだけ。

「今日はこれからさわぎが起きる」

母さんは自分の胸に両腕をまわした。

「やっぱりそうだったんだわ。三十分ほど前にそんな気がしたの。ムサを外出させなければよかった」

父さんがふり返った。

「ムサが出かけた？　おまえがゆるしたのか？」

母さんが、しまったという顔をした。

「友だちに本を借りに行きたいって。ムサ、ふさぎこんでるでしょう？　しかたなしに――」

父さんは両方の拳で、ソファのアームをバンとたたいた。

「よりによってこんな日に！　気でも狂ったのか？」

「ごめんなさい、あなた。知らなかったのよ――」

「ムサを連れもどすしかない」父さんが激怒している。「その友だちはどこに住んでる？」

「オマルが知ってます」

ぼくの胃袋がはねあがった。父さんをバセムの家に連れて行けるわけがない、政府で働いている父さんを。もし問題が起きたら、裏切り者って非難される。ムサはけっしてゆるしてくれないだろう。

「そいつが住んでる場所を教えろ」父さんがいらだっている。

母さんが小さく叫んだ。

「いやよ、ハミド！　わたしたちをおきざりにしないで！　わたしたちみんな、どうなるの、あなたが殺されでもしたら？」

「ぼくが行く」ぼくは間髪を入れずに言って、走って玄関に行き、運動靴に足をねじこんだ。「すぐ連れて帰るから」

「ダメだ」父さんのきびしい声。「子どもが外に出るのは危ない。ムサは自分で何とかしてもらうしかない。どうしてムサを行かせたんだ、レイラ。お前には言っておいただろう――」

「そんな遠くじゃない」ぼくはまた間髪を入れずに言った。「長くはかかんないから」

母さんの顔が迷ってる。ムサの安全な帰宅と、ぼくの頭がぶっ飛ばされるのと、天秤にかけている。そして、いつものようにムサが勝った。

「オマルに行ってもらいましょうよ、ハミド」母さんが父さんの腕に手をかけてたのみこんでいる。「ムサは走れないんですもの。弟の助けが必要だわ」

父さんの指が、ジャケットのボタンをはげしくいじくっている。ボタンが取れるのではないかと思うほど。

「わかったよ」父さんがやっと言った。「行け、オマル。グズグズするんじゃないぞ。さわぎを見きわめて、必要なら避難しろ。よく考え――」

ぼくが部屋を出て階段を半分おりてもまだ、父さんは話し続けていた。

戦争をしているときの、ニュースが伝わる速さには、驚かされる。どういうわけか、何か大きなことが起きると、だれもがそれを知っているらしい。ほとんどの店がすでにシャッターをおろしているか、今まさにおろしている最中だった。人々は買い物袋を大事にそうにかかえて、家路を急いでいる。

もう少しでバセムの家に着くというところで、銃を持った男の集団に、もろにぶつかりそうになった。チェックのスカーフを頭に巻き、道路の角に立って、向こうのグループと大声でしゃべっている。それをひと目見ただけで、体がふるえた。道路をわたり、なるべく目立たないようにしながら、急いで男たちの前をすりぬけた。

バセムの家族が住んでるアパートに入ったことはないが、場所は知っている。アパートのすぐ手前まで来たとき、入り口からムサが出てきた。

ぼくを見たムサは、眉をひそめた。

「オマル、何してるんだ、こんなとこで？　銃撃が始まってるぞ。反政府の連中が、そこらじゅうにいる。目についたら、ネコ一ぴきだって撃たれちまう」

「ぼくが、自分の考えで来たと思うの？」ぼくは言い返した。「母さんが、兄ちゃんを連れて帰れって」

「おれを連れて帰る？」ムサがぼくをねめつけた。「母さんは、おれをいくつだと思ってるんだ？」

「兄ちゃんは、母さんのお気に入りだからな」ぼくはにがにがしい口調で言った。「いつもいつも。これからもずっと」

「またその話かよ」ムサは、いらだたしげな表情を浮かべた。「おまえはいつも……」

そのとき、道路のつきあたりから叫び声がして、ぼくたちはふり向いた。何が起きているのかもわからないうちに、ライフルの発砲音がしたので、たじろいだ。ムサを引きずるようにして、玄関に逃げこもうとしたとき、痛みが走った。

「おれたちをねらってるわけじゃないのに」ムサがバカにしたように言った。「何をパニクってるんだよ」

でも、ぼくは痛みの理由がわかってゾッとしていた。痛いのは腕だ。ジャケットの袖に穴があいていて、シャツの袖の中を、なま温かいものが流れている。

ムサも、ぼくの顔が真っ青なのに気づいたのだろう。

「心配するな、オマル。だからさ、おれたちをねらってるわけじゃないってば」

何だか気を失いそう。壁によりかかり、そのまま、へなへなと座りこんだ。血が手首まで流れてきて、手のほうにしみ出した。

それを見たムサが、息をのんだ。

「撃たれたみたい」ぼくは、よわよわしい声で言った。

ムサは冷静そのものの人だと思っていた。デモの撮影をしたり、反政府の人たちと陰謀をたくらんだり、頭がおかしいふりをして兵士を煙に巻いたり。その兄ちゃんが、今は冷静さを完全に失った。

「オマル！　血が出てる。傷はひどいの？　どうすればいいか……」

パニックになって、いつもにもまして言葉がアワアワ言っている。

通りの向こうから、まだ弾が飛んできている。遠くで、砲弾のヒューッという音がしたあと、ドカーンと大きな炸裂音が鳴りわたった。

「ヤツらはどこ？　こっちに来てる？」ぼくは声をふりしぼって聞いた。

ムサが用心深く、かくれている場所から外の様子をうかがっている。両手をワナワナと動かしながら。

「走ってく、交差点のほうに。でも、まだいるかも、こっちに来るのが。ひょっとして……」

ムサがこんなに取りみだすのは見たことがなかったので、ぼくはびっくりして、かえってシャンとした。そっと腕を動かしてみた。痛いが、がまんできないほどじゃない。まだ血が腕をつたって流れているけど、ポタポタとしたたり落ちるていどで、たいしたことはない。

「兄ちゃんのスカーフ、貸して」とぼく。

ふるえる指で、ムサがスカーフをはずした。ゴワゴワした、黒と白のチェック柄のカフィーヤで、縁に房がついている。今朝、ムサがこれを首に巻いているのを見て、ぼくは意地悪を言った。「そんなの巻いたって、からいばりにしか見えないって。勝ち目なしだな」ぼくはそれを思い出して、悪いことしたな、と思った。

意外と難しい。痛くてたまらない右腕に、左手だけで物を巻きつけるのは。ムサが手伝おうとしたが、ムサの手は思いどおりには動かない。きつく巻きすぎたが、これで少なくとも失血死はしないですむ。

スカーフを巻き終わったころには、ムサもパニック状態から脱していた。

「とにかく、ここから出ないと」ムサが、また道路をのぞいた。「歩ける？」

ぼくはよろめきながら立ちあがった。ムサが、ぼくの痛くないほうの腕をささえてくれた。

「がんばれ。行こう」

がらんとした道路にふみ出すのは、経験したことのない恐怖だった。狙撃手の姿は見えないが、頭上では砲弾が飛ぶヒューッという恐ろしい音がして、そのたびに、ドカーンという大きな炸裂音が空気をふるわせる。どこに着弾したかわからない。爆弾の中に走りこんでいるのか、爆弾から逃げているのか。頭の中にあるのはただひとつ——家に帰らなければ。巣穴に逃げこむネズミのような気分。

あとひとつ角を曲がれば家にたどりつくというとき、頭上で、砲弾の耳をつんざく音がした。その瞬間、ぼくはもうてっきり、今ここで死ぬと思った。手近なものにしがみついたら、それはムサだった。ムサも同じ気持ちだったにちがいない。ぼくにしがみついてきた。恐怖と驚きで、（ドカーンという大きな音が地面をふるわせるのを足が感じたあと）二、三秒たってようやく、ああ、死んでなかった、と思った。

それからさらに二、三秒たって、砲弾がぼくたちのアパートに当たって、家族全員が吹き飛ばされたかも、という考えが浮かんだ。

ムサの腕をふりはらった。そのいきおいでムサがたおれてもかまうもんかと、かけ出した。あらんかぎりの声で、「母さん、母さん」と叫びながら、角を曲がった。

これが、ぼくたちの住む通りなのかと疑った。まるで、映画の一シーンのようだ。息がつまるような茶色の粉塵が雲になって、こっちに向かってくる。気味の悪い怪物。ギザギザの炎が空を切り裂き、レンガの塊や窓枠がつぎつぎに地面で砕け散る。

ムサもぼくに追いついてきた。

「見たか？」ムサが叫んだ。「ここが、おれたちの家？」

答えるまでもなく、人々が粉塵の雲をくぐりぬけて、こっちに走ってくる。となりの部屋のおじさんがいる。小さい女の子をだきかかえてる。女の子の顔には血が。真っ青な顔で、ショックのあまり、泣くことも忘れているようだ。女の子のお母さんも、後ろから走ってくる。

「すみませーん」ぼくはおじさんに声をかけた。「やられたんですか、ぼくたちのアパート?」

すぐ目の前まで来ていたおじさんが、こっちに顔を向けた。

「おれたちは人間だ!」おじさんが、何もかも、このぼくのせいだと言わんばかりにどなった。「動物じゃない!」

後ろを走っている奥さんが、口を大きくあけている。顔を悲しみにゆがめながら、泣き叫んでいる。

「両親が! 埋まってるの! だれか行って、助けて!」

ムサが足を引きずりながら、粉塵の中に入っていく。ぼくも急いであとを追う。

道路にこなごなになった植木鉢が散乱しているのを見てはじめて、このビルが、ぼくたちのアパートだとわかった。爆風でベランダが引きちぎられ、かろうじて一か所でぶら下がっている。今にも落ちそうだ。窓ガラスはすべて内側に吹き飛ばされ、大きなヒビが、壁の上から下まで走っている。知りあいがおおぜい住んでいたとなりの建物は、あとかたもなく消えている。くずれ落ちて、粉塵をたなびかせながら、がれきの山になって。

「オマル! ムサ!」

父さんが、粉塵の雲の中から、ぬっと現れた。グレーのジャケットは泥だらけ、黒い髪はほこりにまみれて、まっ茶色だ。ぼくは父さんにかけよった。むせび泣いていたと思うが、それより何より、息苦しい。父さんは、ぼくたちに腕をまわしてだきしめてくれた。父さんがふるえているのが伝わってくる。

「母さんはどこ？　エマンは？」

「無事だ。おばあちゃんと小さい子たちも。ついてこい。急げ。まだ終わっちゃいないぞ」

耳をつんざく次の砲弾の音で、父さんは口をつぐんだ。ぼくを引きよせようとして、痛いほうの腕をつかんだので、ぼくは悲鳴をあげたが、父さんは気づかない。また一発、すぐ近くの道から、衝撃音が聞こえてきた。ぼくはアパートの内開きのドアめがけて、突進した。トラに追いかけられている、とでもいうように。

「そこから入るんじゃない！」父さんが後ろから叫んだ。「建物の横にまわれ！　裏に行け！」

裏庭に続くせまい通路に、こわれたガラスが飛び散っている。通路のはしまで来たとき、父さんが追いついてきた。

「あそこだ！」父さんが息をはずませている。「あの小屋に入れ」

裏庭のすみにある管理人小屋のドアが開いていて、母さんが外を見ている。

「この中に！」母さんが金切り声をあげた。「早く！」

その小屋の中の暗がりで、ちぢこまったまま、どのくらいの時間をすごしたか覚えていない。何日もいたような気がするが、実際はほんの数時間だろう。瓶づめのオリーブのように、みんなで体をよせあっていた。座ることができたのは、ばあちゃんと母さんだけ。二人はかわるがわるナディアを膝にのせていた。

砲弾が着弾するたびに、さらにギュッと体を近づけた。そうすれば、たがいに身を守りあえるとでもいうように。古くてもろい造りの小屋なので、砲弾が当たったら、ひとたまりもない。でも、ぶあついコンクリートの建物の中にいて、あっという間に生き埋めになるよりは、小屋の中のほうが安心だ。

小屋の中でどのように時間をやりすごしていたか、覚えていない。ファドは、アパートにおいてきたショベルカーのおもちゃのことで、泣きわめいていた。

いいかげんにしろ！　と言ってやりたかった。あのショベルカーには、二度とお目にかかれないぞ。でも、ぼくだって、コミック雑誌『マジッド』を、もう二度と見られないんだからな。ばあちゃんも、お気に入りの家具をみーんな、なくしちまったんだ！　でもがまんして、口には出さなかった。かわりに、スーパーヒーローになった自分を想像してみた（古くさい空想だよな）。それも長くは続かず、今度はダルアーの町を舞台に、頭の中でコンピューターゲームをしてみる。ぼくを銃撃してきた狙撃手を追いかけまわす。

母さんは、ぼくの腕の包帯になかなか気づいてくれない。べつに驚かない、いつものことだもん。ぼくは、母さんの目の前に、腕をつき出すしかなかった。

「オマル！　その腕、どうしたの？」母さんはそう言ったものの、たいして驚いた様子はない。

「撃たれたんだ」ムサが言った。

母さんは小さな叫び声をあげた。

「まあー、ぼうや、かわいそうに！　お医者さま！　病院に連れていかないと！」

また爆発音が、今度は少し離れたところから聞こえた。母さんは口をつぐんだ。すぐにエマンがそばにきて、ムサのスカーフの結び目をほどきにかかった。

「腕を高くあげて」とエマン。「そうすれば血が下におりてこないから」

「何をしてる、エマン？」父さんが声をあらげた。「必要なのは医者だ。一段落したら、わたしが病院に連れていく」

「病院は、大けがをした人でいっぱいよ、父さん」エマンが静かに言った。「たいしたことなさそうね、もう血が止まってるから。ひどい痛みはないんでしょ、オマル？」

「痛いよ！」と言いたかったが、だまって首を横にふった。

またもや爆発音がして、みんな凍りついたが、遠くのほうだった。みんな、ほっと息を吐く。エマンはまだぼくの腕を見ている。ジャケットにはギザギザの裂け目ができ、その下のスウェットシャツの袖も大きく裂けている。ぼくは首をまわして、傷口を見た。思ったほど大きな傷ではない。深めのひっかき傷ていど。もうかさぶたになっている。

「洗って、ちょっと消毒しておけばだいじょうぶよ」エマンがきびきびと言った。「家に帰ったら、あたしがやったげる」

「もし家に帰れればの話」ムサが小声で言った。

「あんた、ラッキーだったわよ」エマンが話し続ける。「二、三センチ左だったら、骨が砕けてたもの」

そうだよな。それに、もし二、三センチ右だったら、心臓をやられてた。そう思ったら、頭がクラクラした。

父さんがエマンをじっと見つめている。エマンをはじめて見たのではないかと思うくらい、熱心に。

「傷の手当をどこで覚えた？」と父さん。

「エマンの学校の先生はずっと、応急処置の講習会を開いてくれてるのよ」母さんがあわてて言った。「前に話したでしょ、ハミド」

ちょうどそのとき、すぐ近くのモスクの塔のてっぺんから、ラウドスピーカーの音声が鳴りわたった。外でこんな破壊活動が続いていても、時刻係りはちゃんと、お祈りの時を告げるってわけだ。

生まれてこのかた、毎日五回も、お祈りの言葉を聞いてきたが、これまでは、ちゃんと耳をかたむけたことなんてなかった。それが今は、ぼくに語りかけているような気がする。オマル・ハミドに、特別に話してくれているように思える。悪夢ではない本当の世界、やさしくて平和で正しい世界からのメッセージ。あまりに美しい音色に、思わず涙ぐみそうになった。

礼拝を指導する先生は、クソまじめなきびしいじいさんで、ムサとぼくを見つけると、野良ネコを見つけたような顔でにらむけど、今、マイクの横に立ち、口もとを両手で囲ってお祈りのよびかけの言葉を大きな声で唱えてくれているのが、とてもうれしい。

そのあとすぐに、外が静かになった。父さんは、爆撃が完全に終わったのを確認するまで待て、と言う。せまい小屋にすしづめ状態で閉じこめられているのは、つらい。死ぬほど喉がかわいてるし、トイレにも行きたいが、じっと待つ。もどる家があるのだろうか、今晩はどこで眠ればいいんだろう、などと考えながら。

ようやく、父さんが小屋の扉をガタガタいわせてあけた。

「外に出てよし」父さんが言った。

みんな無言で、道路に面したこわれかけたドアをおしあけ、ガラスの飛び散った階段をばあちゃんの部屋までかけあがった。ぼくがまっさきに思ったのは、なんて寒いんだろうってこと。窓という窓のガラスが爆風で内側に飛ばされ、凍えるような二月の風が、建物を吹きぬけていく。壁にも、冷蔵庫ほどの大きな穴。こわれたガラスにまじって、瓦礫や粉塵が床一面に、そして家具の上にまで飛び散っている。

「オマル、ほうきを持ってきて、とにかくそうじして」母さんが言った。「これじゃあ、ナディアを床におろすこともできないから」

次に母さんの視線をとらえたのは、小さなテーブルだった。母さんが、自分のお母さんからもらったもので、ボスラからわざわざ運んできたテーブル。その上に大量のレンガが落ちてきて、テーブルはこなごなになっている。母さんが泣き出すのではないかと思ったが、顔をしかめただけで、ばあちゃんのところに行った。ばあちゃんは、めちゃめちゃになった居間で棒立ちになり、涙を流してる。母さんは、そのばあちゃんの腕に、ナディアをあずけた。

「おばあちゃんの部屋に連れてってください」母さんが言った。「ベッドの上で遊んでやって」

小屋にいる間ずっと、びっくりするくらい落ち着きはらっていた母さんだが、キッチンに入ったとたん、すさまじい悲鳴をあげた。

「わたしのピクルスの瓶！　ぜんぶめちゃめちゃ！　わたしのナスとキュウリも！」

母さんはキッチンからすごいいきおいで飛び出してくると、父さんに向きあった。父さんは、カーテンからガラスの破片をつまみ取っている。

「こういうことよ、ハミド。もうここには住めないわ。壁のヒビを見て！　建物ごとくずれたらどうするの？　みんな生き埋め！」

家族一同、母さんが父さんに、こんなふうに話すのを聞いたのは、これがはじめてだ。びっくりして、見つめるしかなかった。父さんも驚いて、ひと言も返せない。

母さんは腕組みしている。

「ボスラに帰りましょう。家に帰りましょうよ」

「レイラ、それは無理だ」父さんが言った。「ボスラのアパートは、もう何か月も前から人に貸してるんだから」

ばあちゃんが、自分の部屋のドアから出てきた。

「嫁さんの言うとおりだよ、ハミド」ばあちゃんのしわだらけの頬に、涙が流れ落ちている。

「ここでの暮らしは終わったよ」

「そうは言っても、ボスラだって戦闘と銃撃が始まるだろうし」父さんがいつになくたよりない。

「田舎はちがうわ。わたしの姉さん一家が住んでる田舎なら」母さんが断固とした口調で言った。「今晩は、ここで何とかやりすごしましょう。でも、明日になったら、子どもたちを連れ出さなくちゃ」母さんの腕に、ばあちゃんが手をおいた。母さん、あの手をふりはらいたいんだろうな。でも、母さんはかわりに、ばあちゃんの手に自分の手を重ねて言った。「おばあちゃんも、いっしょに連れていきますとも」

アパートで何とか一夜を明かせるように部屋のそうじをすませると、もう暗くなりかけていた。寒いのと、大量の粉塵が部屋をおおっているのをべつにすると、手に負えないのはガラスだった。フアドのベッドの上にも、ギザギザにとがったガラスが一面に散らばっている。それをフアドといっしょに、長い時間かけて、ぜんぶつまみ取り、床のガラスもはき集めた。フアドはちょっと指を切った。たいしたことないのに、大げさに泣き叫んだ。まだ六歳だから仕方ないか。

エマンは、大事なバケツの水を使って、銃撃によるぼくの傷をきれいに洗ってから、キッチンを片づけている母さんを手伝いに行った。二人はやっとのことで、ぼくたちが食べるものを用意してくれた。残っていたレンズ豆のシチューは、冷たいまま食べるしかない。それに、固くなったきのうのパン、ひとかたまりのチーズ、こわれずに残っていたピクルスの瓶から取り出したオリーブ少々と小さいキュウリ。父さんが二日前に苦労してミネラルウォーターの瓶を木箱いっぱい手に入れていたので、飲み物はじゅうぶんにあった。

六時半にはもう暗くなった。みんなで窓から離れた部屋のすみにかたまって、寒さをしのいだ。ファドが、母さんの膝にいるナディアをおしのけようとする。ファドも母さんにだかれたいのだ。ナディアが癇癪を起こす。父さんがファドを母さんから引き離そうとする。ファドはよけい、母さんにしがみつく。とうとう、母さんは二人とも膝にのせ、両手で二人をだきよせた。やっと静かになって、二人とも眠りそう。

窓にガラスがないと、下の道の物音が何もかも聞こえる。しかも暗いので、道路に無防備で放り出されたような気分だ。ときどき、天井に明かりが走り、道路を自動車が通る音がする。砲弾でくずれ落ちた瓦礫の山を縫うように通っていく。救急車のサイレンも聞こえる。たまに建物がくずれる音もして、叫び声と悲鳴と走りまわる音が続く。ぼくたちの建物も、そのうちくずれ落ちるかもと思うと、生きた心地がしない。

何かがくずれる大音響がしたあと、悲鳴の大合唱にまじって、だれかが叫ぶのが聞こえた。

「戦車ぜんぶでかかってこい！　銃と弾丸ぜんぶで！　負けるものか！　ダルアーは引き下がらんぞ！」

そのすぐあと、あまり遠くないところで、タタタタッというマシンガンの音がしたかと思うと、応戦する銃声が何度もひびいた。みんな、ひるんだ。母さんがあえぎながら言った。

「神さま、お助けください！　神さま、ご加護を！」

ファドとナディアが眠りこけたので、母さんとエマンがベッドに寝かせた。それから母さんの足音がキッチンに入っていった。しばらくすると、黄色い光が現れた。母さんがローソクを持って居間にもどってきたのだ。片手で炎を風から守りながら、床のまんなかにローソクをおいた。

すばらしい。小さくとがった炎がゆらめくだけで、雰囲気ががらりと変わる。みんなローソクを囲んで、炎を見つめた。あたたかいものが、ほとばしり出ているような気がする。小さいけれど、大きな力を持った炎。炎のおかげで、顔がどんなによごれているか見えた。みんなが一様に、心配そうな顔をしているのもわかった。でも、みんなが身も心もよせあっているのを見ると、なぜか力がわいてくる。

「みんなで移動しなければな」父さんが突然言った。「タクシーが二台必要だ。朝になったら何はともあれ、わたしが出かけて行って――」

道路に面した階下のこわれたドアがバターンと音を立てたので、父さんが口をつぐんだ。ぼくたちは飛びあがった。階段をずんずんかけあがってくる足音に、みんなこわくて身をこわばらせた。ぼくは息を止めた。足音がぼくたちの部屋の前の踊り場まできた。

止まらないで！　心の中で叫んだ。上の階に行ってくれ！　連れていくなら三階の人にしてくれ！

それなのに、足音が止まった。しかも暗い中で、ぼくたちの玄関の鍵穴に鍵をつっこもうとしている。

「だれだ、そこにいるのは？」父さんが大きな声で言いながら、立ちあがろうとしている。

「何しに来た？」

ドアが開いた。入ってきたのは、フェイサルおじさんだった。ほっとして、みんな大きく息を吐いた。開いたドアから風が入ってこなくても、ぼくたちの吐いた息だけでローソクの火が消えたかもしれない。

「フェイサル！　ああ、よかった、きみだったのか」父さんが大きな声で言った。

「ドアを閉めて！」母さんも大きな声で言った。「ローソクに火をつけなおすから」

「わたしの大事な娘、マッジャは無事かい？」ばあちゃんが、せっついた。「それに子どもたちは？」

「神さまのおかげで、全員、わたしの家族がいる村に避難させました」

「マッジャに言われて、わたしをむかえに来てくれたんだね」ばあちゃんは、かちほこった笑顔を浮かべた。「まさか自分の母親をほったらかしにするわけがないと思ってたよ」

ローソクの明かりだけの薄暗い中でも、フェイサルおじさんがあわてた顔になったのがわかった。

「申しわけない、ウンム・ハミド。来ていただくのは無理でして。マッジャにたのまれて、伝えに来ました。どうかお元気で、と」

おじさんが、失礼にならないように、四苦八苦しているのがわかった。こういうときでなければ、ムサをつついて、二人で笑いをこらえるところだ。

ばあちゃんの顔から笑みが消えた。ばあちゃんはフェイサルおじさんを指さしながら、声をあらげた。

「ひどい男だ！　わたしから娘を遠ざけるなんて！　わたしを捨てるように、マッジャを焚きつけたんだろうが！　あんたって人は――」

父さんが手をふって、ばあちゃんをさえぎった。

「フェイサル」父さんが切羽つまった声で言った。「ぼくらは、ここには住めない。このとおりのありさまだ。電気もない、水もない、建物自体も安心できない。外壁のあちこちにヒビが入っているのを見てほしい」

フェイサルおじさんは、父さんの肘に手をそえて、父さんを玄関のほうに連れていった。ぼくは前のめりになって、おじさんが何を言っているのか聞こうとしたが、ばあちゃんがまだブツブツ言っているので、よく聞こえない。

「それで、やってきたんだ」フェイサルおじさんの声。「ダルアーをどうやって出る？」

「問題はそこだ」と父さん。「だれもかれもタクシーをつかまえようとするし、ガソリンは手に入らないだろうし。無理だろうな」

「わたしにとっては、お安い御用だ」とフェイサルおじさん。「こういうこともあろうかと、買いだめしてある。ライトバンが使えなくなったら、わたしの仕事はお手あげだから。何はさておき、むかえに来る。行き先に心当たりは？　まじめな話、悪いが家に来てもらうわけにはいかないんだ、ハミド。両親の家はせまいのに、妹の家族も避難してきているんでね」

「心配しなくていい」父さんがほっとして笑顔を浮かべている。「レイラの義理の兄さんが、ボスラの近郊に農場を持っている。あそこなら、まちがいなく受け入れてくれる」

フェイサルおじさんがうなずいた。

「七時までにしたくはできるか？　あまりたくさんは運べない。ライトバンは古いし、重いものを乗せるとスプリングがもたないんだ。目的地に無事に着けば、それだけで幸運だよ」

第3章

10

ぼくは、自分がどんな人間なのか探る努力を続けているが、これまでにわかったのは、こんなこと。

- 学校では落第生。このことは一回か二回話した。
- ムサやエマンのように頭はよくないが、ムサよりずっと常識がある。
- 販売能力は、ばつぐん。これもすでに話したはず。
- 容姿はかなりかっこいい。というか、もうちょっと背が高くなればの話。もっと鼻が小さければ。そして耳がこんなにつき出ていなければ。
- 政治には関心なし。これから先もけっして。
- 以前はちょっと臆病だと思っていたが、本当はものすごく勇敢だとわかった。何しろ、携帯電話を取り返したのだから。それに、銃撃されてケガをしたのが何よりの証拠。勇敢じゃないなんて、だれにも言わせない。(撃たれた傷跡が残るといいな。)

●町や都会で暮らすのが好き。田舎暮らしは性にあわない。農民には絶対ならない。

ぼくたちは、危機一髪でダルアーをぬけ出した。町を出ようとしたちょうどそのとき、また爆撃が始まったのだから。朝の七時までに出発の用意をするなんて、めちゃめちゃいそがしかった。これまでの暮らしを何もかも捨てるというときに、何を持っていくかをきめるのは、そんなにかんたんじゃない。

「一人にバッグひとつですからね」フェイサルおじさんが玄関を出ていくとすぐ、母さんが言った。「服と靴。だめだめ、エマン。教科書はだめよ。あたたかい布団と枕は必要でしょうね。豆に、お米に、粉。さあ、みんな、急いで寝ましょう。夜明け前には起きないと、間にあわないから」

ところが実際は、フェイサルおじさんがおくれた。

「道がめちゃめちゃ混んでてね」おじさんは、息せききって玄関に入ってきた。「自動車はほとんど通ってないが、みんなが古い荷車を持ち出してる。馬やロバやラクダに引かせて。しかも、山のように人が歩いてる！　町全体の大移動だ。したくはいいか？　すぐ出発しないとな。

今日もまた、はげしい爆撃があるらしい」

おじさんの心配が、こっちにも、もろに伝わった。階段を何度、かけあがったりかけおりたりしたことか。荷物をライトバンまで運ぶと、すぐまた大急ぎで部屋にかけあがる。疲れたなんて感じるひまもない。みんなで最後に部屋を出るとき、エマンとムサが何かヒソヒソ言っていた。それで気づいたが、エマンのバッグがばかに重そう。

本が入ってるな。むかつくったらありゃしない。こっちは、学校の勉強から解放されて、こんなに喜んでるっていうのに。

フェイサルおじさんのライトバンの荷台は、ずいぶん広いように見えたが、毛布と膝かけとクッションとたばねた服と食糧袋を積みこんでみると、ぼくたちが座る場所なんてほとんどない。折り重なるようにつめこまれて、まるで瓶づめのピクルス。中は蒸し風呂さながら。すぐに渋滞にはまりこんで長いこと待たされ、フェイサルおじさんは文句たらたら。町を出ると、ライトバンのスプリングについて、おじさんが言っていた意味がわかった。スプリングなんて入ってないも同然。ゆれにゆれて、みんな青い顔になった。

ようやくライトバンが止まり、ぼくたちは石ころだらけの小道に転がり出た。マフムードおじさんの農家の小さな中庭に続く道だ。別世界に来た気分。お昼までにはまだ間がある時間で、陽射しは暑いというより暖かい。春になったばかりなのに、どこもかしこも緑で、生き生きしていて、きれいで、キラキラしている。ダルアーの、粉塵と瓦礫だらけの薄よごれた町とは大ちがいだ。

「神さまのおかげだわ！　神さま、ありがとうございます」

フェイサルおじさんがぼくたちのためにバンのドアをあけてくれたとき、母さんがおじさんに、はじけるような笑顔を向けて言った。

「あなたは、わたしたちの命の恩人。なんてお礼を言えばいいのかしら？」

「静かに！　あれは何だ？」父さんがとがった声で言った。

ドーン！　ドドーン！

ぼくたちは、あわてて今来た道をふり返った。ダルアーは地平線の向こう、三十キロ以上離れているが、みんな何の音かわかった。爆撃がまた始まったのだ。その音が、このけがれのない原野をこえて、農場の後ろの高台に広がる静かな村にまでとどくのだ。その音だけで、想像がつく。灰色に染めあげられた、けがらわしい惨状、息をつまらせる粉塵の恐ろしい雲。

みんなじっとたたずんだままだ。すると、農場の母屋で、犬がほえ出した。ここに来るまでずっと眠っていたナディアが目をさまし、あたりを見まわして、ぐずり始めた。母さんがエマンからナディアをだき取り、上下にゆすった。ムサはまだ、ダルアーのほうを見つめたままだ。ギュッとよせた黒くて太い眉が、鼻のつけ根で横一本になっている。バセムたちのことを考えているのだ。いっしょにいられたらな、と思っているのかも。

ばあちゃんは、ムサの後ろに立っている。じいちゃんの大きな写真が入った額をにぎりしめ、父さんによりかかり、腕をささえてもらっている。ばあちゃん、なんだか小さくなったな。洗濯されてちぢんじゃったような感じ。

農場の母屋のドアが、ギーッと音を立てて開いた。ぼくたちの姿を見たフォージアおばさんが、小さな声をあげ、頭にかぶった黒いヒジャブのはしをひるがえしながら、小道を走ってきた。

「よく来たわね！　大歓迎よ！　さあ、早く入って！」

おばさんの後ろのほうに、小さい女の子が二人いる。ぼくの従妹のヤスミンとファティマだ。はずかしそうに、玄関からのぞいている。おばさんがぼくたちのところに走りよってきたちょうどそのとき、ダルアーのほうからまたドーンという音がした。おばさんは立ち止まり、おびえたように甲高い声で言った。

「きのうはひっきりなしに、この音だったの！　アブー・ジャービルに言ったのよ。『レイラと家族はどうしてるかしら？　神さまがお望みなら、みんな無事でいますように！　レイラたちに言ってやらなくちゃ。こっちにいらっしゃいって』。そういうわけで、みんなが、このとおり、ここに来たってわけ！　家族が危険にさらされていたら、生きた心地がしないもの」

母さんはナディアを肩にかつぎあげて、フォージアおばさんのほうを向いた。何か言おうと口を開いたが、フォージアおばさんが母さんをだきよせた。だきあいながらも、おばさんは話し続けている。

「かわいそうなレイラ！　荷物をみんな家の中に入れて。家はせまいけど、あなたたちの部屋は用意してあるの。ここは、あなたたちの家ですからね」

おばさんは母さんの腕をとって、中庭のほうに連れていった。犬をしかりつけながら。ぼくはこれまで、犬とかかわったことがなかった。ロープにつながれているとはいえ、とがった歯がずらっと並んでいるので、ちょっとこわい。犬はすぐほえるのをやめて、おとなしくなったが、ぼくたちをじっと見つめたままだ。犬には近づかないようにしよう。

フォージアおばさんがしゃべり続けている間に、フェイサルおじさんが、ぼくたちの荷物をライトバンからおろしてくれた。

「オマル、ムサ、おじさんを手伝え」父さんが大声で言った。「フェイサル、ちょっと休んでお茶でも飲んでくれ」

フェイサルおじさんは、心配そうに腕時計を見た。

「時間がない。両親の家は、ダルアーの向こう側なんでね。道路はどこもかしこも封鎖されるだろうから」

「そりゃそうだ」父さんがうなずいた。「きみには、いくら感謝してもしきれんよ」

フェイサルおじさんは手をふって、父さんの言葉をさえぎった。

「マッジャの兄さんですからね。兄さんの家族のこととなれば、放っちゃおけません」おじさんは最後の荷物をぼくにわたし、ライトバンの後ろのドアをバタンと閉めた。運転席に乗りこむと、窓から顔を出した。弱ったな、という顔をしている。

「お母さんのことは申しわけない。マッジャには荷が重すぎて。今度は兄さんの番だって。幸運を祈りますよ」

それだけ言うと、ライトバンはガタガタと去っていった。

ぼくたちの後ろで、足音がした。ふり返ると、アブー・ジャービル、つまりマフムードおじさんが母屋の横から、こっちに来るところだった。ぼくたちを見ると、やさしい笑顔になった。おじさんは戸外で仕事をしているので、顔は真っ黒でガサガサだ。作業着を着ている。灰色の長いチュニックで、足をじゃましないように、ベルトでたくしあげている。頭には赤いカフィーヤ。フォージアおばさんとは対照的で、マフムードおじさんは、必要なこと以外はしゃべらない。そのくらいがちょうどいい。

従兄のジャービルが、おじさんについてきている。ぼくはちょっと頭を下げて、笑顔を見せようとした。ジャービルはうなずき返したが、表情がかたい。ジャービルは、十五歳になったばかりだから、ぼくより一歳年上。これまでも、ぼくたちは会えば、仲の悪い二ひきの犬のように付かず離れず、たがいをかぎまわっていた。

マフムードおじさんが、古い建物を顎で示した。石造りの丸い屋根で、母屋と直角に建っている。ジャービルがかがんで、ひとくくりにした毛布を手に持った。ぼくはべつの荷物をつかみ、ムサもクッションを二つ、いいほうの腕の下にたくしこんだ。

「こいつ、あそこまで歩けるのかよ？」ジャービルがぼくに聞いた。

「直接聞いてみれば？」ぼくは、ブスッと答えた。

ムサはジャービルに向かってニヤッと笑い、母屋の屋根の上の衛星放送用アンテナを指さした。

「ブロードバンド、あるんだね？」ムサはできるだけはっきりした発音で聞いた。

ジャービルがとまどった顔をした。

「テレビはあるけど。そういう質問なら」ジャービルはムサと話をするのは居心地が悪いようで、ふり返ってぼくを見た。「携帯電話のアンテナ塔なら村にあるけど、いつも電波が受けられるわけじゃない。ここは停電してるから、どっちみち。何週間も前に、電気が止められた」

ムサはがっかりした顔をしたが、ジャービルは気づかない。ジャービルはずっとぼくのほうを見ている。

「うちには発電機があるんだ」ジャービルが、ほこらしげに言った。「でも、あんまり使うなよ、石油がなくなるといけないから。農場用だし」

ムサの目が再びかがやいた。

「発電機だって？　そりゃすげえ」

ジャービルはムサを無視した。

輪ゴムをうんと引っぱってからはじくと、ブーンと音がするけど、引っぱるのをやめると、だらんと垂れ下がって音も出なくなる。村に着いてしばらくの間、ぼくの心は、張りをなくした輪ゴムのようだった。のんびりというか、物静かというか。四六時中、おびえずにすむ環境に、すぐにはなじめなかった。なにしろ、思いがけない音がするたびに、ギターの弦さながら、びくびく神経をふるわせる必要がないのだから。

父さんは、二晩しかぼくたちといっしょにいなかった。母さんが、行かないでといくらたのんでも、ダルアーにもどると言いはった。父さんが言うには、同僚の一人が、町の中でも戦闘地域から遠く離れた静かなところに、宿泊できる場所を提供してくれるのだと言う。役所が閉鎖されていても、給料が引き続きはらわれている以上、毎日、農業省に通わなければならない。

フォージアおばさんが言うとおり、農場の母屋は小さかった。がまんしろと言われれば、母屋に住めないわけではなかったが、おばさんとマフムードおじさんは、いいことを思いついた。中庭のはしにある石造りの古い家。昔は母屋として使われていたのだが、今では納屋になっている。長細くてせまく、ひと部屋しかないその家は、丸い屋根で窓はなく、重い木の扉がひとつついているだけだ。

フォージアおばさんは、ぼくたちがここで何日も暮らすことになると思っていたのだろう。おばさんとマフムードおじさんは、ぼくたちのために、納屋をきれいにしてくれていた。でも、部屋のはしに、何かが入った袋や瓶や甕がおきっぱなしになっていたり、ロバがここに住んでいたとわかるにおいがしたり、ふみかためられた床にも、片づけそこねた藁の束が落ちていたりする。

「あなたたちのおじいちゃんは、この家で生まれたのよ」母さんが、愛おしそうに石の壁を見まわしながら言った。「わたしも小さいころは、ここに住んでいたわ。ご先祖さまが何百年も住んでいた家なの」

そりゃそうだろうけどさ、とぼくは言いたかった。せまくてムッとして、こんなところにいるなんて、学校のだれかに見られたら、ぼく、死んじゃう。

*

納屋は最初、とてもみすぼらしく見えたが、ぼくたちでもう一度よくそうじして、母さんとエマンが部屋を布で仕切って、奥のほうを母さんとエマン、ばあちゃんとナディアのベッドルームにすると、まあまあの部屋になった。入り口に近い手前の部分に、母さんが敷物を敷き、壁に沿ってクッションをおいて、居間にしてくれた。ぼくたち男の子は、ここで寝る。

母さんは、フォージアおばさんといっしょに、母屋のキッチンでみんなの食事のしたくをしている。フォージアおばさんのおしゃべりに、一日じゅう耳をかたむけるのも苦にはならないらしい。母さんとフォージアおばさんとエマンは、長い時間をかけて、ぼくたちの服を洗濯した。農場の井戸で水をくみ、何か月ものよごれや粉塵を洗い流す。きれいになったシャツやズボンを身につけるのは、とても気持ちがいい。頭から足の先までゴシゴシ洗い、髪をシャンプーして、やっと人心地ついた。

村の学校は、十二歳以上は入れてくれないので、学校に行くのはファドだけ。学校に行かなくていいなんて、のんびり過ごせるなと思ったが、すぐにそれはまちがいだとわかった。

「オマルを農場で使ってください」父さんがダルアーに帰るとき、こう言っているのを聞いてしまった。

ひどいよ、父さん。ぼくに聞くのが先だろう?

「それはありがたい、ハミド」とマフムードおじさん。「農場の働き手をやとっていたんだが、去年、エジプトに帰っちまって。手伝ってもらえれば大助かりだ」

おじさんが、こんなに長く話をするのはめずらしい。

ジャービルがすぐ近くに立っていて、かちほこったような目でぼくを見た。ぼくはがっかりした。ジャービルは三年か四年しか学校に通っていないので、読んだり書いたりはあやしいもんだが、農場のこととなると、ぼくなんか足もとにもおよばない。ジャービルは、それでいい気になっている。

マフムードおじさんは、落ち着くまで二、三日待ってくれた。それで週末になり、みんなで金曜日のお祈り(いの)に行くことになった。ダルアーのモスクはどうしても好きになれなかったが、この小さな村のモスクは、もっとひどかった。カーペットはほこりっぽいし、水は鉄さびで赤い。先生(イマーム)は古くさい考えの人で、話すことと言えば、罪(つみ)のことばかり。悪いことをすると、アッラーの罰(ばつ)がくだるぞ、という話。みんなにじっと見つめられるのも、きまりが悪い。ムサの前なのにかまわず、ムサのことをあれこれ詮索(せんさく)してくる。

土曜日の夕方になると、ぼくはたいくつでたまらなくなってきた。早く農場を手伝いたいな、と思ったほど。ムサやエマンといっしょにいてもおもしろくないし、ジャービルとは、できるだけかかわらないようにしているし。

エマンはなんだか元気がない。ダルアーにいたころは、時間があれば学校の勉強をしていたが、村に移り(うつ)住んだことで、エマンの教育はおしまいになった。こっそり持ってきた本も、開こうとしない。台所の手伝いや小さい弟や妹の世話をしなくていい時間は、ムサのセーターをほどいて、ファドのセーターに編(あ)みなおしている。イライラしていて、話しかけようものなら、食ってかかってくる。

何か月も前、まだボスラにいたころ、ぼくはエマンに、味方になるよ、と言ったことがある。姉ちゃんは大学に行くべき人だもん。

その約束を果たす機会がないどころか、姉ちゃんをそっとしておくことしかできない。

ムサも、いっしょにいるとウザイ。ムサがやることと言えば、携帯(けいたい)電話をいじるだけ。ダルアーの友だちと連絡を取ろうとしているのだが、たいていは、それがうまくいかなくて、ものすごく不機嫌になる。

マフムードおじさんから、いよいよ仕事を手伝ってもらうから、日曜日の朝早くに準備しておくように、と言われた。おじさんが呼びにくるのを待ちながら、ぼくは、いっしょうけんめい働こう、と思った。納屋の外に出ると、ジャービルがおじさんの後ろに立っていた。むっつりした顔で、ロバの手綱を持っている。マフムードおじさんは、農場に用がないときは、建築現場で働いている。ぼくたちの肩をたたくと、くるりと背を向け、村のほうに行ってしまった。マイクロバスのエンジン音が聞こえる。バスがもうすぐ出発するという合図だ。

「それでぼくたち、何するわけ？」ぼくは、ロバをこわごわ見ながら、ジャービルに聞いた。ロバに何度か蹴られそうになったことがあるので、あまり近づきたくない。

「今にわかる」ジャービルの答えはそれだけ。

ロバをしたがえて、すぐに歩き出した。ロバの両わきにつるしてある大きなバスケットが、ロバの軽快な歩みといっしょにはずんでいる。小走りにならないと追いつかない。

ぼくたちが働く畑は、農場の母屋から坂をくだりきった、オリーブ林をぬけた向こうだ。畑は、マフムードおじさんが前の週に耕していた。それといっしょに、たくさんの白い石も掘り起こされている。メロンみたいに大きい石もある。

「この石をぜーんぶ運ぶぞ」ジャービルが言った。「畑の縁に積みあげる」

ぼくは、まじまじとジャービルを見た。

「まさか、じょうだんだろ。すげえたくさんあるもん。永久に終わんないよ」

「てことは、おれたち、おまえたちほど上品じゃないってこと?」ジャービルは顔を真っ赤にして言った。「現実世界へようこそ、町のおぼっちゃま」

「そんな。そういうわけじゃ……ちゃんとやるよ」ぼくはかがんで石を一個、拾いあげた。

ジャービルはもう三個か四個も拾って、ロバのバスケットに入れている。

その朝は、信じられないくらい、時間が経つのがおそかった。何度か、石を足の上に落として、そのたびに痛くて悲鳴をあげた。爪は割れるし、手はアザだらけになるし。かがんでは拾いあげるのを三十分も続けると、腕から肩にかけて筋ちがいを起こしたかと思うほど痛くなる。ジャービルの前でひ弱に見えるのはごめんだとがんばったが、弱っちいやつめ、とバカにされてるのがわかる。からかってばっかくるし。

「サソリだぞ、サソリ!」と言って、何かをぼくのほうに放り投げた。ぼくはこわくて飛びあがった。ギョッとして転んだことも何度か。そうしてやっと、ジャービルのことは無視していればいいのだとわかった。

11

ジャービルといっしょに畑で働いた初日は、恐ろしかった。二日目は最悪、三日もまだ最悪、四日目は少しよくなって、五日目はもうちょっとよくなって、ようやく金曜日になった。土曜日に仕事にもどってみると、背中が強くなったような気がした。体がやたら痛いのもおさまった。腕の筋肉も、ずいぶん盛りあがる。

それをムサに見せないではいられない。

「ふーん、かっこいいじゃん、ボディービルのミスター・ユニバース」ムサはそう言うと、背中を丸めて顔をそむけた。

ムサを傷つけたのがわかった。盛りあがった筋肉を見せびらかされたら、そりゃ、いやな気がするだろう。

「ごめん」ぼくは小声で言ったが、かえって険悪になっただけだった。

それから三週間、ぼくはジャービルと同じくらいの早さで（それがジャービルをいらだたせたが）、石を拾い続けた。いつもの夢に心を遊ばせる余裕もできた——いつか店を持って、お金をかせいで、車を買って、金のネックレスをわたすときの母さんのうれしそうな顔。

畑仕事をするようになって、ひとつだけいいことがあった。母さんがぼくを、ちやほやしてくれるようになったのだ。毎晩、傷だらけのぼくの手に、オリーブオイルをすりこんでくれる。マフムードおじさんは、いい親方だったと思う。ぼくたちを働かせるのは一日に六時間か、七時間だけ。賃金は父さんにはらわれるので、ぼくはお金を見たことはないが、そのほうがよかった。父さんは村に帰ってくるたびに、ダルアーからいろんな物を買ってくる——食べ物、薬、ナディアに新しいカーディガン、ファドに靴。ということは、ぼくも少しは家族の助けになってるんだろうな、と思えた。

夏になり、ますます暑くなって、マフムードおじさんはぼくたちを、石を取りのぞく作業から解放してくれた。フォージアおばさんが、トマトの種を農場の庭に持ってきた。トマトの種を蒔く時期なのだ。草むしり、水やり、草むしり、水やり——これからは、この作業がずっと続くが、少なくとも、ジャービルのいじめを一人でがまんしなくてよくなった。フォージアおばさんと母さんも農作業を手伝いに来てくれたから。エマンとばあちゃんは家に残って、ファドと小さい女の子たちのめんどうをみている。

農場の仕事というと、ただただ単調な作業に聞こえるが、実際は、たいへんな重労働を意地悪な従兄のジャービルとやる、ってことだ。でも少なくとも、爆撃や銃撃の心配はない。近ごろはボスラもダルアーと同じくひどい状況になっていて、この村はボスラに近い。砲撃や銃撃の音が、はっきりと聞こえる。

農場で暮らしている間、シリアのべつの地域で起きていることは、あまり考えないようにしていた。考えると、それだけでおなかが痛くなる。でも、ムサはちがった。ムサは活動にもどりたくて仕方がないのだ。友だちといっしょに、ムサが言うところの〈独裁政治反対闘争〉で、何か役割を果たしたがっている。

ムサは、北のほうのバカな狂信者たちについて、怒りに満ちた口調でたびたびまくしたてる。狂信者たちは、黒いスカーフで顔をかくし、シリアの大切な古代遺跡を破壊しまくり、人々の首を切って喜び、自爆したり、女性を奴隷として売り飛ばしたりする。

「ヤツらがやらかしてることも一理ある、なんて思ってる？」ある晩、ムサに聞いてみた。ムサにちょっかいを出してみたかったのと、ぼく自身、どう考えればいいのか、よくわからなかったから。

ムサは、ぼくが悪臭を発散しているとでもいうように、鼻にしわをよせた。

「バカじゃない？　ヤツらがやらかしてることが、いいことだって思うわけ？　あんなのが、イスラム教徒？」

「ちょっと言ってみただけだよ。ジャービルがさ――」

「おまえ、ジャービルのこと、きらいなんだろうが」

「きらいだよ、でも、話をしなくちゃなんないときもあるんだよ。ジャービルは、あの人たちもちょっとは……その、かっこいいと思うって」

でも、こんな話、するんじゃなかった。ムサが永久に終わらないかもと思うほど長いお説教をしてきたし、聖なるコーランの言葉を山のように聞かされたし。それにムサが母さんに、ジャービルは狂信者になりかけていると告げ口したもんだから、母さんがフォージアおばさんに話し、フォージアおばさんがマフムードおじさんに言いつけ、マフムードおじさんがジャービルに雷を落とした。それで翌日は、ジャービルに思いっきりなぐられた。目のまわりが黒くなったが、ロバに蹴られたフリをしなくちゃなんなかった。ロバは最初からぼくをきらってたから、いかにもありそうな説明だった。

薄っぺらなヤツと思われそうだけど、農場でいちばんうれしいのは食べ物だ。フォージアおばさんの料理の腕は最高。おばさんと母さんとばあちゃんは、午後になると何時間もいっしょに過ごす。キッチンのドアの外にマットを敷いて座り、平鍋に何杯もあるレンズ豆をより分けたり、小石をつまみ出したりするのだ。その間、小さい子たちの世話はエマンが引き受ける。そのあと、おばさんと母さんとばあちゃんがキッチンに入っていくと、おいしそうなにおいがただよってきて、夕食になる。ぼくたちは座って、ザクロのソースがかかったロールキャベツや、子羊の肉のミンチとほうれん草の料理にくし形のレモンを添えたもの、新鮮な卵、オーブンから出したばっかのアツアツのパンを食べる。

母さんが幸せだったのは、まちがいない。フォージアおばさんとは前から仲がよかったし、ばあちゃんのいじめにも、いっしょに向きあってくれるのだから。ばあちゃんは、ムサやぼくやエマンが、ちょっとでもきまり事をやぶると、腹を立てて金切り声をあげる。でも、人数で勝ち目がないし、ばあちゃんもそれを心得ている。

七月の終わり近くになって、ジャービルのことが、どうにもがまんできなくなった。春から初夏まで、ジャービルにからかわれたり、いたずらされたり、バカにされたりしても、何とかがまんしてきた。それまで、人を憎むなんてことはなかったと思うが、とうとう、本当に憎むようになってしまった。

金曜日の午後は、一週間のうちでいちばんいい時間だ。モスクから帰り、フォージアおばさんが一週間に一度、腕によりをかけて作ってくれるごちそうを食べると、あとは午後いっぱい、好きに過ごすことができる。

ぼくたちの家になっている納屋の外の日影に座り、ファドが草をむしってはロバに食べさせているのを、ぼんやり見ていた。ファドは農場が気に入ってる。ヤギを追いかけたり、フォージアおばさんと生みたての卵を見つけにいったりするのが、楽しくて仕方ないのだ。そこにジャービルが家から出てきて、ファドがロバをかまっているのを見た。

「ロバに乗ってみたいか、ファド?」ジャービルが呼びかけた。「乗りたければ、だいて乗せてやるぞ」

ジャービルはファドにはやさしい。それは認める。ファドもジャービルになついている(ぼくとしては、むかつくが)。すぐに、ファドはロバの背中にまたがって、はしゃいだ。ロバはジャービルの誘導で中庭をまわる。やがて、ジャービルがぼくのほうを見た。

「おりてくれ、ファド」とジャービル。「オマルの番だ」

ぼくは居眠りをしかけていたが、ハッとして目をあけた。ジャービルの声音に、ぼくは警戒した。第一、ロバとかかわりたくない。ロバもぼくをきらってるし、ぼくもロバはきらいなのだ。

「いや、けっこう」とぼく。

「きみの兄ちゃん、ビビってるね」ジャービルが、あざ笑うような調子でファドに言った。

「こわくないよ、オマル」ファドが、おどおどしながらジャービルを見て言った。「このロバ、とってもかわいいもん。乗ると楽しいよ」

「やっぱ、兄ちゃん、ビビってるな」ジャービルがくり返した。

そのとき、ナディアがヨチヨチと家から出てきた。ナディアは、何か言葉を耳で拾うと、すぐにまねをする。

「ビビってる」ナディアが言った。「オマル、ビビってる」

それで、ぼくのスイッチが入った。妹にまでバカにされた。怒りが燃えあがった。怒声をあげながら、ぼくはいきおいよく立ちあがり、ロバのところまで走った。そして、腕と足を猛然とばたつかせて、何とかロバの背中にはいあがった。

「ポンと蹴れば、走り出すよ」ファドが、知ったかぶりをする。

ジャービルが後ろで何かしているのがわかったが、こわくてふり返ることができない。ぼくは手綱を引きしめ、エイヤッとばかりロバの横腹を蹴った。すると突然、パーンという大きな音がして、ロバが中庭を飛び出し、ものすごいスピードで小道を走り始めた。ぼくはただただサルのように、ロバにしがみついた。

ぼくはたしかに、自分のことを勇敢だと言った。狙撃手をかわし、家のそばの路上でねらい撃ちされたのに生きのびたのもたしかだ。でも、ロバの背中にいたこの数分間ほど、こわい思いをしたことはない。ロバは耳を後ろにふせ、坂の下の貯水槽めがけてつっ走る。木の下もかまわず進むので、ぼくは枝にぶつからないように、ロバの首にしがみつきながら身をふせる。遠くからファドの叫び声が追いかけてくる。

「オマル、ロバを止めて！　オマル！」

ジャービルのハイエナのような笑い声。

どうして落ちずにすんだのだろう。後半は、腕だけでロバの首にぶらさがりながら、半分ずり落ちていた。ロバは貯水槽の横で突然止まった。あまりに急だったので、ぼくはロバの頭をこえ、上半身が貯水槽のまわりの低い壁に激突。しぶきをあげながら水の中に落っこちた。

水は氷のように冷たい。かなり深いところまで一度しずんだあと浮かびあがったが、口も鼻もヘドロでふさがれている。吐き出そうとしたが、おなかを強く打ったせいで息ができない。その立っているのに、水の上に出ているのは肩と頭だけ。その姿勢でゼイゼイとあえいだ。そのうち目の前が暗くなってきて、気を失った。

気づいたときには、地面に横たわっていて、ジャービルがぼくの胸をたたいていた。ファドが叫んでいる。

「オマル、おぼれて死んじゃった？　何か言ってよ、オマル！」

ジャービルにまたたたかれて、ぼくはくさい水をドバーッと吐いた。それから四つんばいになったが、すごく気持ちが悪くて、フォージアおばさんの金曜日のごちそうも、見たくない。

ぼくはようやく目をあげ、ジャービルをにらみつけた。その目つきで、ぼくが本気で怒っているのがわかったようだ。ジャービルは心配そうな顔をしていた。ジャービルもずぶぬれだった。ぼくを水の中から引っぱり出してくれたにちがいない。でも、ありがとうと言う気にはなれない。まだ息をするのもたいへんで、あえぎあえぎ言った。

「おまえ――ぼくを――殺そうと――したな」

ジャービルがひるんだ。

「ちがう！　ほんとだよ、オマル。父ちゃんに言いつけないで。そんなつもりじゃ――」

「おまえ、爆竹鳴らしただろ。ロバをおどかして走らせたんだ」

「おもしろいからやっただけ。おまえ、じょうだんもわからないのかよ？」

「じょうだんなんかじゃない。ケガをさせようとした」

ジャービルがいやな顔をした。また意地の悪い子にもどりかけてる。

ぼくはヨロヨロと立ちあがった。まだフラフラする。びしょぬれのシャツをはぎ取った。

「ファド」とぼく。「これをかわかして。それからロバを農場に連れ帰って。ぼくはまだ、ジャービルと始末をつけることがあるから」

「ジャービルとけんかするの、オマル？」ファドは心配そうだ。「父ちゃん、いつも、けんかするなって言ってるよ。父ちゃん、言ったでしょ――」

ぼくは、ジャービルから目を離さなかった。

「ロバを連れていけったら」

ファドが視線を、ジャービルからぼくに、そしてまたジャービルにもどした。

「言われたとおりにしな、ファド」とジャービル。「おれが、けんかを受けて立つと知ったら、オマルの考えも変わるから」

ぼくはイライラしながら待った。ファドが小道を去っていくのを見とどけてから、吐き捨てるように言った。

「ぼくの考えが変わるだと？　こわがってるくせに。負け犬」

ジャービルは腕を組んだ。

「よせ、オマル。おまえなんかと、けんかはしないぜ」

ぼくは両腕をかまえて、ボクサーのようにつま先でホップした。ぬれたズボンが足にまとわりついて気持ち悪い。

「こわがってるのは、どっちかな？」ぼくがからかった。

「自分を見てみろ」ジャービルがばかにしたように言った。「おれよりチビ。息もたえだえ。泥だらけ。そんなんじゃ、おれにたたきのめされるぞ。おれは、やりたくないわけじゃない。でもそんなヤツとやって、楽しめるかってんの」

ジャービルは本気だ。まちがいない。ジャービルめがけて突進し、貯水槽に投げこんでやりたい。でも、バカにされたのがくやしくて、涙がこみあげる。それを、必死になっておしとどめる。

「ぼくのこと、なんでそんなに憎むんだよ？」ぼくは言わずにいられなかった。「おまえに何したっていうの？」

ジャービルが信じられないというように、鼻先で笑った。

「本気でそんなこと聞くわけ？ それもわかんないとか？ おまえたち、おおぜいでここにやって来たよな。おれんちのおかげで、生きてるってわけだ。農民のフリしながら――」

「ぼく、おまえと同じくらい、一生けんめい働いてるじゃないか！ 今まで、こんなに働いたことは――」

「ちがう。おまえさあ、働いたことなんかないんだろ？ 町のおしゃれな学校に通って。教育なんか受けちゃって。混乱がおさまったら、ばあさま所有の豪華な3ＬＤＫのアパートにもどるんだろうが。そいで大学に行く。なのに、おれのほうは――」

まさか、こんなこと言われるなんて。

「ぼくのこと、なんにも知らないくせに！」ぼくはどなり返した。「最初に言っとくけど、ぼくは、ボスラの学校に行ってたとき、仕事を二つもやってた。だから毎朝、五時半には家を出なくちゃなんなかった。第二に、ぼく、体格いいよね。きみほどじゃないけど、がっしりしてる。大学のことはご心配なく。高校にも行くつもりはないから。第三に、ダルアーのばあちゃんのアパートは、影も形もありません。そのビルは、ぼくたちがぬけ出した二日後に、ぶっこわれました。ぼくたちの話をちょっとでも聞いてれば、それくらいわかってるはず」

ジャービルは、はずかしそうな顔をするていどの礼儀は、わきまえていた。

「知らなかった」

「ちがう。考えようともしなかったんだろ。ぼくたち、持ってるものを何もかもなくしたんだ、やっとこさ、ここに持ってきたもの以外全部。そういうこと、少しも考えなかったとか？」

ぼくはまだ、頭がクラクラしていた。ジャービルに背を向け、貯水槽の向こうの石に腰かけた。節くれだった古いイチジクの木が木陰を作っている。

「とにかく」ぼくは続けた。「頭がいいのはムサのほう。ぼくじゃなくて」

「あの身障者が？　ムサって、まともに歩くこともできないじゃん」

「頭と足は関係ないだろ？」ぼくはきっぱり言った。「ムサの話をちゃんと聞いたことないの？」

「聞くって、どうして？　まともに話せないくせに」

「わかっちゃないな。ムサはエマンより頭がいい。エマンは、ほとんど天才だけど」

ジャービルが眉をひそめた。

「だから？　エマンは女の子だろ」

「まさか？　今まで知りませんでした！」陽射しがまともに当たるようになったようで、ジャービルが近づいて来て、イチジクの木の下の、ぼくの近くに腰をおろした。「こんなことになるまで、エマンは学校の先生になろうとしてたんだ」

ジャービルがまた眉をひそめた。

「エマンはもう結婚したほうがいいじゃん。エマンて、今いくつ？　十七歳？　教育を受けた女の子にろくなのはないってさ、父ちゃんが」

「うちの父さんもそう言ってる。だからって、父さんが正しいってことにはなんないさ」

と言ったものの、ジャービルと話して、不安になった。エマンが学校にいくのをあきらめたとなると、父さんはエマンを結婚させるのでは？　もう、結婚相手を探してるかもしんない。

ハエがぼくのむき出しの腕にとまったので、追っぱらった。シャツを着ているぼくしか見たことのないジャービルが、ぼくの腕の傷跡をじっと見た。

「ここ、どうした？」ジャービルが聞いた。

「弾が当たってね」ぼくは、できるだけ、さらっと答えた。

ジャービルが感動したことが見て取れた。

「何があったの？」

ぼくは説明してやった。いくぶん尾ひれをつけた。というか、あれこれ大げさに話した。実際には、自動車にはさまれて逃げまどったこともなければ、髪の毛の間を銃弾がすりぬけたこともなかったが。ムサのことはわざと話さなかった。話し終えてみると、まともな友だちと話すような口ぶりで、ジャービルに話をしていたことに気づいた。

「そいで、ダルアーでは、どうだったの？　砲弾にやられたんだろ？」

こういうことを聞かれるとは思ってなかったので、何と答えればいいかわからなかった。ぼくはまだ、爆弾が落ちてきたり、おさない女の子をかかえて町の中を走る人の悪夢に悩まされている。

「楽しい話じゃないよ」ぼくはやっと答えた。

そのままだまりこんでしまったのは、ばあちゃんのアパートのことが頭に浮かんだからだ。好きな場所ではなかったけれど、一年も住んでいれば、我が家って感じになる。それなのに今は、ぼくたち家族にまともな家はない。それに突然気づいて、愕然とした。これ以上話し続けたら、声がふるえてしまいそう。

気まずい静けさをやぶろうと、貯水槽のそばに転がっている石を拾って、水の中にポチャンと落とした。

「オマル」ジャービルがヒソヒソ声で言った。「足を動かすな。じっとして。動いちゃいけない」

「何？　どうして？」

「すぐそこに、サソリがいる。その石の下に」

「えっ、ほんと？」とぼく。ジャービルはいつもこうやって、ぼくをだましてきたが、今回ばかりは、その声にゾッとした。下を見た。そこにサソリがいた。黒くてこわい小さな生き物が、はだしの足から十センチしか離(はな)れていないところにいる。

ぼくは悲鳴をあげ、足をひっこめた。それと同時に、ジャービルが大きい石を拾いあげ、サソリの頭めがけて、たたきつけた。それから小枝(こえだ)で黒い小さい体をつつき、本当に死んだことをたしかめてから、貯水槽の中に放り投げた。

「ありがとね」言いたくなかったけど、お礼を言った。

ジャービルが肩(かた)をすぼめた。

「シャツ着ろよ。家に帰んなくちゃ」

12

ジャービルと仲よしになったとは言えない、はっきり言って。でも、あの日以来、たがいに前よりは理解しあえるようになった。野菜が実って収穫や箱づめをするころには、いっしょにちょこっと笑うようにもなった。おかしなかっこうのナスを見つけたときは、イヤらしいことを想像して、ずいぶん笑った。

ジャービルは、イスラム国のヤツらがかっこいいなんてことは、さすがに言わなくなった。もし言ったとしても、ぼくは取りあわなかったはず。シリア全土が、とてもとてもひどいことになっている。特に北のほうが。どんどん状況が変わるので、ぼくはとてもついていけない。そういうことは、ムサに任せた。ムサは、新しい情報が入ってくるたびに、一喜一憂する。

父さんに、ほんの二、三日でいいから、町に連れ帰ってほしいとせがむことも。習っていた先生に会って、一人で勉強できるように課題を出してもらいたいから、なんて言ってるが、そんなあまっちょろい理由じゃないのはわかる。

八月の、ある木曜日の夕方、ムサはかっこいい新品のラップトップを持って、町から帰ってきた。

ぼくは小さな家のクッションに寝そべって、ファドとトランプで遊んでいたが、ラップトップをよく見ようと起きあがった。

「そんなもん、父さんに買ってもらうなんて」ぼくは、それはないだろうと、煮えくり返っていた。「不公平だよ！」

ムサが笑った。

「ごじょうだんを」

「じゃあ、どうやって手に入れたんだよ。盗んだとか？」

運の悪いことに、ちょうど入ってきた母さんに、話を聞かれてしまった。

「オマル！」母さんが、驚いて言った。「どうしてそんなことを言うの？　ムサには、やさしくしてくれる友だちが何人もいるの。こんなときでも、助けを必要としている人のことを考えてくれる人が、ちゃんといるんだから」

ムサが顔をくもらせ、ぼくは笑いをこらえた。母さんが出て行った。

「友だちねえ？」とぼく。「答えなくていいよ、バセムだろ？　それで何をたくらんでるか、それも言わなくていい」

ムサはぼくを無視して、キーボードをたたき始めた。欲求不満なんだろう、こわい顔をしている。

ぼくがまたちょっかいを出した。

「もしもし！　ぼくだけど！　お気に入りの弟ですが？　そのコンピューターで、ゲームやらせてもらえませんか？」

ムサが目をあげた。

「じょうだんじゃない！　まじめな話、オマル、これにさわるなよ。衛星回線が内蔵されてんだから。すぐ居場所を特定されちまう。オンラインは一分以内にしないと。それ以上つないだら、ヤツらに見つかる。兵士にふみこまれて、とっつかまる」

ぼくは体がふるえた。

「ムサ、そんなことしちゃだめだ。危険すぎる！　それにしても、バセムって、どうやって兄ちゃんのメール受け取るの？　バセムの携帯、とっくに電源切れてるよね」

ムサがぼくを見あげた。

「バセムのおやじさん、発電機を手に入れたのさ。あの一家は金持ちだからな。とにかく、やらないわけにはいかない。世界に知らせないと、この危険きわまりない政府が、ぼくらの国にやらかしてることを――それしかない、それだけ、おれにできるのは」

母さんが、家族全員でこの農場に引っ越そうってきめたのは、混乱は都会だけでおさまると思ったからだろう。最初はそのとおりだった。でもだんだん、様子が変わり始めた。

田舎でも物が足りなくなって、食品の値段がみるみる高くなった。幸い、マフムードおじさんの農場はでっかいので、前の年に収穫した野菜を、フォージアおばさんがつぎつぎにピクルスにして保存している。農場の動物たちのおかげで、卵やミルクが食卓に並ぶし、ときには肉も食べられる。ほかにも、フォージアおばさんが、レンズ豆や粉や米などを乾燥させ、大きな貯蔵庫にしまってる。

ぼくたちの村では今のところ、何も起きていないが、しょっちゅう、不穏な報告が入ってくる。戦車が爆破されたとか、警察官が襲われたとか、政府軍による恐ろしい報復があった、不意打ちにあって逮捕されたとか。逮捕されたらどうなるか、みんな知っている。囚人は食べ物を満足にあたえられず、なぐられ、拷問にかけられ、撃ち殺されることだってある。

ぼくはまた、おなかがキリキリと痛むようになった。何よりもムサのことが心配だったが、父さんにも何か悪いことが起きやしないかと、ひやひやしていた。父さんはまだダルアーに住んでいる。町はずれに小さな部屋を借りて、仕事に行っている。母さんは、古っちい携帯で、しょっちゅう父さんに電話をかけるが、なかなか通じない。たまに通じると、父さんからの指示をぼくたちに伝え、ぼくたちの、はい、わかった、という答えを父さんに伝える。もっとも、たいていは母さんが取りつくろって答えてくれる。母さんが父さんと電話で話しているときに一度か二度、母さんがエマンを一瞬見つめて目をそらし、そのあと話を聞かれないように外に出て行くことがあった。でも、母さんが言おうとしてることは、想像がついた。

父さんのほうが正しいんじゃないか？　こんな状態じゃあ、エマンは学校の先生なんて、なれっこない。そんなら、結婚しなくちゃ。めんどうを見てくれる相手を探したほうがいいよ。もし凶暴な兵士たちが農場になだれこんできたら、姉ちゃんはどうなるんだろう。考えただけで恐ろしくて、昼間の仕事で疲れきっているというのに、目がさえてしまう。

あのころはわからなかったが、ぼくたちみんなをまとめているのは、フォージアおばさんだった。おばさんは、正直言って、道ですれちがっても、見すごしてしまうような人だ。背が低くてコロコロしている。くるぶしまである服は長いこと着てるんだろう、すり切れている。ヒジャブもヨレヨレ。顔も手も、日焼けしたせいでガサガサでしわだらけ。顎にイボがあって、そこから毛が生えてる。母さんはたった二歳ちがいの妹だが、フォージアおばさんと母さんは親子かと思ってしまいそう。

フォージアおばさんは、ぼくたちをいつの間にか、おばさんの暮らしに引き入れてくれた。そのおかげで、ぼくたちは、ここが自分たちの居場所だという気になれた。おばさんはとてもおしゃべりなので、とぼけたただのおばさんかと思ってしまうが、意地の悪いことはけっして言わない。しかも笑い上戸。おばさんが笑うと、ボウルの中のヨーグルトみたいに、体がブルンブルンふるえる。

九月になると、夏のきびしい暑さが、少しだけやわらいだ。中庭のブドウ棚いっぱいにのびた蔓に実がたわわになり、母さんとフォージアおばさんは日がな一日、瓶づめや、酢漬けや、ジャムづくりに没頭した。そして冬に備え、棚という棚を瓶や甕でいっぱいにした。

また金曜日になった。マフムードおじさんがいつものように、ぼくたち男の子をモスクに連れて行ってくれた。モスクから帰ってくると、ロバが中庭のまんなかに立っていた。両わきの荷かごにはタッパーがぎっしりつまっていて、フォージアおばさんが、丸めた敷物(しきもの)やクッションを、ロバの背中(せなか)にくくりつけようとしている。

「ピクニックに行こうね！」おばさんが、ぼくたちの顔を見て笑いながら言った。「貯水槽(ちょすいそう)のそばまでおりると、風がすずしいよ」

ジャービルとぼくは目を見あわせたが、すぐにそっぽを向いた。ぼくが貯水槽に落ちてから、あそこには行ってない。なんとなく、行ってはいけない場所になっている。ファドがニワトリを見つけて追いかけている。腕(うで)をふりまわして、「ピクニック！　ピクニック！」と叫(さけ)びながら。母さんが、バスケットを手に、キッチンから外に出てきた。

「はしゃぐんじゃないの、ファド。ほら、このバスケットを持って。オマル、飲み物の木箱を運んでちょうだい。重いわよ。落とさないようにね。ムサ、だいじょうぶ？　だいぶ歩くわよ。エマンはどこ？　あ、いたわ！　どうして、そんなくたびれた服を着るの？　あっちの服になさいって言ったでしょ。着がえて、きちんとしてきなさい。大急ぎよ」

エマンは口答えをしようと口を開いたが、マフムードおじさんがロバの腹帯(はらおび)をいじくっていたので、その前で反抗(はんこう)するのは思いとどまった。エマンは走って家にもどった。

「ばかげたピクニックだよな、まったくもう」ムサが小声でぼくに言った。「エマンはなんだって、おめかししなくちゃなんないんだよ？」

ムサは、みるからにムカつきまくっていたが、ほかの人はみんな、うれしそうだ。おさない女の子たちは、はしゃいでチョロチョロ動きまわっているし、フォージアおばさんは顔をかがやかせているし、ばあちゃんは、マフムードおじさんが特別に作ってくれた杖にすがって、行く気満々。ジャービルまでニコニコ顔だ。まるでお祝い気分。

「おい、そのいまいましい箱の持ち手をこっちによこせ」とムサ。「バカなヤツが、おれじゃあ無理なんて言い出さないうちに、出発しようぜ」

道はあれていて、石に足をとられてすべりやすい。半分ほどくだったところで、ムサはもう、かなりくたびれているのがわかった。箱もムサには重すぎる。でもムサは、そんなそぶりを見せるくらいなら、死んだほうがましと思っているのがわかる。

「兄ちゃん、自分のこと、何さまだと思ってる？」ぼくがからかった。

「何だって？」

「アホさま」

「そりゃ、ありがたい、おまえに言われるとよけい」

そのあと、残りの坂道はずっと、たがいに悪態をつきあいながら、くだった。そしてほかの人たちが、小走りのロバをしたがえて到着するころには、ムサとぼくは、イチジクの老木の下に陣取っていた。ぼくはサソリを見つけた正確な場所をムサに教えてやった。

「ほう、そうですかい」ぼくが両手を広げて、サソリの大きさを示したら、ムサが疑ってかかった。「そんなでっかいサソリ、いるわけねえや」

今思い出すと、あの午後は金色にかがやいていたような気がする。やわらかい風が、イチジクやオリーブの畑のまだ青々としている葉っぱを、そっとなでていく。貯水槽に水はほとんどなくなっていたが、カエルがときどき、あさい水の中でポチャッとはねるのが聞こえた。ぼくは――わけもなく――家族への愛がドーッとわきあがってくるのを感じた。ジャービルのことまで、ちょっぴり好きになった。

イチジクの、ざらざらした灰色の幹によりかかって、みんなのことをながめた。すると、今まで気づかなかったことが、見えてきた。

マフムードおじさんが薪に火をつけ、ラム肉の串刺しを焼いている。おじさんはしょっちゅう、フォージアおばさんのほうを見る。そのたびにおばさんが、うなずき返す。おじさんとおばさん、愛しあってるんだ。そういう光景を見て、ぼくは実は、ちょっと悲しくなった。父さんと母さんが、そんなそぶりを見せることってないもん。ジャービルが内心、農場を出て何かでっかいことをやってやるぞと意気ごんでるのもわかって、応援したくなった。ばあちゃんを見た。腕まくりをすると、前にぐっとかがんで、地面に敷いた布の上にずらっと並んでいるごちそうの中から、ブドウの葉のつめ物を取ろうとしている。そのときはじめて、ばあちゃんの手がひどくふるえているのに気づいた。ばあちゃんが顔をあげ、ぼくと目があった。急に、まごついた顔になった。ぼくがだれだか、わかんなくなったのかも。

ばあちゃん、すっかり年取っちゃったな。

エマンは、ヤスミンの髪(かみ)にリボンを結んでやっている。フアドのおしゃべりに、ときどき笑い声をたてながら。姉ちゃんて美人だなと、はじめて思った。母さんもエマンを見つめてる。母さんは、どういうわけかソワソワしていて、顔をあげては、村のほうを見やる。

ぼくは、おなかいっぱいだけど、もう少しブドウを食べちゃおうかな、と思っていると、ヤスミンがぼくの前にやってきた。期待に目をクリクリさせている。

「追いかけっこしよ」とヤスミン。「あたしとナディアとファティマを、追いかけてね」

気だるいし、おなかはいっぱいだし、立ちあがりたくない。

「グオーッ」ぼくはうなり声をあげながら、爪(つめ)を立てる仕草をして、ライオンのまねをした。

「気をつけろ、食べちゃうぞーー!」

ヤスミンがキャッキャッと叫(さけ)びながら木の陰(かげ)に走りこんだ。

「だめ!　ちゃんと追いかけなくちゃ!」ヤスミンが大きな声で言った。

ジャービルが先に立ちあがった。ぼくもおくれを取りたくないので、ヨイショと立ちあがった。

二人でうなったりどなったりしておどかしながら、小さい子たちを追いかけまわすのはおもしろい。ナディアはすぐあきて、母さんのところに行って膝の上に座った。次はいちばん小さいファティマ。転んで、石で顎を擦りむき、大きな声で泣きながら、フォージアおばさんの膝に転がりこみ、チチンプイプイとやってもらってる。エマンが、あやとりしよう、とファティマをさそい、ヤスミンも加わった。

ぼくは立ったまま、息を切らせていた。座りこんでるなんて、おもしろくない。

「サッカーしないか、ファド？」ジャービルが声をかけた。

ぼくたちの追いかけっこをうらやましそうに見ていたファドが、サッと立ちあがった。

「やる！　でもボールがないよ」

ジャービルがロバのほうにかけて行った。ロバは眠そうな顔で、遠くの木につながれている。ジャービルがバスケットの底を探っている。

「ヤッホー！」ジャービルが、うれしそうな顔で言いながら、クチャクチャになったポリ袋の束を引っぱり出した。飲み物の缶が入っていた袋だ。

ぼくは、がっかりしたが、顔に出さないように気をつけた。ジャービルの〈ボール〉って、村のまずしい子たちが遊ぶヤツじゃないか。ボスラの遺跡で絵葉書を売っている子が、ああいうのを使ってた。でもぼくは、ちゃんとしたボールを持ってた。黒と白の模様のサッカーボールを。あのボール、今ではつぶれて、人知れずコンクリートの山に埋もれてるんだろうな。

ジャービルが探るような目で、ぼくを見つめてる。その目にこめられた言葉が、読めた気がした。「おまえには、これじゃ物足りないとか？」ジャービルの頭から、こういうセリフの吹き出しが出てる。

「ゴールキーパーやるよ」ぼくはすかさず言った。「あそこに石が二つあるだろ？　その間にシュートしようぜ」

「PK戦だー！」ファドがはしゃぐ。そして思いっきり蹴とばした〈ボール〉が、ピクニックまっさいちゅうの、食べかけのサラダボールに、ドレッシングをはねあげながら飛びこんだ。

フォージアおばさんは笑いながら、手先をヒラヒラさせて、ぼくたちを退散させた。ハエを追いはらうように。

「もっと遠くに行って！　向こうで遊びなさい！」

ジャービルとサッカーをするのは、これがはじめてだ。地面には大きい石や小さい石が転がっているが、〈ボール〉はばらけることなく、まだ束になっている。ファドがあっちやこっちにキックしまくり、めったにパスがきまらない。それでも、こんなに楽しい時間を過ごすのは、本当にひさしぶり。

「男の子たち、真っ赤な顔して！」フォージアおばさんが大きな声で言った。「こっちに来て、何か飲みなさい」

ファドが走ってきて、ぼくとハイタッチ。自分でも驚いたが、ぼくはジャービルともハイタッチ。

冷たい水をゴクゴク飲んで、飲みほそうとしているとき、ファドが叫んだ。

「見て！　父ちゃんが来た！」

みんなが首をまわした。父さんが、場ちがいな背広姿で、みがきあげた靴をはき、小道をぼくたちのほうに歩いてくる。すぐ後ろに、だれかいる。

ぼくはよく見ようと手をかざして、西の空にかたむきかけた陽射しをさえぎった。そのとたん、おなかがキリキリと痛み、腕が総毛だった。坂道をおりてくる男の人は、なんと、〈ミスターおじゃまムシ〉だ。

ときどき、悪夢のようなこと、えも言われぬ恐ろしいことが起きるのは、どういうわけだろう。〈ミスターおじゃまムシ〉の出現は、ぼくにとっては、そういうたぐいのことだ。一年半前、〈ミスターおじゃまムシ〉が、やさしいアリおじさんをおどすのを、この目で見た。店を無理やり閉めさせ、町から追い出した。それだけじゃない。この男の口から出たおどしの言葉は、忘れられない。ヘビの舌からしたたり落ちる毒を思わせる言葉。

マフムードおじさんはクッションの上で首を垂れ、軽くいびきをかいていたが、フォージアおばさんにつつかれ、あわてて立ちあがり、かぶっていたカフィーヤを急いで整えた。おさない女の子たちは、はずかしそうに、それぞれお母さんの後ろにかくれている。

「エマン」母さんが小声で言った。「ヒジャブをきちんとかぶりなおして。髪の毛が見えてますよ」

ムサは、はじめて会う人を見つめるいつもの目で、〈ミスターおじゃまムシ〉を観察している。

ムサ！　ぼくはべつの恐怖におののいた。あいつ、ムサを逮捕しに来たんだ！

ぼくはムサのところににじりより、かがんでささやいた。

「口がきけないフリして。注意してよ。危険なヤツだから」

ムサは目をあげてぼくを見た。

「おっかない顔はしてないけどな」ムサが小声で言った。「ネズミみたいな顔だぜ」

ぼくはムサの腕をつかんだ。ぼくの指がふるえているのが伝わったにちがいない。

「アリおじさんをおどしたヤツ！　秘密警察」

ムサはブルっと体をふるわせると、頭をだらりと垂らし、うつろでにやけた表情を作った。

〈ミスターおじゃまムシ〉がこっちを見てる。ぼくは行儀のよい笑顔を浮かべ、ぼくのこと、どうか見やぶりませんようにと思った。

「男性は、こっちに集まれ！」父さんが大きな声で呼んだ。

ぼくは、ムサが見るからに大儀そうなフリをして立ちあがるのに、手を貸した。ムサはヘナヘナになっているので、力いっぱい引っぱりあげなければならない。

「そんなに大げさにやるなよ」ぼくはうなりながら言った。「重いったらありゃしない」

ムサの手がぼくの手の中でブルブルふるえている。ムサも、ぼくと同じようにこわいのだ。

ぼくたちはゆっくり進んだ。ピクニックの残骸を通りこし、男性グループのはしっこに立った。ジャービルもいる。

ぼくはまともな精神状態じゃなかったので、みんなの会話をほとんど聞いてなかった。男性グループはもう、林の向こうに移動していた。ピクニックのあと片づけを始めている女の人たちのほうは、礼儀正しく見ないようにしている。〈ミスターおじゃまムシ〉の本当の名前は、ビラルというらしい。この村に住んでいる従兄のご機嫌うかがいに、母親をボスラから連れてきたという。数日、村に滞在するので、母さんとフォージアおばさんに会いたがっているとか。

ぼくは、〈ミスターおじゃまムシ〉が話をしながら、エマンを横目で見ているのに気づいた。こりゃ、ただごとじゃないぞ。ネズミのような顔、気味の悪い目。少なくとも三十五歳にはなっている脅迫まがいのことをする悪党が、姉ちゃんと結婚しようと、家族の中に乗りこんできたんだ。

これはまずい。いくら父さんでも、こんなことやれるわけがない。やるはずがない。

すると、エマンの姿が目に入った。体をこわばらせて座ってる。頰を紅潮させ、ショックのあまりまたたきもせずに。母さんがとなりに座り、エマンの腕を軽くたたきながら、ヒソヒソとはげましの言葉をささやいている。

母さんは知ってるんだ！　ぼくは半信半疑だった。そんな。母さんもグルだなんて！〈ネズミ〉のすぐ近くにいるのは、耐えられない。いつのまにか、心の中で〈ネズミ〉なんて呼んでた。フォージアおばさんが、ぼくたちが座っていた大きな敷物をたたもうとして苦労しているのが見えたので、ぼくはよろよろと助けに行った。

「あの人、エマンと結婚しに来たの？」おばさんに、口の動きだけで聞いた。

おばさんはあいまいな態度で、頭を左右にふった。おばさんは何もかも知ってるんだ。でも、ぼくと同じく、賛成じゃないってことがわかった。

エマンが突然、ウウッという声を出して立ちあがると、家のほうにかけだした。長いスカートに足を取られそうになりながら。母さんがエマンのあとを追う。それを、〈ミスターおじゃまムシ〉が、イタチのような目で追っているのが見えた。ぼくは拳をにぎりしめた。できることならなぐりつけてやりたい。

ぼくは母さんとエマンを追いかけたかった。エマンに、あんな男に姉ちゃんをわたすもんかと言いたかった。でも、ぼくにできることなんて、何もない。ぼくには、木陰でうつらうつらしている能なしのロバほどの力しかないもん。

13

ぼくはこれまで――そんなことを考えるとしたらの話だが――父さんと母さんは、エマンの結婚相手に、非の打ちどころのない人を連れてくるんだろうな、と思っていた。たとえばラソールのような。カッコよくてハンサムで、ぼくやムサの理想的なお兄さんになってくれるような人。

でも、父さんも母さんも、〈ミスターおじゃまムシ〉がどんなヤツか、知るわけないもんな。ピクニックを終え、みんなのあとについてもどりながら思った。父さんと母さんに知らせなくちゃ。あいつがどんなヤツか知ったら、この話は進まない。

ピクニックからの帰り、小道を半分ほどのぼったところで、ぼくたちの小さい家からエマンの怒りくるった叫び声が聞こえてきた。急いで中庭までもどると、まぎれもなくピシャリとたたく音が。エマンが金切り声をあげ、続いて、ばあちゃんがガミガミいう声がした。

「おだまり、悪い子だね。家族に、はじをかかせたいのかい？」

そのあと、母さんの声。やさしくなぐさめている。ぼくはドアをおしあけて中に入った。

「だいじょうぶよ、いい子ね」と母さんが言っている。「ミスター・ビラルは、いい人ですもの。たいへんなお金持ちだし！　すばらしい家、すてきな服、欲しいものはなんでも手に入るわ」

エマンはひざまずいて、クッションを両手でたたきながら、肩をふるわせて泣きじゃくっている。

「年取ってるし、けがらわしいし、あんな人は絶対いや！　意地の悪い目！　こんな仕打ちをするのはやめて、母さん。やめてよ！」

「母さん！」ぼくが割りこんだ。「あいつは、いい人じゃない！　母さんは、とんだまちがいをしてる。あいつは、秘密警察なんだ！　アリおじさんをおどしまくって、ボスラから追い出した張本人。おっかないヤツなんだよ、母さん。まさか母さんは――」

ばあちゃんが、小枝のような指をぼくに向けた。

「出て行きな、この悪ガキ。マッジャのダンナのことなんか、なんにも知らないくせに」

「あたし、マッジャじゃないわよ！　どうしてあたしのこと、いつもマッジャって呼ぶのよ？それに、あの人はあたしのダンナじゃないし！」エマンが泣きながら言った。「あたしは、あの人と結婚なんかしない！　無理強いはできないはず！」

「今にわかるさ」ばあちゃんがきびしい声で言った。「あたしが選んだ男なんだ。あの人の母親もよく知ってるし。善良な家族なんだよ。おまえは、命じられたとおりにすりゃあいい」

年老いたばあちゃんの目が、怒りでギラギラしている。

「何もかも、大まちがいだ」ぼくは必死だった。「そんな仕打ち、エマンにしちゃだめだ」

母さんが、エマンにおおいかぶさるようにしてだきしめようとしたが、まだすすり泣いているエマンが、母さんをはらいのけた。すると、母さんはこっちに来て、ぼくの肩に腕をまわした。

「外に出ましょう、オマル。お姉ちゃんが泣いてるのを見るなんて、つらいものね。あんたに話したいことがあるの」

母さんのやさしい腕にだかれては抵抗できない。おとなしく母さんについて外に出た。扉のすぐ外に大きくて平らな石があって、ベンチがわりに使ってる。母さんはそこに座って、横のスペースを手でたたいた。

「いらっしゃい、いい子ね。ここに座って」

農場からくだった小道に、父さんとネズミ顔のビラルとマフムードおじさんがいるのが見えた。三人はゆっくり村にやってくる。ほかの家族はもう、のんびりと中庭に入ってきている。

「わかってるわよね、エマンは結婚適齢期だって」母さんが話し始めた。

「ぼくにはわかんないよ、何にも。姉ちゃんは学校の先生になりたいんだよ」

「ぼうや、今は、そんなこと無理だって、わかるでしょ。戦争のせいで何もかも、ぶちこわしになっちゃったの。今わたしたちにできるのは、エマンが安全に暮らせるようにしてやること。ミスター・ビラルは――」

「ぼく言ったよね、母さん！　あいつは悪い人間なんだ！　アリおじさんにどんな意地悪をしたか、母さんも見ればよかった」

母さんが口をすぼめた。

「そのことは、何も知らないわ。あんたが、あの老人のところで働くのは反対だったの、でもお父さんが……」

「アリおじさんはいい人だよ！　親切だし正直だし、あんなふうにおどされるような人じゃない！」

「ねえ、オマル」母さんがぼくの肩にまわした手に力をこめた。「エマンがこの結婚を受け入れるように、あんたに手伝ってもらいたいの。今のところ神さまのおかげで、ここは安全だけど、いつ攻撃されてもおかしくないわ。兵士が力をふるう、それにさからう人たちがなだれこむ、砲弾が雨のようにふる」

納屋の中から、エマンの悲痛な泣き声が聞こえてきた。

「あたし、自殺する！　あたしに、そんなことさせるのは無理！」

またひっぱたく音。

母さんは目をふせた。

「あんたがお姉ちゃんを大切に思う気持ちは、よくわかるわ、オマル」母さんがまた始めた。「家族はみんな、エマンを愛してる。でも、そのエマンのために、エマンには家を出てもらわなくちゃ。みんなビラルのことを好きになりますとも、必ず」

「好きになる？　あのネズミを？　悪いヤツなんだよ、母さん」

「バカなことを言うのはやめなさい」さすがの母さんも、堪忍袋の緒が切れそうだ。「ビラルはビジネスマンとして大成功した人。こんな国で、お金をどっさりかせぐのに成功したのよ」

「だから？」ぼくは強い口調で言った「エマンを売りに出すとか？　お金のために？」

母さんが立ちあがった。

「子どもっぽいことを言うのは、やめなさい、オマル。いよいよ結婚の準備が整うと、女の子はみんなショックを受けるものなの。わたしだって、お父さんと結婚するように言われたとき、何日も泣き暮らしたものよ」

「あたしきめた！」エマンが叫んでいる。「自殺する！」

「ムサを探してらっしゃい」母さんがサバサバと言った。「ムサならあんたに、もっとまともな考えを吹きこんでくれるわ」

これで一件落着となりそうな気配だった。エマンは〈ネズミ〉と結婚することになるんだろう。ぼくにできることはもう何もない。ジャービルが、エマンて強情っぱりだね、といや味を言ったので、パンチを食らわせたくなった。フォージアおばさんも、ぼくを避けてるし、ムサまで、かかわるのはごめんという態度だ。

それから二週間ほど、エマンと顔をあわせることはほとんどなかった。ぼくはいつものように、朝早くから畑仕事に出ていくし、エマンは家の中でしっかり監視されている。〈ネズミ〉の家族との顔あわせがあるが、だれもその話に触れることができない雰囲気だ。唯一話題にのぼるのは、花婿からの持参金や持っていく服のこと。それに、エマンは金のジュエリーをどれだけもらうんだろうね、という話。

「卑怯者！」ある晩、母屋から納屋に帰るとき、ムサに小声で言った。その日も、神経が張りつめる夕食だった。エマンは泣きはらした赤い目をして、ひと口も手をつけない。「自分の姉ちゃんを助けるために、指一本あげようとしないんだから！」

ムサが、あきれたとばかり両腕を広げた。

「おれに何ができる？」

「父さんに話をしろよ！　母さんに話せ！　二人に言ってやれ！」

「二人に何て？」

ぼくは、家の石の壁に、自分の頭を打ちつけたい衝動にかられた。

「エマンを、あんな化け物と結婚させちゃいけないって！」

あたりはもう暗くなっているが、満月が出てる。ムサがふり返ってぼくを見た目が、かすかにきらめいた。

「現実を見ろ、オマル。エマンはうまくやってくさ。ヤツは金持ちなんだから。エマンに勉強だって、させてくれるかも」

ぼくは自分の耳が信じられない。

「まさか、じょうだんだろ」

「人生は、完璧にはいかないってこと」ムサが急にとげとげしい口調になった。「それぞれに運命ってもんがある。その運命と上手につきあっていかないと。よく考えな」

そう言われると、言葉がない。

エマンの変わりようを見るのはつらかった。何も食べ物を口にしないので、何キロもやせた。目は涙で真っ赤。母さんとばあちゃんがやきもきして、村のドレスメーカーで仕立てさせた服を試着するときも、まるでマネキンみたいにつっ立っていた。

〈ネズミ〉は気前がよかった。それはぼくも認める。かなりの額の持参金が、すでに支はらわれた。母さんとフォージアおばさんがほめそやした金のネックレスの大きさには、ぼくもたまげた。でも、それを見て、エマンがけがらわしいとばかりプイと目をそらしたのは、だれも気づかなかったようだ。

あと数日で結婚式という日、ぼくが家に帰ると、姉ちゃんが力なく座りこんで、壁を見つめていた。ぼくは、姉ちゃんの横のクッションに腰をおろした。

「エマン、ごめんね。本当にごめんなさい。姉ちゃんを助けたかったのに」

姉ちゃんはこっちを向いて、弱々しくほほえんだ。

「わかってるわ、弟くん。ありがとう」

ばあちゃんが帰ってきた。大きなパンを、鉄砲（てっぽう）をかまえるようにかかえてる。エマンをにらみつけた。

「見たぞ！」ばあちゃんはパンをエマンの顔につきつけた。「また食べなかっただろ。何をしでかすつもりかい？　餓死（がし）でもしようってのか？」

「そうよ」エマンがさらりと言ってのけた。

ばあちゃんの顔が、怒（いか）りでゆがんだ。

「このパンを、おまえの喉（のど）におしこんでやる！　あたしはね、十三のときに結婚（けっこん）したんだ。あのとき、お前のようなことをしていたら、父親にたたきのめされただろうよ」

ばあちゃんが前のめりになったと思うと、エマンの口をこじあけにかかった。

母さんが、ばあちゃんの後ろに来ていた。

「やめてください、ウンム・ハミド」母さんはこう言いながら、ばあちゃんの手をおさえた。「みんな、エマンの幸せを思ってのことだって、エマンもすぐにわかりますから」

ばあちゃんにも母さんにも、うんざりだ。ぼくは怒（いか）り心頭（しんとう）、鼻息もあらく家を飛び出し、気持ちが静まるまで中庭を歩きまわった。

母さんが正しいことが、ひとつだけあった。紛争が、田舎にまで広がってきたのだ。反政府勢力の襲撃と政府の攻撃の話を聞かない日はない。農場が焼け、道路わきに爆弾が落ちる。貯水槽のそばでピクニックをしたのは、つい数週間前なのに、はるか昔の出来事のような気がする。

結婚式の二日前、ぼくたちの村のまさに中心部で、騒乱が起きた。それは真夜中のことで、ぼくたちはみんな眠っていたが、強烈な銃撃音がして、目を覚ました。すぐに人々がさわぎだし、悲鳴をあげる女性もいるなか、耳をつんざく音がして、ぼくの体にもふるえが走った。

母さんは、ばあちゃんやエマンといっしょに寝ていた部屋のすみの、薄っぺらなカーテンをかき分けて、飛び出してきた。泣いて暴れているナディアをだきかかえている。

「神さまのお慈悲を！　村で銃撃が！　ああ神さま、今度はだれが殺しにきたんですか？」

突然、だれかが入り口のドアをガンガンたたき始めた。エマンがマッチをすって、ローソクをつけた。炎に照らされたみんなの顔が、恐ろしげにドアを見つめている。

「レイラ！　あけて！　わたしよ、フォージアよ！」

まっさきにぼくがドアにかけより、重い閂をはずした。

フォージアおばさんが、たおれんばかりのいきおいで部屋の中に飛びこんできた。

「恐ろしいこと！　すぐ近くよ！　マフムードが、様子を見に出て行ったの。行かないでって言ったのに。危ないからって言ったのに。言うこと聞かずに」

母屋から泣き声が聞こえてきて、おばさんはまた外に引き返しながら、大きな声で言った。「子どもたちが目を覚ましたわ！　いっしょにいてやらないと。でもあなたたちがみんな生きててよかった、神さまに感謝！」

そのすぐあとで、マフムードおじさんが中庭にかけもどってきた。みんなでおじさんを取り囲んだ。

「何もわからん」おじさんが言った。「狙撃手が一人。村も安全じゃない。家の中に入れ、全員。できることは何もない」

だれも動かない。フォージアおばさんは、立っているものの足もとがおぼつかない。おさない女の子たちが泣きながら、おばさんのスカートにしがみついている。

「神さまのお慈悲をわたしたちに」母さんが祈りの言葉をつぶやいている。

ばあちゃんも、外に出てきた。

「神さまが、あいつらを罰してくださる！」ばあちゃんが、つきあげた拳をふるわせながら、声をかぎりに叫んだ。

やっとのことで、マフムードおじさんがみんなを家の中に入れた。

その夜はもう、だれも眠れなかった。ナディア以外は。銃撃はおさまったが、村で何か起きやしないかと、耳をすまして横になっていた。まだ叫び声が聞こえるし、自動車やトラックがエンジンをかけては遠ざかっていくのも聞こえる。夜明けまで、女の人たちの泣き声が続いた。

明るくなると、母さんはドアの閂をはずし、用心しながら外の様子をうかがった。それから、母屋まで走って行った。

「どうなるのかな？」ぼくはムサに聞いた。

「すぐに軍隊が来るな」ムサが心配そうにくちびるをかんだ。「手あたり次第、若い男を逮捕する。軍隊にぶちこむために」

心臓がドキンとした。

「若いって、どのくらい？」

「十五歳、十六歳」

「ジャービルは十五歳だよ！　兄ちゃんも十六歳！」

「おれのことは心配ない。こういう身障者をやとう軍隊は、世界じゅう探してもない」

「ぼくはどう？」

「おれがおまえなら、身をかくすな」

ぼくはあせって見まわした。小さな納屋の中のどこかに、かくれる場所が見つかるかも。すると、ムサのラップトップが、床に放り出してあるのが目にとまった。胃がひっくり返りそうな気がした。

「ムサ、これ見つかったら、殺されるよ」

「わかってるって」

ムサはラップトップを拾いあげたが、手がブルブルふるえてる。

「どうするつもり？」

「どこにかくそうかなって、考えてたとこ」

「で、見つかったの？」

「まだ」

母さんがもどってきた。

「フォージアってすばらしい！」母さんが笑い泣きしてる。「騒乱なんてなんのその。母屋にちゃんと朝ごはんができてるんだもの」

＊

不愉快な朝食だった。子どもたちは泣きどおし。ジャービルとムサとぼくは神経がピリピリと張りつめ、ばあちゃんはモゴモゴ言いながらお祈りのビーズをたぐってる。変わりないのはエマンだけ。パンを二切れほどつまむと、あとはじっと壁を見つめるばかりで、何が起きようが関係ない、というそぶりだ。

マフムードおじさんはいなかった。新たな情報を得ようと、また村に行っている。気まずい朝食が終わるころ、もどってきた。

「いなくなった」おじさんが言った。「反逆者たち」

「それって、どういう人たち？　何があったの？　死者は出たの？」みんなが口々に聞いた。

マフムードおじさんの口数の少なさに、こんなにイライラさせられたのは、はじめてだ。

「反逆者はほんの四、五人」とおじさん。「ねらい撃ち。警官は二人。何回も銃撃。赤ん坊も撃たれた。返り弾が窓をやぶった」

「だれの赤ちゃん？　死んだの？」

フォージアおばさんは、恐怖で目をまん丸にしている。

「アブー・カリムの末っ子。死んでない。病院に連れてった。村はもう静かだ」

「でも、もどってくるんでしょ、軍隊が？」とぼく。

マフムードおじさんが、うなずいた。

「みんな神さまの手の中」

「今後のことだけど」フォージアおばさんが、キビキビと言った。「最悪の事態に備えましょう。兵士であれ反逆者であれ、ここに来たら、食糧を持ち去るにきまってる。ポリ袋に〈肥料〉って書きまくったらどうかしら。レンズ豆と小麦粉をポリ袋にぎっしりつめて、木造の古い納屋にロバといっしょに入れておくの。それからオリーブオイルの瓶や砂糖漬けの果物やジャムは結婚式が終わったらすぐ、瓶の蓋をきっちり閉めて、貯水槽に入れましょう」

みんなが、おばさんを見つめた。

「フォージアおばさん、軍司令官になれるよ」ムサがほれぼれと言った。

「バカおっしゃい、お兄ちゃん。さあ、ジャービルとオマルは、仕事に行って。トマトとナスは、まだ収穫できるでしょ。エマンちゃん、あんたはお母さんとわたしを手伝って。できるだけたくさんピクルスを作りましょ。男の子たち、仕事に行って行って」


ふだんどおりジャービルと畑に行くのは、妙な気分だ。父さんは、夕方にダルアーから帰ってきて結婚式の準備をすることになっている。ぼくたちが小道をくだり始めたとき、まだ朝の八時半だというのに、父さんが道を急いでやってくるのが見えて、びっくりした。見た瞬間、ただならぬ様子なのがわかった。母屋に向かってかけあがってくる。ぼくたちを見つけると大声で言った。

「母さんはどこだ?」

ぼくは母屋を指さした。

「おまえも来い!」父さんが肩越しに叫んだ。「ムサを探せ。早く!」

ぼくのすぐわきでロバを引いていたマフムードおじさんが、立ち止まった。おじさんも父さんを見ていた。ぼくはおじさんに目で、行ってもいいか聞いたら、おじさんがうなずいた。ぼくは全速力で農場に向かった。恐怖で心臓がバクバクしている。

軍隊がこっちに向かってるんだ、と思った。村を吹き飛ばそうとしてる、そしてジャービルとぼくを誘拐し、ムサを逮捕するんだ。エマンにもひどいことをするはず！

父さんが中庭で母さんに話をしている。母さんは手を頬に当て、真っ青な顔だ。

「今すぐここを出て行くっていうの？」と母さん。「どこに？」

「出る。どこだっていい。シリアから出る」父さんはまだ息せききっている。「荷物をつめろ、ただし手に持てるだけ」

「どうやって出ていくの？　タクシーを呼んだの？」

「マフムードのトラックで、できるだけ遠くまで連れてってもらう」

「それは無理！　ガソリンがないんですもの」

「緊急時に対応する店がある。さあ、レイラ。急げ！」

「銃撃のせい？　軍隊が来てるの？」

「何をつべこべ言ってるんだ？　議論はやめて、荷づくりにかかれ！」

「でも結婚式が！」

「結婚式は中止だ」

エマンが家から出て来た。信じられないことが起きて、口を大きくあけて喜んでる。母さんは、何が何だかわからず、とまどっている。

「結婚式をやめる？　なぜ？　すっかり準備ができているのに。ドレスも、ごちそうも……なぜ、出ていかなくちゃならないの？　のばすことはできないの？」

父さんの手が、背広のボタンをまさぐった。いちばん上のボタンをキリキリとひねっている。

「警告を受けた。内務省の友人が夜中の一時に電話してきた。わたしのルームメイトだった男を覚えているよな？　先週、逮捕されて、きのう、遺体が警察署の外に放り出された。信じられんような状態でね。どんな目にあったことか。あいつが、どんなことをたくらんでいたのか、わたしはいっさい知らん。でも、ヤツらは、このわたしも仲間だとにらんでる、と友人に言われた。明日にもヤツらがわたしのところに来るだろうって。すぐここを離れたほうがいいって。それだけ言って、電話は切れた。議論の余地はない。立ち去るしかない。今すぐ」

「そうなの……」

「レイラ、時間がない！　荷物をまとめてくれ。持って行くのは手で運べるだけだ。食糧と、特に水は忘れるな。長距離を歩くことになるかもしれん」

一年半前は、ボスラから引っ越すなんて、とうてい無理だと思ってた。先祖から受けついだ家具を残して家を出ていくなんて。あまっちょろかったもんだ！　あれから、もっともっとつらい目にあった。ダルアーの廃墟になったアパートから逃げてきたんだから。持ち物もほとんどなくした。それが今また、逃げることになった。しかも今度は、身ぐるみはがされて。

父さんの言葉にみんなパニック状態で、何も手につかない。母さんは、服の山をかきまわすのがせいいっぱい。ムサはラップトップを胸にしっかりとだいている。ひったくられるとでも思っているようだ。エマンだけは、やるべきことをわきまえているように見える。うれしそうに、ナディアの服をひとつずつていねいに、スーツケースにつめている。

「あなたの金のネックレスはどうしたの？」母さんが離れたところからエマンに声をかけた。

エマンが顔をしかめた。

「あんなもの欲しくない。あの人に返すわ」

母さんが血相を変えてエマンに向き直った。

「エマン、気はたしか？　わたしたち一文なしなのよ、聞いていたでしょ？　あのネックレスがあれば、家族全員が何か月も食べていける。あれをちゃんと身につけて、見えないようにヒジャブでかくして。ムサ、オマル、暑いのはわかるけど、冬服をみんな着てちょうだい。ファド！　ファド！　ナディアをかまうんじゃないの。自分の靴を探してらっしゃい」

ぼくは突然、ばあちゃんに気づいた。ばあちゃんは納屋の石壁に片手をついて体をささえ、もう一方の手でスカートをつまんでいる。

「だいじょうぶ、ばあちゃん？」ぼくは声をかけた。

ばあちゃんは、とまどった顔をぼくに向けた。

「何事かね？　結婚式かい？　それにしては、マッジャはドレスを着てないね。アブー・ハミドもいるはずなんだが。アブー・ハミドはどこ行った？」

それを聞いて、ぼくはショックを受けた。アブー・ハミドは、ばあちゃんのだんなさん。もう十年も前に死んだ人だ。母さんが仕事を中断して、ばあちゃんのところに行き、手を貸して座らせた。

「ここを出て行くことになったんですよ」母さんがゆっくりした口調で説明している。「ハミドがやっかいなことに巻きこまれて。出ていくしかないんです」

「ダルアーにね」ばあちゃんが、うなずいた。「家に帰ろう」

「家じゃなくて、お母さん、ヨルダンに行くんです」

父さんが納屋に入ってきた。

「急げ！　何をグズグズしてる？」

母さんが、あわてて目配せした。

「お母さんに説明してくださいな、ハミド。お母さん、ちょっと……混乱してらっしゃるから」

父さんが部屋を横切って、ばあちゃんの前に立ち、いらだった様子で見おろした。

「フェイサルに電話したから、母さん。むかえに来てくれる」

「フェイサル？」ばあちゃんが、ボーッとした顔で父さんを見あげた。

「義理の息子のフェイサル！」父さんがきつい口調で言った。

「ハミド」母さんが首をふって、無言の警告を送っている。

父さんは、ばあちゃんのまごついた顔をのぞきこんで、目をそらした。

「いつからこんなになっちゃったのかい？」父さんが母さんに小声で聞いた。

「ここしばらく。何週間か様子がおかしいの。ほとんど口をきかないし。そうかと思うと突然、ひどく怒ったり。エマンがいると特に。エマンのこと、マッジャと思ってらっしゃるみたい。ほんとにフェイサルに話したの？」

「ああ、できるだけ早く来てくれるそうだ。そこらじゅうにチェックポイントがあって、兵士たちがむやみに銃をぶっぱなすから、いつのことになるやら。フェイサルがやってくるまで、マフムードが母さんをあずかってくれるそうだ」

父さんが再び、ばあちゃんを見おろした。やさしい表情で。父さんは、ばあちゃんの横に座って、ばあちゃんの手を取った。

「すまないね、母さん。ぼくら、ここを出て行かなくちゃならないんだ。フォージアが母さんのめんどうを見てくれるから。しばらくしたら、フェイサルがむかえに来て、マッジャや孫たちのところに連れていってくれる。うれしいだろ、母さん」

ばあちゃんの心は、どこかをさまよっているように見えたが、突然、正気にもどった。

「マッジャには、何をどうするのか、説明しておかないと」ばあちゃんがきびしい声で言った。

「このきたならしい家に住むようになってから、マッジャは一度も来てないからね」

外で警笛が鳴った。父さんが立ちあがった。

「マフムードだ。国境まで連れて行くと、請けあってくれた。テルシハブで国境を越えるまで」

ぶあつい冬のジャケットを着るのに苦労しているムサが、キッと目をあげた。

「テルシハブは閉鎖されてるよ、父さん。聞いてないの？　あそこからヨルダンに入ろうとする人を、無差別で銃撃してる」

父さんは聞いていないのか、あわてて外に出て行く。ぼくはあとを追った。

マフムードおじさんはトラックの運転席に座っていた。ジャービルが後ろの荷台から木箱をおろしている。

マフムードおじさんは運転席から顔を出し、後ろに声をかけた。

「工具と袋は残しておいていいぞ。全部おろしてる時間はないから」

「ファド！」父さんが呼んだ。「エマン！　どこにいる！」

フォージアおばさんが、ナディアをだいて家から走り出てきた。ナディアをエマンにわたすと、母さんにかけよってだきしめた。ガサガサの頰に涙が流れている。

父さんが丘の下を、心配そうにながめている。その目の先は、ひろびろした畑のまんなかを村に向かう道。遠くに土ぼこりが。その下に、土の道をこちらに向かってくる車列が見える。

「乗れ、みんな！　急げ！」父さんが、心配そうに叫んだ。

母さんが、アッと声をあげながら、フォージアおばさんから離れ、納屋にかけこんだ。

「レイラ！　何を血迷ってる？　早く来い！」父さんが叫ぶ。

すぐに母さんが出てきた。父さんの背広の上着をかかえている。

「みんなの書類」母さんが息を切らせている。「ポケットに。忘れてたでしょ」

父さんが青くなりながら、ジャケットをつかみ、ポケットをさぐった。

「全部ある。神さまのおかげだ。さあ乗って」

父さんがマフムードおじさんの横に座り、その横に母さんが座って、ナディアを膝に乗せた。ぼくが、トラックの荷台に乗りこむムサに手を貸していると、ジャービルが来て、反対側からおしあげてくれた。

「気をつけて」ジャービルが、ぶっきらぼうに言った。「うまくいくといいな」

「きみも気をつけて」とぼく。心からそう思った。

最後に農場をふり返ると、ばあちゃんが黒くて小さいカブトムシみたいに背を丸めて、フォージアおばさんの腕にすがっているのが見えた。ジャービルが納屋に、ロバを連れていこうとしている。ぼくたちが暮らしていた納屋は、また馬小屋にもどる。

14

村を出る主要道路からは、ダルアーのほうに広がる平野がよく見える。マフムードおじさんの車は、この道をまっすぐ行くんだろうと思ったが、急に右に曲がり、村の裏の畑を通るでこぼこ道に入った。トラックが曲がったとき、視界をじゃましていたタクシーの向こうが見えた。ちょっと前まで遠くの砂ぼこりにかき消されていた軍用車が四台、すぐそばにいるのがわかった。一台には大きな銃がのっている。ほかの三台にはおおぜいの兵士が。

それを見て、体がふるえた。横で、ムサもガタガタふるえている。

「ふせて、みんな!」エマンが叫んだ。「早く、オマル、そのビニールシート貸して!」

意味はすぐのみこめた。ジャービルがトラックの荷台をすっかりからにする時間がなかったのは、幸運だった。工具や肥料の袋といっしょに、ざっとたたんだ青いビニールシートがおいてある。トラックに荷物を満載するときに、マフムードおじさんが荷台にかぶせるブルーシート。ぼくがそれをつかんだ一瞬後、ムサとエマンとファドとぼくは、すべてのバッグもろとも、ブルーシートの下にかくれた。最後に使ったときは、ロバとヤギの糞にかぶせたんだろう。くさいが、そんなことは気にならない。無我夢中で、ブルーシートのまわりから何かはみ出してないか点検した。

後ろから大声がして、トラックは、はげしくゆれて止まった。

「こわいよ、エマン」とファドが甲高い声で言った。

「シーッ、チビくん」エマンがファドをだきかかえる。「かくれんぼのフリよ。じっと静かにしてようね」

足音が、道の石をふみしめながらトラックに近づいてくる。

二人だな。もしかしたら三人かも。

運転席のバタンという音に、ぼくは飛びあがった。

「書類」野太いどなり声。

「おはようございます、兵隊さん」マフムードおじさんの、落ち着いた声。ちょっと間があって、紙をめくる音。

だれかが咳をして唾を吐く。それから、野太い声が再び。

「目的地は？　荷台には何を積んでる？」

足音が荷台のそばをぐるっとまわったと思ったら、ギシギシいう音。荷台の後ろの蓋のボルトをはずそうとしている音だ。

「神さまがお望みなら、弟と二人であそこの畑に」とマフムードおじさん。「今日は肥料を撒くので」

ぼくはほとんど息もできない。目をギュッとつぶっているので、目玉が痛い。

「こんな小さい子まで、畑に連れていくのか？」疑っている声だ。

マフムードおじさんが、不安そうに咳ばらいした。

「息子たちはみんな徴兵されて。弟の嫁さんが手伝いに来てくれてる。畑に作物をつくらなくちゃ、国がもたない。この子を家においとくわけにはいかん。畑なら、石を積み木がわりに遊ぶから」

「伍長！」兵士が言った。「荷台の蓋をおろすのが無理なら、横からのぼって、中を見てくれ」

ムサの腕がはげしく動く。それをつかんで、床板におさえつけながら、動いたのを気づかれていませんようにと祈った。トラックが大きくゆれた。伍長がタイヤに足をかけ、横からよじのぼろうとしている。

ちょうどそのとき、かわいいナディアが、大きな声で言った。

「おじちゃん、お鼻が、まがってるね」

のぼってきた兵士が、タイヤの上で笑ってる。そのあと、トラックがまたゆれた。兵士が飛びおりたのだ。

「軍曹も、たじたじですね」と伍長。「かわいい子の言葉に、嘘いつわりなし。後ろはだいじょうぶです。化学肥料と肥しだけです。猛烈にくさい」

不気味な沈黙が再び。それからまた、紙をめくる音。

「ご苦労さま」とマフムードおじさん。「神さまがお望みなら、このいざこざはすぐ終わる。そうすれば、我々のシリアを取りもどせる」

「神さまがお望みなら」兵士が同じ言葉で答えた。運転席の横でバタンという音が再び。「行ってよし。ただし、暗くなる前に帰るように。田舎も、反逆者だらけだ。まっとうな人は、外にいるだけで危険だぞ」

耳をすますと、村のほうから叫び声や泣き声が聞こえる。警察官のお葬式が始まったのだ。兵士たちが退散する足音が、トラックのエンジン音でかき消された。

フアドがエマンの腕の中でもがき、ビニールシートをはねのけようとしている。

「静かにしろ」ムサがフアドに注意する。「まだ監視されてるかもしんないぞ」

ビニールシートの下の青い薄明かりの中でゆられていると、気分が悪くなる。マフムードおじさんは、ふだんはゆっくりと慎重に運転する人なのに、今日は田舎のでこぼこ道を猛スピードで走ってる。道のくぼみを通るたびにトラックがはずむので、のたうちまわる竜のしっぽに、しがみついてるような気分だ。

何時間も走り続けたのではないかと思われるころ、トラックがガクンと止まり、前のドアが開く音がした。

「もうおりていいのよ、子どもたち」と母さんが声をかけてきた。「まあ、なんていい子たちなんでしょう、神さまに感謝だわ。ちゃんとかくれてたなんて！」

ぼくはビニールシートをはねのけた。明るい陽射しに、目がくらんでいる。

「ここはどこ？　ここが国境？」

だれも答えない。

「おりろ、みんな」と父さん。「バッグをよこせ」

ぼくたちは、少ししかないバッグをわたした。エマンとぼくは、ムサが荷台の横のアオリ蓋を乗り越えるのに手を貸してから、自分たちも飛びおりた。

フアドは、運転台と荷台を隔てている壁にしがみつき、動こうとしない。

「フアド、いらっしゃい、チビくん」と母さん。「もうおりていいのよ」

フアドがいやだと首をふっている。

「フアド！」父さんがきびしい声で命令した。「すぐおりろ」

フアドは立ちあがったが、両手でズボンの前をかくしてる。母さんがズボンに目をやったのを見て、フアドはワーンと泣き出した。

「おもらししちゃった、母ちゃん！　がまんできなかったの。わざとじゃないよ。ごめんなさい。怒らないでね、母ちゃん」

エマンがそばに行って、トラックからおろしてやった。

「泣かないで、おばかさん」エマンが言った。「こわかったものね。あたしも、もう少しでおもらししそうだった」

「ぼくも」ムサが言った。

「同じく」とぼく。

「そうだったの」母さんが仕方ないという顔をした。「ここじゃ着がえられないし、洗濯もできないわねえ。自然にかわくのを待ちましょう」

目がようやく陽射しに慣れて、見えるようになった。ぼくたちがいるのは、畑の中を縫うように続いている道への分岐点だ。畑は、茶色い土がむき出しになっているところと、まだ青々と野菜が育っているところが、まだら模様になっている。その向こうに、道路が見える。その道を見て、みんな息をのんだ。

おおぜいの人が引きも切らず、その道をぞろぞろと歩いているのだ。男の人も少しはいるが、大部分は女の人で、赤ん坊をだいたり、ヨチヨチ歩きの子どもを引きずるようにして連れていたり。今にもこわれそうな車椅子に乗っている人も。みんな、カバンや包みや石油缶をかかえたり背負ったりしている。おさない子まで、何かしらの荷物を持っている。水筒しか持っていないとしても、オリーブがつまっているのかもしれない。

「あれはどういう人たちなの？」エマンが聞いた。

「おれたちみたいな人」ムサがつらそうな声で答えた。「難民。おれたちみたいな」

マフムードおじさんが、そそくさとトラックの運転席にのぼろうとしている。

「悪いな、ハミド。これ以上は行けない」おじさんが言った。「村には兵士がいる。フォージアが一人でジャービルを守ってる。ジャービルには保護者(ほごしゃ)が必要だ」

父さんはうなずいたが、返事はしなかった。父さんの顔が急にやつれて、小さくなった気がする。

母さんが進み出て、手短に言った。

「もう行ってちょうだい。ここまで来てくれて、大助かりだったわ」

「国境は、それほど遠くない」マフムードおじさんが、人々が歩いているほうを顎(あご)でしゃくりながら言った。

おじさんはもう、運転席にもどっている。

父さんがハッと我(われ)に返って言った。

「神さまがお望みなら(インシャーアッラー)、もっといい時代に会いたかったな、アブー・ジャービル」ていねいな口調だ。「うちの家族を助けてくれたんだ。神さまが報(むく)いてくださるよ」

トラックがうなり始めた。マフムードおじさんが、ギヤをきしませながらトラックの向きを変えた。トラックの後輪がはねあげる小石をよけようと、ぼくたちが飛びのくなか、トラックはスピードをあげ、村の農場へと走り去った。

マフムードおじさんが行ってしまうのを見るのは、つらかった。以前の暮らしとのつながりが、これで完全にたち切られた。ぼくたちは体をよせあって、トラックが見えなくなるまで、じっと見送った。

母さんは父さんを見つめながら、待った。父さんが動こうとしないので、母さんが言った。「オマル、ブルーシートと食糧の袋を持って。エマン、丸めた敷物、持てる？　頭にのせていくと楽かもしれない。ファド、チビくんも、もう大きくなったものね。石油缶を持ってちょうだい。落とさないように気をつけて」

母さんはナディアをだきあげると、心配そうに父さんを見た。父さんは無言で、苦労しながら歩いている人たちの列を見つめている。母さんが父さんの腕に触れた。それでやっと、父さんはまわりを見た。ムサが小さいバックパックの紐を結ぼうと四苦八苦しているのに気づくと、ムサのところに行って手伝った。それからムサの腰に手をまわし、あいているほうの手に黒い布カバンを持った。

「長く歩くことになる」父さんがムサに言った。「わたしによりかかれ」

どこまでも続く長い行列に加わるのは、場ちがいのような、こわいような、変な気持ちだった。うなずいてくれる人もいれば、「みんな旅仲間だ、行き先はわからんが！」と声をかけてくる人もいたが、返事をする気になれなかった。

ぼくたちは、この人たちとはちがうと、自分に言い聞かせた。ぼくたちは、まともな家族なんだ。ボスラ出身の。父さんは今——じゃなくて以前は——政府で働いてた。ちょっと祖国を離れるだけ。紛争がおさまるまでのこと。ぼくたちは名前も故郷もある人間なんだよ、この人たちとはちがって。

母さんの肩にもたれていたナディアが、うとうととし始めた。

「お子さんはいくつ？」若い女の人が、母さんの横を歩きながら聞いた。

「二歳半」母さんが手短に答えた。

女の人は、母さんのそっけない態度に気づいていないようだ。

「どこに行くつもり？」

「ヨルダン」

「そりゃそうね」と女の人。「みんな、そうだもの。どこで国境を越えるつもりなの？」

父さんがやりとりを聞いていた。

「テルシハブ」と父さん。

前を歩いているおばあさんが、ふり返った。

「聞いてないのかね？　テルシハブは閉鎖されたんだよ。きのう、砲撃を受けて。おおぜい、殺された。出ていこうとする人は、みんな足止めされる」

「だから言ったじゃないか、父さん」ムサがブツブツ言った。

「じゃあ、どこで国境を越えればいいんですか？」母さんが聞いた。

「大きな国境事務所はみんな警備がきびしくなっちまった」おばあさんが答えた。「突破しようとする人たちを銃撃してくるの。わたしらは、川をわたろうかと。川向こうには、国境を越える道がたくさんあるからね。フェンスも古い有刺鉄線だけだっていうし」

「川をわたるだと？」父さんがびっくりして、甲高い声を出した。「ヤルモク川を？　谷底の川じゃないか！　それに、どうやってわたるんです？　舟はあるんですか？」

おばあさんが、バカにしたように笑った。ほかの人のいる前で、男の人と話していることも、おかまいなしのようだ。

「今がかんばつだって、ご存じないとか？　川はひあがってますよ。歩いてわたるのはかんたん。谷底におりて、またのぼんなくちゃなんないのが、ちょっと厄介だけど。でもねえ、兵士がヌッと出てくんの。川をわたろうとする難民を見つけると、たちまち銃撃。安全にわたるには、夜しかないね」

「神さま、お助けください！」母さんが大きな声で言いながら、眠ってずしりと重くなっているナディアを、反対の肩に移した。

後ろのほうから声があがった。

「神さまに何ができる？　神さまなんて、聞くだけでヘドが出るぜ。シリアは、もうとっくに、見捨てられたんじゃなかったかい？」

ぼくは自分のことをスポーツマンタイプだと思ったことはない。サッカーは好きだけど、だれだって好きだよね？　ほんと言うと、ぼくはちょっと食いしん坊。ダルアーにいたころは、どっちかと言えばデブだった。ふっくらしている母さん似なのだ。背が低くてやせてる父さんとは、ぜんぜんちがう。でも、半年の間、農場で重労働をしたおかげで、強くなった。贅肉がそぎ落とされて筋肉がついた。

小さいファドはかわいそうに、重い石油缶と格闘しながら歩いてる。エマンは頭にのせた敷物が重すぎて、膝がふらついている。ぼくは、父さんがムサをささえていようがいまいが、数キロ歩いたくらいで、音をあげるわけにはいかない。父さんが疲れ果てているように見えるから。母さんは、ナディアをだくのには慣れてるが、それでもヒジャブのはしで汗をぬぐってばかりいる。母さんの言いつけで、ぼくたちはぶあつい冬服を着てるので、みんなゆでダコ。それでも、ぼくは重い袋を二つ持って、がんばっている。もう一本腕があれば、ファドが運んでる水を持ってやれるんだけど。

こんなことを言うのは気がとがめるが、みんなが悲しみ、動転しているなかで（もちろん、エマンはべつだが）、ぼくはちょっとウキウキしていた。農場での暮らしは、いいこともあったが、とにかくたいくつだった。

それが今は冒険気分でいられる。新たな出発。旅。

何時間も歩き続けるうちに、自分の夢のことばかり考えるようになった。今は、ノルウェーへの第一歩かもしれない。ラソールに会って、それから……。

「オマル！」

母さんが呼んだ。ふり返ると、ぼくの家族は行列を離れて、道ばたに座っている。ただ腰をおろしているのではない。くずおれている。エマンはかがんで足の水ぶくれを調べている。ムサはおなかでも痛いのか、胸を膝につけて二つ折れのかっこうだ。地面に寝かされたナディアが目を覚まし、むずかっている。立っているのは父さんだけ。けわしい表情で、道路の先のほうを見つめている。

「おなかすいたよ、母ちゃん」ファドのすすり泣きが、泣き声に変わりそうだ。

「食糧袋をとって、オマル」母さんが手をのばした。

そうだった、ぼくが運んでいる重い袋には食糧がつまっているんだった。そう思ったとたんに、ぼくも腹ペコだと気づいた。母さんは袋のジッパーをあけ、タッパーを取り出した。母さんが蓋をあけると、中にはラップでくるんだサンドイッチの包みがぎっしりつまっていた。ぼくは、そのひとつを手に取って、かぶりついた。フォージアおばさんお手製のトロリとしたひよこ豆のペースト(フムス)が、口いっぱいに広がる。ひと口ごとに、ニンニクの香りを楽しんだ。ぼくにとって、シリア最後の味！ もうむちゃくちゃ食べたくなって、まだ手に残っているサンドイッチを急いで口に放りこむと、次の包みに手をのばした――農場で収穫したばかりのパリパリのキュウリとフォージアおばさん手作りの、塩のきいたヤギのチーズ。母さんが袋の中を探して、ペットボトルを取り出した。

「さすがフォージアね、ぬかりがないわ！」母さんが、弱々しく笑った。

急にぼくは、喉がカラカラなのに気づいた。ペットボトルがまわってくると、一気に飲みほし、もっととねだった。

父さんが首をふった。座って食べてる父さんの顔から、怒りの表情は消えている。

「今は、それでおしまいだ」と父さん。「まだ先が長い。次にどこで水や食糧が手に入るかわからない。そういうことだ」

それを聞いてゾッとした。もっとゆっくり飲めばよかった。

みんな、また立ちあがって歩き出す気力はなえていたが、からになったタッパーとペットボトルをしまうと、母さんと父さんが立ちあがった。みんなも、むっつりと立ちあがった。

次に起きたことは、あんまり唐突でショッキングで、みんなその場に凍りつき、時が止まったように棒立ちになった。道路の先のほうから、立て続けに銃撃音がして、人々の悲鳴が続いたのだ。

「地面にふせろ、みんな！」父さんが叫んだ。

ぼくの本能は、逃げろと言っていたが、ぼく以外の家族がうつぶせになったので、ぼくもふせた。ちょっとして顔をあげると、人々が我先にと道路から離れようとしているのが見えた。

若者が二人、ぼくたちの横を通って、後ろの畑に飛びこもうとしている。

「何が起きた?」父さんが大きな声で二人に聞いた。

「シリア軍の詰め所」一人が答えた。「撃ちまくってる。国境から追い返そうって魂胆だ」

「どうすればいい?」父さんが、後ろから聞く。

「ついてこい」もう一人が言った。「この先に川がある。その向こうがヨルダンだ」

さらなる銃撃音と重い車両が動き出す音がして、ぼくはヘナヘナになった。でも、みんな、はね起きている。ぼくはとっさにムサをつかみ、背中にしょいこんだ。

「袋をたのむ、父さん」ぼくは叫んだ。ブツブツ言いながら背中ではずんでいるムサをかついで、よろめきながらも大急ぎで、若者たちを追った。二人はかなり前のほうにいるが、一人がふり返って、もう一人に何か言っている。二人は立ち止まり、ぼくたちのほうにかけもどってきた。

「おれたちを助けてくれるなら、おれたちもそっちを助けてやる」一人が言った。

「どういうことだ?」後ろから追いついてきた父さんが、息をはずませながら聞く。

「ヨルダンは、家族同伴でないと、入国させてくれない」背の低いほうが言った。「おれたちのこと、連れだと言ってくれれば——たとえば従弟とか——おれたちも入国できる」

ムサがもがきながら背中からおり、ありがとうと言うかわりに、ぼくをにらんだ。

「父さん、気をつけろ」ムサが小声で言った。

でも父さんはもう、二人のうち力のありそうなほうに、重い袋を手わたしている。ナディアをだいた母さんが追いついてきた。エマンがその後ろ。見知らぬ青年たちは礼儀正しく、母さんとエマンを見ないようにしている。

「おれ、ハッサン・マフムード」背の高い、年上のほうが言った。「こっちは弟のヤヒヤ」

正直言って、ハッサンとヤヒヤがいなかったら、ぼくたちはあの旅を乗り切れたかどうか。二人は、ぼくたちの荷物をさっさと拾いあげ、どうやらぼくたちを、畑の向こうに手早く移動させようとしているようだ。ほどなく、悲鳴や銃撃が後ろのほうに遠ざかったが、ぼくは、くだっていく先を見つめて、ぼうぜんとした。崖のような急坂だ。そのずっと下の、リボンのようにうねうねとした砂利道が、ひあがったヤルモク川を越える道。

「暗くなる前に、あそこまでたどりつくのは無理だ」父さんが、心配そうな顔で谷からそそり立っている崖をのぞきこみながら言った。「よく見えない中では、危険すぎる。ここで朝を待とう」

「こんなところで立ち往生するなんて!」と母さん。「風が強くなってきたわ。すぐ寒くなって、凍えてしまいますよ」

ぼくは、ハッとして母さんを見た。最近の母さんは、父さんにたてつくようになったが、そんな母さんに、まだ慣れない。よく知りもしない人たちの前ではなおさらのこと、こういう態度はよくないと思う。

ヤヒヤは母さんを見ることはなかったが、うなずいた。母さんの意見に賛成のようだ。

「お言葉ですが、ご主人」ヤヒヤが、父さんを見ながら、口を開いた。「提案が……」

でも、何を提案しようとしたのか聞こえなかった。再び、ダッダッダッという銃撃音がしたのだ。今度はもっと近い。畑の向こうの道路にまだ残っている人たちが、パニックになって叫んでいる。

ぼくたちは全員、銃弾が真上に飛んできたとでもいうように、頭を下げた。するとハッサンが大声で言った。

「兵士だ！　こっちに来る！」

こうなったら迷うわけにはいかない。いっせいに崖に飛びこんだ。転げ落ちるように。撃たれる危険を背中に感じながら。

足のすくむような谷底への道を見分ける余裕があれば、夜になる前に、下までおりられたかもしれない。実際は、気がつくと、大きな岩の間を縫い、トゲだらけの茂みをかきわけ、今にもくずれ落ちそうなグラグラの石に悩まされながら、坂道をくだっていた。ぼくはおびえていたが、同時に、力がわいてくるのも感じていた。足が、思った以上に巧みに動き、ジャンプしたかと思うと障害物をすばやくかわして方向転換。みんなをおきざりにして先に行きすぎないように、注意しながらくだった。

ハッサンとヤヒヤは、まっさきに谷底におりることもできたはずだが、そうはしなかった。家族もかなわないほど、ぼくたちを親身に助けてくれた。ハッサンは、エマンの大きな敷物の束と、ぼくの大きなかばんを持ってくれた。ヤヒヤは、母さんからナディアを受け取り、泣きやませようとユーモアたっぷりの歌をうたった。エマンと母さんはたがいにしがみつくようにしながら助けあって、いちばん大きい岩を乗り越えた。父さんはムサにつきっきりだ。ぼくはさしあたり、手があいている。

「おい、石油缶をよこしな」ファドに言った。「食糧袋しか持ってないから」

ところがファドは、ぼくが手をかけた石油缶にしがみついた。

「だいじょうぶだってば」ファドは真剣な顔だ。

「勝手にしろ」ぼくは小声で答えた。

ぼくって、なんだか役立たずだよな、と思った。でも、崖をくだる道をうまく見つけたのは、このぼく。しかも時間ぎりぎりに。太陽が地平線にしずみかけていた。空が赤く染まり、谷がいちだんと暗く、深く見えた。ムサが急に大声を出さなかったら、道を見つけられなかったかもしれない。ムサが足をすべらせ、岩の上にたおれこんだのだ。その大声にふり向いたとき、谷におりる崖に、土をふみかためたかすかな跡が、川底に向かってななめに走っているのに気がついた。

「こっちだ！」ぼくは、ほかの人たちに声をかけた。「くだる道がある！」

谷底までの道を半分ほどおりたところで、あたりが見えないほど暗くなった。聞こえるのは、石をふみしめる音と、あえぐ息づかいと、遠くでほえる犬の鳴き声だけ。足の裏の感覚だけをたよりに慎重に進むしかない。一歩まちがえば、道をふみはずし、急な崖を下まで転げ落ちてしまう。

「やめよう！」たまりかねて、父さんが小声で言った。「危険すぎる！　明るくなるまで、ここで待つしかない」

反対する人はだれもいなかった。すると突然、あたりがパッと明るくなった。ハッサンが携帯を取り出し、懐中電灯の機能を使って、行く手を照らしたのだ。

「この先で、道が少し広がる」とハッサン。「腰をおろすこともできる」

そのとおりだった。少し進むと道が広がり、踊り場のようになっていた。ぼくたちは荷物をおろし、くずおれるように腰をおろした。よせあった体を少しずつずらし、岩の壁になっている高いほうの斜面によりかかった。みんな、長いことだまりこくっていたが、やがてファドが言った。

「おなかすいちゃった、母ちゃん。ぼくの胃袋、もうゼロでーす」

「うまいこと言うね、小さい兵士」ハッサンが言った。

〈兵士〉という言葉を使うなんて、気に食わない。ハッサンは、兵士だったとか？　みんなが座りこんでいる間に、ヤヒヤと二人で襲いかかるつもりじゃないだろうね？　それとも、新たに出て来た革命家か？　あの残虐で暴力的な？

まさかね、とぼくは心の中でつぶやいた。いい人たちだもん。信用できるにきまってる。

「オマル。その食糧袋」と母さんが言った。

人数が九人とふくらんだので、みんなにいきわたるほどの食糧はない。父さんがハッサンとヤヒヤに、コロッケとパンとひよこ豆をすすめると、遠慮し続けたが、最後に少しだけ食べた。最悪だったのは、みんながコップに一杯ずつ水を飲んだところで、石油缶がからになったこと。谷から吹きあげてくる刺すような風に、みんな、ガタガタふるえた。

「神さまのお助けを」母さんが、もうダメだというような声を出した。「ここに夜じゅう座っているなんて無理だわ」

「そんなに長くここにいる必要はない」ムサが言った。「今日は満月。もう一、二時間したら、月がのぼる。そうすれば、くだる道が見えるから」

ムサの顔は見えなかったが、ぼくのとなりで、足のマッサージをしているのが伝わってくる。

「痛いのは、転んで岩にぶつけたところ？」ぼくはムサに聞いた。「骨、折れてないだろうね？」

「バカ言え」ムサが即座に反応した。「キャプテン・インクレディブルといえども、折れた足で崖くだりは無理だろうが」

読者通信カード

書　　名			
ご 氏 名			歳
ご 住 所	(〒　　　　　)		
ご 職 業 (ご専門)		ご購読の 新聞雑誌	
お 買 上 書 店 名	県 市	町	書店

本書に関するご意見・ご感想など

＊お送りいただいた情報は、小社が責任をもって管理し、以下の目的以外には使用いたしません。

- 今後の出版活動の参考とさせていただきます。
- ご意見・ご感想を匿名で小社の宣伝物等に使わせていただく場合がございます。
- DM、目録等をお送りすることがございます。

郵便はがき

恐縮ですが
切手をおは
りください

1620815

東京都新宿区筑土八幡町2—21

株式会社
評論社

読者通信カード係 行

反対側から、ファドがよりかかってきた。眠りこけている。ファドに腕をまわし、ぼくも岩の壁に頭をあずけて、目を閉じた。凍える寒さ、喉はカラカラ、固い岩。しかも危険に取り囲まれているが、疲れ切っていたので、すぐに眠ってしまった。

ムサにつつかれて目を覚ました。

「見ろ！　上を！」ムサがささやいた。

ムサが言ったとおり、満月だ。高くあがっている。その不気味な白い光の中に、人影が動いているのが見えた。こっちに向かっておりてくる。

ぞっとして飛びあがった。その拍子にファドが目を覚ました。

「なあに？」ファドが大きな声を出した。

「シーッ」ぼくが小声で言った。「じっとして」「どこ――」

あれは兵士だ、と思った。ぼくたちを銃撃しようとしてる。もうすぐ死ぬんだ。

すると、赤ん坊の泣き声が聞こえ、続いて、女の人のシーッという声。まだ死なずにすんだ。なーんだ、あれは仲間じゃないか。ぼくたちと同じく、国境目ざして逃げている人たちだ。

ぼくたちのヒソヒソ声に、みんな目を覚まし、数分後には、再び歩き出した。まばゆい月明かりのおかげで、上も下も見通せる。人々の長い列が見えた。何百人もの人たちが、急坂をおりてくる。足場の悪い道を。足をすべらせても、叫んだり、ちくしょうなどと言う人はいない。むだ口はいっさいきかずに、そろそろと進む。上のほうにいるはずの、銃をかまえた人たちに気づかれちゃ困るのだ。

ぼくはもちろん、ずんずん走り、急坂をおりて、まっさきに川岸の平らなところにたどりついた。膝がガクガクして、何度もよろめいたり、つまずいたりしたが、そんなことは何のその、やったーと思った。

「見て！　明かりよ！　あそこ！　ヨルダンよね！」ぼくの後ろでエマンが言っている。

エマンが川底めがけてかけだしたので、思わずついていきそうになったが、それより何より、このときを、ムサといっしょに味わいたかった。ムサはまだ坂のとちゅうにいて、前にもまして足を引きずっている。ぼくはムサのほうにかけもどり、平らなところにたどりつくのを待った。ムサはフラフラで、ぼくがつかまえなかったら、たおれていただろう。痛みに顔をゆがめている。

「決定的瞬間、てヤツだね、弟くん？」ムサはこう言いながら、家族が、ひあがった川底をおおっている大きな石の間を縫いながら進み始めたのを、じっと見つめている。「楽隊がいてもいいのにな？　音楽はないのかい？」

「よせやい、あまいぞ、兄貴」とぼく。「殉教者になりたいとか？　岩につまずいて、もう一方の足を痛めて、狙撃手に頭をぶっ飛ばされるのと、ぼくにおぶさるのと、どっちがいい？」ムサは、ちょっと考えこむふりをした。

「ふん、難しい選択だな。今度だけは、おれさまの駄馬になる栄誉をあたえてやる」

というわけで、ムサはぼくにおぶさって、ヤルモク川をヨルダンに向けてわたった。ぼくはまるでロバ。向こう岸に向かうゆるい坂を半分ほどのぼったとき、ヨルダンの兵士がぼくたちのほうにかけよってきた。兵士たちはムサとファドを連れて坂をのぼり、谷から出してくれた。それを追いかけるぼくたちも、新しい世界に導き入れてくれた。

15

ヨルダンに到着するまでは、ぼくはぼく、つまり、ぼくはオマルだと思っていた。父さんはハミド、母さんはレイラ、兄弟姉妹は、みんなが知っているとおり。ぼくはオマル・ハミドで、出身はボスラ、それからダルアー、次に田舎の村。従兄はラソールで、将来はビジネスマンになるつもり。

それが今、急に、難民になった。家族は今もいっしょにいるが、これまでとは、何もかも変わってしまった気がする。社会の中の、いちばん下の人間になり下がったのだ。持ち物は、身につけている服と着がえを少し、それに敷物を二、三枚（もっとも、ムサはラップトップを持ってきたし、エマンは苦労して本を二、三冊持ってきているが）。ぼくたちのことを、ちゃんと生きている、名前も故郷もある人間、と思ってくれる人は、だれもいない。ぼくたちはただの……難民になった。

でも、こういうことを考えるようになったのは、もっとあとのこと。丘の上に連れていかれ、木につるされたランプの明かりで、キャンバス地の大きなテントの列や、水のペットボトルがおいてあるテーブルを見たときには、深く考えもせず、助かった、とただただ安心するだけだった。ふみかためられた道を苦労してのぼって安全な場所にたどりついた人たちは、みんな同じ気持ちだったはず。泣いている人、だきあっている人、大きな声で神さまに感謝している人。

谷の向こう側では、まだときどき、狙撃手がライフルをぶっぱなす音がしている。ヨルダンの兵士（とてもおおぜいいる）も銃を持っているが、背中にまわしていて危険はない。兵士たちが横を向くと、赤、緑、黒の小さいヨルダン国旗が、袖に縫いつけてあるのが見える。それで、ぼくたちにとっての戦争は終わったんだ、とわかった。

一人の兵士が父さんに話をしながら、テントのほうを指さしている。べつの兵士が腕を広げて、ハッサンとヤヒヤの行く手をさえぎった。

「ちがう、ちがうったら！」ハッサンが抗議している。「おれたちの叔父さんなんだよ、あそこにいるのが。家族なんだ、ダルアーからいっしょに来た」

父さんがその声を聞きつけ、ふり返って、うなずいた。しぶしぶ、というように見えたが。兵士はためらっていたが、ちょうどそのとき、べつの兵士に、谷からはいあがる斜面から呼ばれた。

「ヘイ、ケレフ、手を貸してくれ。あそこに、車椅子の老人がいるんだ」

ハッサンとヤヒヤは、そのすきに、父さんのところにかけよった。二人は、ぼくたちの荷物を持てるだけ持って、テントに向かうぼくたちの後ろにピタリとついてきた。

その夜のことはよく覚えていない。だれかがぼくに、ペットボトル一本と、チーズをはさんだロールパン一個をくれた。まわりがうるさい。テントの中はせますぎる。木の下に、みんなで体をのばして寝られる場所を見つけた。子どもたちがさわぎまわり、母親たちが、迷子になるよ、としかりつける。それに寒い。母さんに冬の服を着せられて昼間は汗だくだったけど、今はありがたい。ジャケットを頭からかぶり、眠りについた。

子どもに足を蹴られて、目が覚めた。あわてて立ちあがった。おなかを蹴られちゃかなわない。あれ、ここはどこだろう、と思った。太陽がのぼっていてまぶしいが、ぼくを起こした子が見えた。転んだ場所で、大の字に寝そべっている。

「ワオ！」ぼくは言った。「道草を食わないほうがいいぞ」

子どもが舌を出した。それから石を拾うと、ぼく目がけて投げてきた。

「こいつ……」ぼくは子どもをつかまえようとしたが、逃げられた。

「リアド！」女の人のけだるそうな声がした。「いいかげんにしなさいったら。妹たちに、水をもらってきて」

その子は、母親の言いつけは無視して、小さい子たちのグループをからかいに行ってしまった。女の人は、すみませんというように、ぼくを見た。

「どうしようもない子で。手におえないの、父親を目の前で殺されてから。あいつらときたら……」

その先は聞きたくなかった。

「たいへんでしたね」ぼくは急いで言って、自分の家族を見まわした。

ムサが立ちあがろうと、もがいている。朝はいつも筋肉が固まってしまうが、今日はふだんより苦労している。

「だいじょうぶ？」ぼくは遠くから声をかけた。

ムサが顔をしかめた。

「どうなっちゃったんだろう？」

「痛いんじゃない？」

「足がな。ぶつけたところ。手を貸してくれ」

弱音をはくのが大きらいなムサなのに。ぼくがかけつける前に、ハッサンがムサをひっぱり起こしてくれた。ハッサンはヨルダンの兵士をチラッと見た。ムサとこんなに仲よしなんだぞと、アピールしたいのだ。

ムサが何かウーウー言っている。「ありがとう」と言ったのかもしれないが、たぶんちがう。

父さんは、ヨルダンの兵士たちのまわりでおしあいへしあいしている人たちのところに、歩いていった。兵士たちは何やら書類をチェックしているようだ。その向こうには、キャンバス地の幌をつけたトラックが一列に並んでる。救急車も二、三台。ちょうど、血がにじんだ包帯を頭に巻いた人が、そのうちの一台に乗せられるところだ。

父さんがぼくに、おいでと合図を送ってきたので、父さんの近くに行った。

「みんなに、来るように言ってくれ。全員いっしょにいる必要がある。書類のチェックがすんだら、トラックに乗るそうだ」

「どこに連れてかれるんだろう、父さん？」

父さんは答えずに目をそらしたが、かわりにほかの人が答えてくれた。

「難民キャンプだよ。新たな未来の始まりさ。五つ星の宿泊施設。最高級のレストランで一日三食」

すばらしい光景が、ぼくの頭の中をかけめぐった。

「ほんと？」と言ったぼくの声が裏返っている。みっともないほどの笑顔になっているのが、自分でもわかる。

「からかわれてるんだって、このドジ」ムサが言った。

一人の兵士が人々の中に分け入って、整列させ始めた。父さんがぼくに向き直った。

「わたしが何て言った、オマル？　母さんを連れてこい、大急ぎで」

父さんが、背広のポケットに入れた書類を納屋に忘れそうになったことを思い出すと、今でも体がふるえてしまう。書類があれば、ぼくたちが、少なくともどこのだれかを証明できる。書類がなかったら、ラクダ一ぴきいない砂漠で、迷子になるところだった。

二、三人の兵士におしたり引いたりされながら、なんとか一列に並び、すり足で少しずつ前に進んだ。ハッサンとヤヒヤも離れないようについてくる。ハッサンはファドと遊ぼうとしているが、ファドはブスッとしている。ヤヒヤは、母さんのいやな顔を尻目に、ナディアとじゃれあっている。

「やりすぎだよな、あいつら？」ムサが小声でぼくに言った。ムサは、ハッサンとヤヒヤをまだ疑っている。

ぼくたちはようやく、行けと合図された。トラック二台はつめこめるだけ人をつめこんで、もう出発していたので、みんな先を争って三台目に乗りこもうとした。ハッサンがいちばん乗りで、小さい脚立に立って、ぼくたちの家族全員が乗り終えるまで、ほかの人を通せんぼしてくれた。ぼくたちは荷台の後ろのほうに座り、まわりに荷物をおいた。ぼくはハッサンに笑顔を向けた。いい人じゃないか、と思った。トラックは大きなエンジン音をひびかせ、すぐにも出発しようとしている。一人の兵士が脚立を持ちあげ、ぼくたちの荷物の上においた。

「乗せて、お兄さん！」子どもの声だ。十歳くらいの男の子が、ぼくのほうに腕をのばして助けを求めている。

「あたしも！」おさない女の子が、男の子のそばに立って、叫んでいる。

「家族はどこにいる！」ヤヒヤが、エンジン音に負けない大声で言った。

「ぼくたち、二人だけ」男の子が言った。必死の形相だ。

ぼくはかがんで、おさない女の子をかかえあげ、ヤヒヤが男の子を引っぱりあげた。トラックはもう動き出している。ギヤを変える音がして、そのたびにガクン、ガクンとゆれる。

知りもしない人といっしょに、こんなせまいところにおしこめられるのは、妙な気分だ。ぼくに石を投げてきた子が同じトラックに乗っていて、やだな、と思った。お母さんと三人の妹たちもいっしょだ。

「やめなさい、リアド！」お母さんがずっと注意し続けている。「そんなことしちゃだめよ」

でも、どうせ言うことを聞かないだろうと、あきらめているのがわかる。

母さんは、ぼくとヤヒヤが引っぱりあげた二人の子を見つめている。

「ママはどこにいるの、おじょうちゃん？」母さんがおさない女の子に声をかけた。女の子はにこりともしないで、母さんをじっと見返した。

「母ちゃんは死んだ」男の子が事務的な口調で答えた。「みんな死んだ。家に爆弾が落ちて。家の外に出たのは、妹とぼくだけ。二人で逃げた」

「なんてこと！」母さんが静かにやさしく言った。「だれかいないの？　おじさんとか、おばさんとか？」

男の子は肩をすくめた。

「どこにいるか、知らないもん」

男の子はふり向いて、トラックのあとに続く来た道を見やった。

最初はガタガタ道だった。砂漠をつっきる、ただの轍だ。ぼくは、キャンバス地の屋根をささえる金属の支柱にしがみつきながら、車酔いしないように、トラックの後ろから地平線をながめた。

舗装された幹線道路に入ると、気分がよくなった。バカげているとは思いながらも、トラックに乗る前に耳にしたことを、ついつい考えてしまう。すてきなレストランでの食事って話。ラム肉のケバブをお願いします。心の中で注文する。それと、ブドウの葉のつめ物も少し。それから焼きたてのパンも。デザートはクルミの焼き菓子。ハチミツをかけて。

こんな夢にはまりこんでいたので、トラックがキーッとブレーキをかけて止まったときには、びっくりした。それからこわくなった。外を見ると、砲塔から大きな銃をつき出した戦車が、鉄のゲートの中で、こちら向きに止まっている。

だまされた！　またシリアに連れもどされる！　ぼくはパニックになった。監獄に入れられ、拷問にかけられて、撃ち殺される！

すると、近くのポールにヨルダンの国旗がはためいているのが目に入り、気持ちが少し楽になった。

トラックの大きなエンジン音に負けない大声で、運転手がゲートのそばにいる兵士たちに話しかけている。

「三十五人連れてきた。大部分は女性と子ども。調べたほうがよさそうなのが二人」

答えは聞こえない。

突然、後ろからだれかが腕と足で人をかきわけて来る気配。ハッサンとヤヒヤが、トラックの後ろめがけて人をおしのけてきたのだ。

「いろいろありがとな、兄弟」ハッサンが手短に言った。「ここからは、別行動をとる」

「どこに行く？」父さんがいらだった声で言った。

「ヨーロッパ！」

ハッサンはもう飛びおり、ヤヒヤもおくれまいとあとに続いた。ぼくは、ムサといっしょになって疑ったりして、悪かったなと思った。もっと親切にすればよかった。ハッサンとヤヒヤも、ラソールと同じことをしようとしてる、それだけなんだから。

「どうやって行くの？」ぼくが大きな声で聞いた。

「トルコに飛んで、海をわたってギリシャ」

ヨルダンの兵士が二人、ハッサンとヤヒヤに目をとめ、一人が前に進み出た。ハッサンは足早に離れていき、ヤヒヤも小走りにあとをついていく。

「ノルウェーで従兄のラソールに会ったら、ぼくのかわりにあいさつしといて！」

ぼくは、二人の背中に向かって大声で言ったが、二人ともふり向いてはくれなかった。

大きな音を立てて、鉄のゲートが内側に開き、トラックがスルスルと前に進んだ。それから再び止まり、べつのゲートがきしみながら開いて、また進んだ。それからほどなく、ちゃんと止まって、エンジンが切れた。急に静まりかえって不気味。

ドアが開く音がしたと思ったら、運転手がトラックの後ろにまわってきて、手をのばして脚立をおろした。

「ここは、どこなの？」リアドのお母さんが大きな声で言った。

「ザータリだよ。ザータリ難民キャンプ」運転手が言った。「さあ、おりて。ここが目的地。着いたよ」

周囲を見たとたん、心地よいホテルとすばらしい食事というぼくの夢は、ローソクの火のように消えた。二つのゲートが、ぼくたちの後ろで閉められた。門は、世界の戦争をしめ出すかわりに、ぼくたちを中に閉じこめる。何のために？

ぼくがまっさきにトラックから外に出た。あとに続く人たちが我先に出ようとするので、ぼくは脚立の下に転げ落ちそうになった。ほかの人の荷物をおろすのを手伝ったほうがよかったのだろうが、動けなかった。ぐるっとながめて、ぼうぜんとした。

見えるのは、薄よごれた白いテントの長い列。それが、どこまでも平坦な黄色い砂漠の上に、広がっている。朝の太陽に照らされて、目がくらみそうだ。

どのテントにも、青いヨーロッパの文字が書いてある。英語のアルファベットはちょっと苦手。読んでみたけど、意味がわからない。

「UNHCR」小声で読んでみた。「何のことだか」

「あれは、イニシャル」ムサが後ろから言った。「国連難民高等弁務官事務所」

「そんなこと、どうして知ってるの？」

ムサはあわれむような目でぼくを見たが、答えてはくれなかった。

全員がトラックからおりたものの、どうすればいいのかわからずに、丸く集まっていた。突然、ムサがぼくにたおれかかってきた。見まわすと、リアドが、ムサの背中からバッグをうばい取っている。

「こら！」ムサが、けんめいに叫ぼうとしている。「返せ！」

リアドは、ムサのバッグを頭の上でふりながら、まわりで踊っている。

「身障者！　身障者！　くやしかったら取ってみろ！」

「おれのラップトップ！　こわれる！　あいつが……」ムサは必死だ。

リアドのお母さんが、気づいた。

「リアド、やめて」リアドのお母さんがたよりない声で言った。「バッグを返しなさい」

リアドは気にもとめない。ぼくは心の中で、殺してやると叫びながら、リアドに突進した。

それを見たリアドは、バッグを放り投げた。ぼくはそれに飛びかかって、受け止めたが、着地に失敗して、足首をひねった。

「チビのくせに……」ぼくはののしりにかかった。

でも、その先を続ける前に、父さんに呼ばれた。

「ブラブラしてるんじゃない。荷物をまとめろ。あの人についていくらしいぞ」

ムサが真っ青になって、バッグに手をのばした。

「ぼくが持っていくよ」そう言いながら、ぼくはバッグを背負った。「あのチビをつかまえたら、八つ裂きにしてやる」

その後は、すべてがダラダラしていた。難民になると、何も急ぐ必要がなくなるのだ。家の壁をぶちぬく砲弾や、空からふってくる樽爆弾で死ぬことはなくなったが、たいくつすぎて、すぐ死んじゃいそう。

長い列を作って立ったまま待たされたあと、山のような質問をされ、やっとカードを受け取ることができた。今や、おまえは何者でもなくなったと告げるカード。おまえはどこにも属していない、必要のない人間、というわけだ。それからまた、べつの行列に並ぶ。次から次に。そうしてやっと、まずそうな食事が出てきた。あつあつのところを食べるものなんだろうけど、冷たくて脂ぎっている、箱に入ったピザ。それからまたもや、引きかえ券のための行列。バケツや灰色の薄っぺらな毛布、からの石油缶、ヒーターなどと交換できるらしい。

そして、空腹と疲れでイライラが最高潮に達したころ、ようやくテントに連れていってくれた。ぼくたちは、テントの入り口から中をのぞいた。

「これ、ってこと？」エマンが信じられないというように言った。

エマンに答える人はいない。固い床一面に、砂が渦を巻いている。灰色の発泡スチロールでできたマットレスが何枚か、部屋の向こうはしに積んである。壁がわりのキャンバスが、強い風にひるがえる。

母さんが言った。

「さあ、エマン。砂をはき出すのを手伝って」

「どうやって？　ほうきなんかないけど」

母さんがエマンをねめつけた。

「ほうきがない！　何もない！　みんななくした！　何もかも終わり！」

まるで、母さんの中で何かがブチ切れたようだった。

母さんは積みあげられたマットレスのところまで、やみくもに走り、マットレスによりかかってくずおれた。そしてヒジャブのはしで顔をおおうと、ワッと泣き出した。

父さんは、なすすべもなく母さんを見つめるばかり。やがてエマンのほうを向いた。

「母さんのいいつけを聞いただろう！　床をそうじしろ！　ほうきがないのは気にするな。使えるものなら何でも使え！」

エマンはブスッとしながらも、引っぱってはずしたヒジャブを、ほうきがわりに使い始めた。

床のほこりが白く舞いあがる。

「ハッサンとヤヒヤはどこ？」ぼくたちについて中に入ってきたファドが言った。

「ヨーロッパに行っちゃったよ」ぼくは答えた。うらやましそうに。

母さんが顔をあげた。

「それに、あのかわいそうな子どもたち！」母さんが泣きながら言った。「家族がみんな死んでしまって！　あの子たち、どうしたかしら？」

「あたし、見たわよ、母さん」エマンが言った。「女の人が来て、連れていったわ。よさそうな人だった」

「孤児のための専用施設があるのさ」父さんが、見くだしたように言った。「オマル、ついてこい。夜まで何も食べないってわけにもいくまい。この引きかえ券で食べるものをもらってこないとな」

父さんとぼくは、食糧の配給所を見つけるのに、うんと時間がかかった。そして〈家〉に帰ろうとして迷子になった。同じようなテントがずらっと並んだまっすぐな長い通路を、行ったり来たりすること一時間。ピザの箱とジュースの紙パックが重くて、ヘトヘトになった。やっとテントのそばに帰ったときファドの姿が目に入って、ぼくはあわてた。ファドは道ばたで、こわいもの見たさでリアドを見つめている。リアドは、おさない男の子を棒でつついて泣かせている。

「父ちゃん」ファドが大きい声で言った。「母ちゃんが心配してるよ。父ちゃんが逮捕されたんじゃないかって。食べ物はもらった？　ぼく、おなかペコペコ」

ファドについてテントの中に入ろうとしたとき、ぼくは、すでにおなじみになった声を聞いた。リアドのお母さんが、となりのテントの入り口に立って、叫んでいる。

「リアド！　やめなさい！　中に入っておいで！」

ああ、がっかり。最悪の家族のとなりになってしまった。

ぼくたちが外出している間に、エマンが床の砂を何とかはき出し、マットレスをテントに沿ってぐるりと敷きつめていた。頭の上に乗せてシリアから運んできた敷物の束をほどき、そのうちの二枚が二つのマットレスにかぶせてある。みんなのバッグも、テントのすみにきちんと整頓されている。とても〈家〉とは言えないが、それでも少し明るい気分になれた。

ぼくたちは座って、食べ物の箱をあけた。みんな、飢え死にしそうにおなかがすいてる。

「こんなのを食べ物って言うかしらね？」母さんが、ひからびたチキンを、うんざりしたように人差し指でつつきながら言った。

ぼくは、あんまり腹ペコだったので、カビくさいライスだったとしても、お皿いっぱい平らげただろう。食事は思ったほどひどくなかったが、おいしいとも言えない。ライスは水っぽく、チキンは革みたいに固く、ゆですぎの野菜は味がしない。いちばんよかったのはパン。

ぼくは自分の分を食べ終わると、くつろいだ姿勢で座り、再び砂が吹きこんでくるのを見つめた。床一面に砂の模様ができている。

エマンが母さんに何かささやいた。

「エマンがトイレに行きたいんですって」母さんがみんなに聞こえるように言った。

父さんが鼻にしわをよせた。

「トイレにはさっき行ってきた。ひどくきたない。エマンは一人で行っちゃだめだ。男どもがうろついているから」

父さんが次に言うことはわかっているので、先まわりして言った。どうせ、ぼくもトイレに行きたかったから。

「ぼく、いっしょに行くよ」エマンに言った。「ムサ、ファド、いっしょに行かない?」

トイレは、父さんが言うとおりだった。コンクリートブロックでできているので、外から見ると問題なさそうだが、中に入ると、きたないったらない。こんな気持ち悪いトイレは生まれてはじめてだ。エマンも、裾の長い服で苦労していた。トイレから出てきたときの顔ったら、病気になったのかと思うほど真っ青だった。

「毎回、このトイレを使うってこと?」エマンが消え入りそうな声で言った。

ぼくは、自分たちのテントの場所をしっかり覚えたつもりだったが、探し出すのはかんたんじゃなかった。

「オマル、ムサをおいてきぼりにしないで！」テントのすぐ近くまで帰ったとき、ファドが大声で呼んだ。

ふり返ると、ムサがひどく歩きづらそうにしている。

「アザができただけさ」とぼく。自分でも、冷たい言い方だと思った。

「ちがうんだ。腰。腰を痛めた。谷におりるときに」

ムサは右腕をぼくのほうにのばしてきた。何も言う必要はない。どうしてほしいのか、ぼくにはわかる。ぼくは左肩を下げて、ムサが腕を首に巻きつけやすくした。ぼくたちは、物心ついてからずっと、こうやって歩いてきたのだ。ムサを助けるのは苦にならない。気分が落ちこんでいたぼくには、ムサの手がなぐさめになった。

「あの悪ガキからバッグをうばい返してくれて、ありがとな」ムサは一歩ごとに顔をしかめている。「あのガキの家族、となりのテントに来たって、知ってるか？」

「あの子、おもしろいよ」とファド。「すごくやんちゃでさ」

ファドは目をあげ、ぼくの顔を見て、それからムサの顔を見て、二人とも怒り心頭なのを見てとった。

「どうしてそんな顔で、ぼくのこと見るんだよ？　ちょっと言っただけなのにさ」

「気の毒な女性だわ」エマンが言った。「四人も子どもがいて、たった一人で育てているのよ。

あんたたち、かわいそうだと思わないの?」

「思わない」ぼくは容赦なく言った。「リアドのお父さんがリアドみたいなヤツだったら、一人で育てたほうが、まだましだよ」

16

ザータリ難民キャンプでの最初の二、三週間で、ぼくたち家族はボロボロになりかけた。母さんは、泣いてばかり。父さんはむっつりときびしい顔で、すぐ怒る。ムサは痛みがひどく、青い顔でずっと、ごろごろしている。ファドはテントにいつかない。六歳児のいたずらっ子集団に仲間入りして、一日じゅう、キャンプの中をうろつきまわっている。ナディアとエマンだけが明るい。ナディアは、何が起きているかわからないから。エマンは今もまだ、〈ミスターおじゃまムシ〉こと、〈ネズミ顔のビラル〉から逃げ出せて、ウキウキしている。

そしてぼくはというと？　まるで雑用係にされた気分。一日じゅう、何かを取りにいっては運ぶ、のくり返し。「オマル、水もらってきて……オマル、行列が長くなる前に、パンの列に並んで……オマル、バケツの引きかえ券をくれるんだって。うちの分をもらってきて……」オマルこれを、オマルあれを、オマル次は……。

ぼくを駄馬のようにこき使うのは、家族だけじゃない。リアドのお母さんが、一日に少なくとも二度は、テントの入り口にやってきて、小さく咳ばらいをしてから、母さんに声をかけてくる。

「ウンム・ムサ！　いらっしゃいます？」

いちばん上の娘のハンナンは八歳だが、やはり、しょっちゅう手伝いをさせられている。水が入った重いバケツをヨタヨタしながらテントまで運んだり、配給センターから赤ちゃん用オムツの袋をもらってくるのを、よく見かける。でも、ハンナンには重すぎるものもあって、そんなとき、母さんはぼくに手伝わせる。ぼくは手を貸してやる。本当は、となりの家族のことを、ちょっとばかり気の毒に思ってたから。でも、リアドがなぁ。年上の子どもたちと、やりたい放題なのだ。ぼくたちのみじめな暮らしをわざわざ見に来てくれているえらい外国人の車に、石を投げる。おばあさんが背負っているバッグの中からパンを盗むことも。

母さんは、ウンム・リアドを見くだしていた。

「あの人のダンナさん、労働者だったのよ。教育も受けてないし。そういう人たちは――」

「ダンナが何してたかなんて、関係ないだろ」ぼくは、重いポリタンクを、となりのテントの入り口近くにおきながら、不機嫌な声で言った。「でも、おばさんはどうして、こういう力仕事をリアドにたのまないのかね」

「シーッ！　となりに聞こえるわよ」

たしかに母さんの言うとおりだ。となりの物音はぼくたちに丸聞こえ。咳も、口ぎたない言葉も、くしゃみも、げっぷも、もっとひどいことも、聞こえてしまう。二日目の朝、ぼくは目を覚まして、父さんに時間を聞いた。

「七時ですよ！」ウンム・リアドが、となりから助け舟を出してきた。

ぼくたちはダルアーで、電気も水道もない暮らしに慣れていた。ぼくは農場で毎日、畑仕事もしていた。でも、冬が近づいている砂漠のまんなかでのテント生活には、どうしてもなじめない。十月の終わりはもう、夜の寒さがきびしい。ありったけの服を重ね着して、それでも国連の薄い毛布の下でふるえながら寝るしかない。

雨もふるようになった。するとたちまち、砂漠の砂がくさい泥になって、テントの中まで入ってくる。キャンプじゅうが洪水。しかも穴から飛び出してくるヘビにも注意しなければならない。テントの中は何から何までじめじめして、かわかすひまもありゃしない。

ファドは、こういう不愉快な暮らしも、いっこうに気にならないらしい。やんちゃそのものだった。キャンプの中には、父親や大きい兄弟に注意されることもなく、やりたい放題をやらかすリアドのような子がおおぜいいて、ファドはそれをまねしてる。

「ファドはあまやかされすぎだよ、何やっても怒られないんだから」ぼくはエマンに不満をもらした。「ぼくがあの歳であんなことしたら、父さん、怒り狂ったよ。なぜ父さんは、放っておくの？」

「あたしに聞かないでよ」エマンが言う。「それより、父さんを見てごらんよ」

エマンと二人で父さんを見ると、父さんがどれほど落ちこんで、殻に閉じこもっているかわかった。

「父さんは、政府を信じきってたからな」ムサが仲間に入ってくる。エマンやぼくより、父さんを気の毒がっている。「シリアをこんなふうにされちゃって、耐えられないのさ」

ファドに本気で腹を立てたのは母さんだ。ファドが足をすべらせて水たまりで転び、頭から足の先まで泥だらけになってテントにもどってくるのも、もう三回目。ついに母さんが大声を出した。

「何回洗濯をさせる気？　だれが水を運んでくるわけ？　洗った服をほせる場所があると思ってるの？」

母さんのあまりの剣幕に、父さんがのりだし、ファドに、だれかにつきそってもらわなければ、二度とテントの外に出てはいけないと命じた。

その〈だれか〉とはだれなのか、もちろんわかってる。そういうわけで、それ以後、ぬかるんだ道で水をはねあげながら、大きなタンクの水を分けてもらう行列に並んだり、食糧の配給をもらいに行くときは、いつもファドをしたがえて行くようになった。ファドはぶつくさ文句を言いながらついてくる。

そうは言うものの、ファドの名誉のために言っておくと、ファドの文句は長くは続かなかった。ファドは認めたがらないが、本当は、石を投げたり、いじめや盗みをはたらいたりするのを腹立たしく思うようになったのだと思う。ファドも役に立ちたいのだ。キャンプでは、調理ずみのまずい食事を配るのをやめた。そのかわり、米やパスタ、レンズ豆、オイル、砂糖などを自分で調達しなければならない。引きかえ券をもらって、母さんがそれをキャンプの中にあるスーパーマーケットに持っていって、品物と交換してくる。新鮮な野菜や果物は足りないが、母さんとエマンがやりくりして、吐き気をもよおさずに食べられる食事を用意してくれた。おなかいっぱいになるほどの量はなかったけれど。

キャンプは少しずつ変わっていく。大きなトラックが毎日、大きなトレーラーハウスのような長方形の白い小屋を運んでくる。その家に、人々がテントから引っ越す。母さんは周囲の様子を目ざとく見ている。母さんは、共同キッチンで食事のしたくをしているが、帰ってくるといつも、そこで見聞きしたことを話す。

「あの背の高い女の人ね、信じられないような話をしてくれたの」と母さん。「ご主人がね、あの武装した悪党、あの残忍な殺し屋に、何の理由もなくつかまったんですって。何の理由もなしによ！　道に落ちていた紙きれを拾って読んでいただけなのに、つかまって連れて行かれたって。埋葬するためにもどってきた遺体は、だれだかわからないくらいの状態だったそうよ。ご主人はね――」

「もういい、レイラ」こういうとき、父さんはいつも、怒って話をさえぎる。

母さんは、プイと頭をそらした。

「ここの子どもたちが、小さな野獣になるのも無理ないわ。エマンもわたしも、テントの外に出るのがこわいもの。子どもたちは、世の中を見て育つのよ！」

でも、母さんの話はとちゅうから宙に浮いた。父さんはもう、テントのフラップをおしあけて、外に出ていってしまったから。

十一月下旬、太陽がさんさんとふり注ぐある日、ぼくたちはやっと、トレーラーハウスを手に入れた。ぼくが、からの石油缶二つを持って水をもらいにいくとちゅうで、父さんが小走りでやってくるのに出会った。

「トレーラーハウスをもらえたぞ！」父さんが息せききっている。「いっしょに来てくれ」

ぼくは、石油缶を持ちあげて見せた。

「母さんが水をもらってこいって。そっちを先にしたほうがいいんじゃない？」

「かまわん。ついてこい。だれかにこっそり持っていかれたらたいへんだ」

父さんは向きを変え、大股で歩いていく。ぼくもおくれまいと急ぐ。

「正式にもらうんじゃないの？　ぼくたちのものなんだから、だれも持っていったりできないでしょ？」

「もうだれも信用できん」父さんが手きびしく言った。「シリア人は善良だった。それが今では、みんな犯罪者集団だ」

砂漠のまんなかのジメジメした寒いテントで何週間も暮らした身には、四方に壁があり、屋根や窓やドアがある暮らしが、どんなにいいものかよくわかる。もっとも、壁はプラスチックで、結露がひどく、ひと部屋を七人で使わなくてはならないが、それでもありがたい。

父さんがぼくたちの新しい家を見張っている間に、ぼくはよいニュースをみんなに知らせようと、テントに走って帰った。母さんの顔を見るのが待ちきれない。

「全員、出発進行！」ぼくはテントにかけこんで言った。「父さんがトレーラーハウスを手に入れました！」

でも、「今日は火曜日、よい天気でーす」と言ったていどの反応だった。だれも見向きもしない。母さんはマットレスの上に座り、両わきにエマンとムサ。二人は、さめざめ泣いている母さんに腕をまわし、なぐさめている。

エマンが目をあげて、ぼくを見た。

「母さん、フォージアおばさんの村の人に、キッチンで会ったの。先週、村が爆撃されて、マフムードおじさんが、大けがしたんですって。左腕をなくして、今、入院中。ジャービルは行方不明」

母さんはもがいて、二人の腕をふりはらった。

「みんなでもどらなくちゃ！　こんなたいへんなときに、姉さんをほったらかしにできないでしょ？　そばにいてあげなくちゃ！」

「母さん、もどるわけにはいかないよ」ムサが言った。「ナディアとファドのことを考えて。

それに、父さんは逮捕されるかもしれない」

「かまうもんですか！　皆殺しにすればいいでしょう」母さんが叫んだので、スプーンと皿でおとなしく遊んでいたナディアがびっくりして、泣き出した。「どうなろうとも、こんなみじめな暮らしよりはまし。こんなの、もうがまんできない！」

「あのね」ぼくが、うまく口をはさんだ。「もうがまんしなくてよくなるよ。父さんがトレーラーハウスをもらったんだ。父さんが、母さんに伝えてこいって。今日、そっちに引っ越さないと」

その日のうちにトレーラーハウスをもらっていなかったら、母さんはぼくたちみんなを連れて、本当にシリアにもどっていたと思う。ここでの暮らしに絶望したおおぜいの人たちといっしょに、キャンプの出口に行列を作って、先を争ってバスに乗り、故郷に帰っていただろう。キャンプでジリジリと絶望の淵に追いやられるよりは、爆撃にあい、もしかしたら死ぬかもしれないが、まだそのほうがましと思う人もいるのだ。でも、そういう人は、新たにやってくる人に比べれば、ほんのひとにぎりでしかない。何千人もの人たちが、毎日新たにやってくる。頭に包帯を巻いている人、腕をつっている人、半狂乱になっている人、むっつりと落ちこんでいる人。新しい人が来るたびに、もしかしたら知ってる人がいるかもしれないと、ぼくは目をこらして見ていたが、知りあいに出会ったためしがない。

引っ越しのために持ち物をまとめるのに、びっくりするほど時間がかかった。それまでに手に入れたものが思った以上に多かった――バケツ、ほうき、皿、コップ、鍋、フライパン――それに、自分たちが持ってきたものもある。

ぼくが数少ない着がえをビニール袋につめこんでいると、聞き慣れた咳ばらいがテントの外から聞こえてきた。

ウンム・リアドは、どうぞと言われるのも待たず、キャンバスのフラップを持ちあげ、ずかずかと中に入ってきた。

「耳に入っちゃったんだけど」ウンム・リアドが母さんに言った。「故郷から悪いニュースが来たとか？」

母さんがキュッと口を結んだ。

「うちの家族のゴタゴタは、放っておいてくださいな、ウンム・リアド。ご自分の家族のことで手いっぱいでしょうに」

ウンム・リアドは、そんなことでは引き下がらない。

「ところで、引っ越しですって？」

「そのとおりよ」

ウンム・リアドの顔がゆがみ、不幸のどん底につき落とされたような表情になった。

「それじゃあ、あたしは一人ぼっちじゃないの！　どうやって暮らしていけばいいの？　夫を亡(な)くし、子ども四人をかかえて！　あなたたちは友だちだとばかり思ってた！」

「あらあら」母さんの口調が少しおだやかになった。「ごめんなさい。本当にごめんなさい。でも、キャンプからいなくなるわけじゃないの。これからも、手助けできるわ。それに、あなたのトレーラーハウスもすぐ来るはず。間もなく来ますとも」

ウンム・リアドは、母さんの腕(うで)をつかんだ。

「アブー・ムサにたのんで、あたしを助けて。あたしたちのトレーラーハウスをもらってきて。教育を受けたダンナさんなんだから」

「あの人、そういうことは……」母さんはウンム・リアドの指を腕からはがしながら言った。「お役に立てるとは……でも、たのんでみましょう。もちろんたのみますからね」

「母さん、このぬれてる服はどうする？」エマンが声をかけた。「かわいてるものといっしょに入れたくないんだけど」

「バケツに入れておきなさい」母さんが言った。「ファドに持ってもらうから。ナディア、何してるの、おチビ(ハビブティ)ちゃん？　バッグに入れたものは、もう出しちゃだめよ」

テントからトレーラーハウスに引っ越すのはすばらしいことだった。悲惨(ひさん)な生活からぬけ出す第一歩のような気がする。ぬけ出す先は……ちょっとはましな生活といったところか。ヒーターがついたので夜は楽になったが、電気はまだない。十一月も末、だんだん日が短くなる。

明かりのない夜は不気味だ。でも、水は入ってこないし、部屋が暖かくなったし、まあまあ清潔にしておける。

いちばんありがたいのは、プライバシーが守れるようになったこと。薄いキャンバスの布二枚の向こうにウンム・リアドがいないと思うと、やっと、ふつうの声で話ができる。

「このトレーラーハウスの意味、わかってる？」引っ越した次の日、ムサが言った。

「わかるって、ミスター・クレバー。居心地がよくなったってことでしょ。兄ちゃんはまだ気づいてないとか？」

「つまり」ムサが、あけっぱなしのドアの外を見つめながら言った。「国連の連中は、我々をここに長く留めておく気だってこと。シリアの戦争は、まだ何年も続く。故郷に帰るつもりでいるなら、考え直したほうがいいぜ」

夢から覚めたような気がした。ぼくは、故郷のゴタゴタはすぐにも落ち着き、家に帰れるだろうと高をくくってた。反乱軍が勝つにしろ、政府が勝つにしろ、ぼくたちはダルアーか、できればボスラに帰れる。アパートを直すか家を手に入れて住めばいいので、ふつうの暮らしにもどれると思ってた。恐ろしい話に、ショックを受けた。

「こんなきたならしいところに、永久に住むってことじゃないよね？」

ムサが首をすくめた。

「そんなこと、知るか」ムサがラップトップの蓋をたたいた。「でもマジで、シリアの状況は悪くなってる、よくはなってない」

　正直言って、ぼくは知りたくなかった。故郷からの知らせは憂鬱なものばかりで、まともに聞いていられない。ムサがまだバセムたちと連絡を取っているのかどうか知らないし、バセムたちに何が起きているかもわからない。でもたしかなのは、ムサはもう、危ないことに巻きこまれることはない。シリアから離れた今、ムサにできることは何もない。状況をつかむだけで精一杯だ。

　あわてふためいて農場を出て、シリアを離れたあの悪夢のような日、ムサがラップトップを荷物に入れるのを見て、なんてバカなと思ったけど、いい判断だったことにすぐ気づいた。キャンプでは、情報こそが何よりも大事。みんな、シリアで何が起きているのか、最新ニュースに飢えている。生きていく術を見つけようと、危険を冒してヨーロッパに行った人たちからの情報も、ぜひとも手に入れたい。

　ムサは、ラップトップに細心の注意をはらっていた。バッテリーを節約して、一回に数分しか使わない。バセムがくれたスペアバッテリーも、トレーラーハウスに引っ越したときには、もう電池切れだった。というわけで、ラップトップを充電するにはどうしたらいいか、ムサが大きな茶色の目でねらいをつけたのは、だれでしょう。何をかくそう、それはぼくでした。

　ぼくがラップトップを、万が一にもうばわれないように、すっぽりとバッグにかくしたのを、母さんに見つかった。すると母さんは、自分のバッグを探って、使い古した自分の携帯を取り出した。それは無理だろう、とぼく。

「それ、もう使えないと思うよ、母さん」

「お願い、ぼうや。姉さんの様子がわからないと、気が狂いそう。これなしでは、アッラーの神さま以外に、話もできないもの」

ファドは、ぼくのお使いについてくるのがすっかり習慣になっていて、何も言わないのにトレーラーハウスから出てきた。ぼくはドアの外で立ち止まった。どこに行けばいいんだろう。キャンプの中にも電気が来ているのはたしかだ。頭上に電線も走っている。街灯や、支援団体の敷地には、電気がきている。ぼくの推理では、支援団体やヨルダン政府の本部がある、キャンプの周辺に行けば、充電できる場所があるのではないか。

あまり自信はないが、国連の事務所の方角に歩き始めた。

充電なんか、させてくれないだろうな。ぼくは途方に暮れていた。でも少なくともムサに、努力したと報告できる。

ファドが小走りでついてくる。

「どこ行く気、オマル？」

「国連の事務所さ」当然というように、少しいばった口調で答えた。「ほかにどこがある？」

ファドがニヤッとした。

「ほかにあるもん。国連なんか、助けてくれないよ。ついてきて」

　ファドがかけ出した。ずらりと並んだテントの間をすりぬけていく。あまりのスピードに、とても追いつけない。

「気をつけろ！」ぼくは大声をあげた。「水たまりですべるぞ。母さんがブチ切れるからな！」

　ファドがようやく速度をゆるめたので、やっとこさ追いついた。ファドがまたかけ出さないように、肩をつかんだ。

「充電ができる魔法の場所って、どこなのさ、それとも、これはただの鬼ごっこ？」ぼくは息せききって言った。

　ファドは身をよじって、ぼくの手から逃れた。

「見せたげる。もうすぐだから」

　ぼくは、配給所や水のタンクに通うのにいそがしくて、キャンプのはしのほうばかりにいたので、このあたりの探検はできていないのだ。さらに少し歩いて、二つのテントの間をぬけると、キャンプのまんなかあたりまで見通せるまっすぐな道に出た。人々でごったがえしてる。木曜日の午後のダルアーのショッピング街みたいに、まぶしいほどカラフルだ。夢じゃないかと、目をこすりそうになった。店が並んでる！　本物の店が！　テントを利用している店もある。フラップを引きあげ、中のテーブルに並べた商品を見せている。ほかは、トレーラーハウスの部品を使っているらしい。壁を取っぱらい、道路から中が見えるようになっている。かなりの店が、屋根に看板を掲げてる。店の名前と売ってるものの宣伝が、派手なペンキで書いてある。ざっと見まわしただけでも、服を売る店、果物と野菜の屋台、店先にブーツとジョギングシューズとサンダルをおいてる靴屋、気取ったカフェも。プラスチックの花を花瓶にさして、テーブルに並べてる。いちばんうれしいのは、ロールサンドの屋台。回転棒に刺して焼いているラム肉から、おいしそうなにおいがしてきて、口いっぱいによだれが。

「後ろ、気をつけな！」背後から声をかけられた。ぼくはふり返って、飛びのいた。四人の男の人が、大きなトレーラーハウスを車輪に乗せて、おしている。並んだ店のはしのあいたところに、トレーラーハウスを慎重にすえつけると、四人集まって、札束を交換している。

気づくと、ファドがいない。見まわすと、おもちゃの屋台の陰から、外をうかがっている。それから、あたりに気を配りながら、やってきた。

「いなくなった？」

「いなくなったって、だれが？」

「あっちに、おまわりさんがいた。気づかなかった？」

後ろめたいことがあるのか、心配そうな顔だ。

「なぜだ、チビ、おまわりさんをそんなにこわがって？」

「ぼくじゃないよ、オマル、ほんとに。べつの子。リンゴだけだし」

「ファド」ぼくはきびしい声で言った。いかにも兄貴らしく。「うちの家族はみんな、善良な人ばかり。盗んだりしない。まわりから……」ふさわしい言葉を探した。「尊敬されてる」

「わかってるってば」ファドが小声で言った。「父ちゃんには言わないよね?」

「言わないでやる。ただし……」ファドがおじけづいているのをいいことに、調子に乗っていたが、ここで口をつぐんだ。ぼくは思いなおし、ファドの肩にやさしく腕をまわして言った。

「ムサのラップトップを充電できるところを教えてくれたら、言わないでやるよ」

ファドは助かったとばかり、笑顔になった。

「じゃあ、きまり」

電気屋は、ショッピング街のずっと先のほうだった。ぼくは、つぎつぎに現れる店に気をとられて、ゆっくり歩いた。営業し始めたばかり、というたたずまいの店もある。商品もたっぷりあって、なかなかいいディスプレイだ——もちろん、ぼくだったら、もっとかっこよく並べてみせるが、悪くはない。

いちばん興味をそそられたのは、トレーラーハウスを利用した店の屋根の上に立っているおじさんたち。街灯につながっている電線をいじってる。空中には、たくさんの電線が張りめぐらされて蜘蛛の巣のようだ。おじさんたちは、店で電気を使うために、新たに配線をしているようだ。

やっと電気屋に着いた。店の上の高いところに、トレーラーハウスの壁の一部を切り取って作った看板が掲げられ、ペンキで「電話」という文字と、インターネットや電話の接続を表すマークが書いてある。その下、店の前のほうにはカウンターがあって、その後ろに男の人が立っている。ネジまわしを手に持って、古いコンピューターをいじってる。おじさんの後ろには、ラジオや扇風機、ヘアドライヤーが並んでいて、テレビも二台。おじさんのわきのカウンターには、こんがらがった電線の山があって、ごちゃごちゃにおかれた携帯電話につながっている。なんだかシリアに帰ったような気がする。ふつうの場所、なじみのある場所、安全でまともな場所。

おじさんが顔をあげ、目があった。ぼくはバッグを肩からおろし、ラップトップと携帯電話を取り出して、カウンターの上においた、

「すみません」とぼく。「これ、充電してもらえますか？」

おじさんは、首をふった。

「注文がありすぎてね。ほら、こんなに！　金曜日においで」

「金曜日？　でも母さんが、母さんのお姉さんのことを心配してるんだ。村が爆撃されて、そいで……」

おじさんは、首をすくめた。

「今言ったとおり、金曜日においで。神さまがお望みなら、やってやるから」

ファドはぼくのまわりで、ブラブラしてる。

「見てよ、オマル。あそこにテレビがあるよ。マンガやってる！」

ぼくの名前を聞いて、おじさんが眉をよせ、ぼくの顔をじっと見た。

「見たことのある顔だな。知ってる子だよな？」

「ぼくは知りません」逃げ腰になりながら言った。

だれも信用するなと、父さんから耳にタコができるくらい言われてる。

すると、おじさんがニコッと笑った。

「覚えてないかい？　アブー・ラドワンだよ。ボスラで店をやってた。きみがアリおじさんて呼んでた人のとなりで。朝早く、その人の店で働いてただろ？　きみのこと、いい子だってよく言ってたぞ。少し大きくなったな？」

ぼくは緊張が解けて、笑顔を返した。そういえば、覚えてる。よくアリおじさんの店で話しこんでた人だ。

「アリおじさん、無事？」ぼくが聞いた。「ビラルって人におどされて、こわがってたけど」

「ビラル！」アブー・ラドワンは、唾を吐いてやりたい、という顔をした。「ヘビみたいなヤツだ！　そうさ、きみの言うアリおじさんは、ボスラから逃げ出した。ダマスカスの息子のところに行ったはず。それ以来、消息はない。息子は頭がいいから、おやじさんを守ってくれてるさ。いずれにしても、アリおじさんはボスラには帰らん。おれもそうだけど。あの場所にあった店はぜんぶ、爆撃されたから。おれは、ほとんど何もかも失っちまった」

アブー・ラドワンが、ラップトップと母さんの携帯を手に持った。ぼくは受け取ろうとして手を出したが、アブー・ラドワンは、両方をカウンターの上の手近なところにおいた。

「心配するな。任せてくれ。最優先でやってやる。値段も破格でな。明日の朝、取りにおいで」

ぼくはお礼を言って、店を出ようとした。

「それにしても、シャンゼリゼによく来たな」アブー・ラドワンが後ろから大きな声で言った。

「何だって？」

でも、おじさんはもう次の客の応対をしている。赤ちゃんをだいた女の人だ。

「バッテリーを、ねえ、お願い、アブー・ラドワン」甲高い声で言っている。「きのう、約束したでしょ。シャンゼリゼのどこを探しても見つからないの。どうやって赤ん坊のミルクを温めたらいいの？」

アブー・ラドワンが手をのばして、棚から箱をひとつおろした。

「何個？」

「四個」

値下げ交渉が成立した。

「ファド」立ち去りながら、ぼくが言った。「おかげで助かった」ちょうど通りかかった店の外のテーブルに、お菓子が並んでいる。「ロリポップはどう？」

ファドが、びっくりした顔でぼくを見あげた。

「さっき言ったじゃない、オマル。盗んじゃいけないって」

「盗むんじゃないさ、バカだね。買ってやるんだよ」

ぼくは、ぶあつい冬のジャケットのポケットに手を入れた。ポケットの中に穴があって、そこから指をつっこむと、ライナーの中に手がとどく。ぼくは、絵葉書を売ってためた秘密のお金のことは、だれにも言ったことがない。このお金の一部は、ラップトップと携帯の充電に使うことになる。でもファドとぼくに、ごほうびを買ってもいいだろう。

「どの色がいい？　赤か、黄色か、緑」気前がいいだろう、といわんばかりに聞いた。

ファドは迷いに迷っている。ぼくはせかさずに待った。

「赤」やっときまった。

「赤を二つ」お菓子売りにそう言って、大事なお札を一枚、手わたした。

二人とも、ずいぶん長いこと、こんなにあまいものを口にしていないので、トレーラーハウスの近くに帰りつくまで、ひと言も口をきかずに味わった。

「ほら、口のまわりをふきな。ベトベトしてるから」とファドに言った。「ほかの人に言っちゃだめだぞ？　ぼくはお金のなる木じゃないんだからな」

17

翌日(よくじつ)、ぼくは一人で、またシャンゼリゼに行った。ファドは、この日から学校に行くことになったのだ。学校のことを聞きつけたのは父さんだった。いつもの注意深さを発揮(はっき)して、父さんはまず、学校を見に行って、それから母さんに話した。ファドは、父さんがヨルダン人の学校の青い制服(せいふく)を持ち帰り、着てみろと言われてはじめて、学校のことを知った。

「この制服をよごしたら……」父さんはおどかそうとしたものの、言葉をにごした。

男子の学校は、午後にならないと始まらない（女子は午前が割(わ)り当(あ)てられている）。ファドは午前中ずっと、エマンを困(こま)らせた。

「読み方なんて、もう忘(わす)れちゃったよ。九九も。ちょっとテストしてみて、エマン、ねえ、お願い」

そういう二人を放っておいて、ぼくは外に出た。

シャンゼリゼは、ひと目見たときから、ぼくの憧(あこが)れの場所になった。キャンプのほかの場所では、みんなみじめで、寒さにふるえ、空腹(くうふく)で、乱暴(らんぼう)な子どもたちにおびえ、若者(わかもの)たちはブラブラしている。でもここの人たちには活気がある。売り買いをし、店を立ちあげ、看板(かんばん)を出し、テーブルに品物を並べている。キャンプにいてもふつうの生活ができるんだ、という気にさせてくれる。

シャンゼリゼの活気は、ほかの場所にも少しだけ飛び火している。ここに来るとちゅうで、男の人三人が椅子に座り、箱から出したタバコや飴、ビスケット、ティッシュペーパーを、地べたに並べて売っているのを見かけた。

その人たちのそばを通ったときに突然、すごいアイディアが浮かんだ。ぼくは、はたと立ち止まり、アイディアがふくらんでくるのを待った。それからゆっくり歩きながら、計画を立てた。

アブー・ラドワンの店には、思ったより早く着いた。お客さんはだれもいない。だれかが入ってきてじゃまされるといけないので、すぐに話しかけた。

「アブー・ラドワン、お願いがあるんだけど」こんなふうに切り出すつもりじゃなかった。深呼吸をしてやり直した。「ぼく、実は――ビジネスの提案を持ってきました」

アブー・ラドワンは、テレビの中を調べている。しばらくして目をあげた。

「ああ、お前か。何だって？　ビジネスの提案？　そうか、そうか」

もちかけたからには、先に進めるしかない。

「きのうのおばさん、バッテリーがどこにもないって言ってたでしょ。そういう人って、あの人だけじゃないよね。うちのトレーラーハウスのまわりでも、みんな喉から手が出るほどバッテリーを欲しがってるんだ」

「おまえんちのトレーラーは、どこにある？」

「配給センターの近く」

「そりゃ、ラッキーじゃないか」

「うん、でもここまで遠いし、小さい子のいるお母さんたちがおおぜいいて、こんなところまで来られないんだ」

アブー・ラドワンはカウンターに肘を乗せ、じっとぼくを見た。もう笑ってない。

「それで？」

「そいで思ったんだ——あのー、おじさんが、ぼくにバッテリーを箱ごと売ってくれたら、手ごろな値段でね、ぼくが、家の近くでそれを売る。ぼくとおじさんと、両方が得するんじゃないかな」

「おい、アブー・ラドワン」ぼくの後ろから声がした。大柄な男の人が、ぼくを肘で小づいてカウンターからしめ出した。ぼくはその人をにらみつけたが、気づきもしない。

「きのう、あんたから買った携帯電話」男の人が続ける。「使い物にならん」

その人は、黒い小型の携帯電話をカウンターに投げつけるようにおいた。アブー・ラドワンはそれを取りあげ、指でいじった。

「問題ない。電波をキャッチしてないだけだ。このあたりは、電波が届きにくいから」

そこで、ぼくの出番。

「失礼します、おじさん。電波は、国連の事務所の近くだと、よく受信できますよ。歩きまわって、いい場所を探すんです。いちばんいいのは、大きな鉄の門の左側」

二人が、ぼくの顔を見た。

「そうか。やってみる」大柄なおじさんが言った。「だが、それでだめだったら、金を返してもらうぞ」

その人が行ってしまうと、アブー・ラドワンが言った。

「その場所で、うまくいくかね？」

「いくはず。あのあたりは、いつもおおぜいの人が携帯に向かって大声で話してるから」

アブー・ラドワンがうなずいた。

「アリおじさんが言ってたとおりの子だね、オマル。頭の回転が早いや。チャンスをやろう。今日はバッテリーの予備がないが、来週、ひと箱余分に注文しておく。日曜日においで。うまくいくか、試してみよう」

ぼくは、顔じゅうに広がる笑顔を見られないように、急いで帰ろうとした。

「おい、何か忘れてないか？」アブー・ラドワンが後ろから声をかけた。

見ると、ムサのラップトップと母さんの携帯をカウンターの下から取り出している。ぼくはその二つを、バッグの中にていねいに入れた。

「いくらはらえばいい、アブー・ラドワン？」

「金を持ってるんだね？」

「自分でかせいだんだ」ぼくは胸を張って言った。「ボスラにいるとき。従兄のラソールを手伝って、遺跡で絵葉書を売ってたから」

「ラソール？　ヤツのことは覚えてるよ。ハンサムな若者だったな。銃撃は、うまくすりぬけたんだろうな？」

「あんときは、町にいなかった。今はノルウェー。いつか、いっしょにビジネスを始めるんだ。それで、お金を貯めてるってわけ」

「それなら、お金は大事にしといたほうがいい。今日のところは、代金はいらない。おれたちは今日から、ビジネスパートナーだもんな」


半分ももどらないうちに、すごいアイディアには、すごい問題があるのに気がついた。配給センターで家族の配給をもらって帰るとちゅうも、いたずらっ子の群れや父さんに会わずに帰るのは難しい。もしぼくが、一人でどこかに出かけて行き、高価なバッテリーをかかえて一か所に座っていたら、トラブルに巻きこまれそうだ。父さんも問題だ。どんなことを言われるか、わかったもんじゃない。仕事なんかするなと禁止されそう。もっと悪ければ、ぼくの貯金まで取りあげられるかもしれない。

まだ言わないでおこう、とトレーラーハウスのドアをあけながら思った。じっくり考えなくちゃ。

秘密にしておくのはかんたんだった。どうせ、ぼくの話なんか、だれも耳をかたむけないから。母さんは、ぼくの手から携帯電話をひったくった。ムサは歓喜のうなり声をあげながら、ラップトップに電源を入れ、画面にくぎづけ。

「ありがとう、オマル。おまえって、すばらしいよな」ぼくはすねて、自分でほめた。「どうやって充電したか、聞きもしないの?」

母さんは携帯電話のキーを打つのに夢中で、ぼくの声も耳に入らなかったが、ムサが目をあげて、ニヤッと笑った。

「聞くまでもない。おまえはすばらしい。みんなが認めるところだ」それから目を細めた。「何か、たくらんでるだろう、オマル。言ってみな」

ぼくは、頭を小きざみにふって、警告した。

「あとで」口だけ動かして言った。

母さんが、携帯電話をぼくのほうにつき出した。がっかりして涙を浮かべてる。

「つながらない!」

「外に出て電波を受けなくちゃだめだよ、母さん」とぼく。「キッチンを通りすぎたあたり」

家族はみんな、困ったら、ぼくに聞けば解決だね。心の中でつぶやいた。

母さんはすぐに、急ぎ足でトレーラーハウスを出ていった。携帯電話をにぎりしめて。

「それでは続きをどうぞ」ムサが言った。「どうやって充電してきたんだい？　話したくてたまんないくせに」

「シャンゼリゼに行っただけさ」

「何だって？」

「シャンゼリゼ」

ドアのそばの、冷たい水が入ったバケツで、ナディアの服を洗っているエマンが、鼻先で笑った。

「じょうだんはやめてよ、オマル。シャンゼリゼってパリよ。高級ブランド店がずらっと並んでいる大通り」

「そんなんじゃないよ。青空市、ザータリ・キャンプの中の。すごいとこだよ、エマン。あそこに行けば、何でも買える。ぼくも信じらんなかったけど」

エマンがしかめっつらをした。

「買う？　どうやって？」

ぼくはたじろいだ。エマンにもムサにも、秘密の貯金のことは話してない。今、それを持ち出すのはまずいと思ったが、びっくりさせてやりたいという気持ちにはさからえない。

「それがね……」と話し出したが、聞いているはずの二人が、ほかのことに気をとられてしまった。ナディアが、水がいっぱい入ったバケツをおして、ひっくり返しそうになっているのだ。ムサもラップトップに目をもどした。ムサは鼻息もあらく、拳をにぎりしめている。

「見ろ、ヤツらのやらかしてることを！　市民の住むエリアに爆弾だぜ！　何百人も死んだ！」

それ以上、聞きたくない。ぼくはトレーラーハウスの中のべつのコーナーに引っこんで、ビジネスプランを練った。

母さんが帰ってきた。心配そうに顔をゆがめている。ドアのところで靴を脱ぎ捨てると、ナディアをだきあげ、強くだきしめた。

「何かあったの、母さん？」エマンが聞いた。

「電話が聞き取りにくくてね！　でも姉さんの声は聞こえた。生きてたわ、ありがたいことに。あなたたちのおじさんは、まだ入院中」

母さんはナディアの首に顔を埋め、体を前後にゆらし始めた。

次の日は金曜日。父さんは朝早く出かけ、やけに元気な顔で帰ってきた。

「ムサ、オマル、フアド」と父さん。「身ぎれいにしろ。金曜日のお祈りに行くぞ」

これは、めずらしい。金曜日のお祈りに行っていたのは、ずいぶん前のことだ。ぼくたちの中で、この外出をいちばん喜んでいるのはムサだろう。腰の痛みもひいて、歩けるようになっていたが、一人で出歩くと、またいじめっ子に会うのではないかとおじけづいているのだ。もちろんムサは、こわがっているなんて、おくびにも出さないが。

ぼくは数日前に、新しいモスクのことに気づいていた。キャンプに続々とモスクができていて、そのうちのひとつだ。トレーラーハウスを利用したモスクで、ぼくたちの小屋からそれほど遠くない。電気が通っていないから、お祈りを放送するラウドスピーカーもない。でも、ぼくは数回、お祈りの力強い声をもれ聞いたことがある。それを聞いて、何をかくそう、ホームシックになった。なつかしいと思ったのは、ボスラやダルアーではなく、村の暮らしだった。フォージアおばさんやマフムードおじさんはもちろんのこと、ジャービルにまで、ちょっぴり会いたくなった。

まわりを見て、父さんがなぜこのモスクを選んだのかわかった。ダルアーで見た顔がいくつか見えたから。みんな、父さんみたいに、政府の人という雰囲気だ。

床に敷きつめたカーペットの上で、ほかの人たちといっしょにリズムよく、立ったりひざまずいたりするのは、気分がいい。先生も気に入った。お説教は聞く気がしなかったけど。ぼくの頭の中は、バッテリーのプロジェクトを、どうやって進めるかで、いっぱいなのだ。

お祈りのあとは、昔と同じ光景。父さんは、ほかのおじさんたちと話をしようと、あとに残った。フアドとムサはまっすぐトレーラーハウスに帰ろうとしたが、ぼくはモスクの中をぶらついた。アブー・ラドワンがいないかキョロキョロ見まわしたが、いなかった。

外に出ると、すぐ近くに、十歳か十一歳くらいの悪ガキの一団がいた。ぼくの横で、ムサが体を固くする。悪ガキたちは、この前、ムサがトレーラーハウスから出たときに、ひどい言葉を投げつけ、たたきのめそうとしたヤツらだ。

「べつの道から帰ろうよ」フアドがぼくの袖を引っぱりながら、小声で言った。

でも、ぼくは気づいた。悪ガキたちは、ぼくたちをねらっているのではない。みんなが取り囲んでいるまんなかで、強そうな二人がののしりあっている。一人が突然、もう一人をつき飛ばしたのを潮に、なぐりあいが始まった。何がどうなっているのやら。ふと、なぐりあっている一人が、リアドだと気づいた。リアドは分が悪い。思いきり蹴とばされ、地面にたたきつけられた。すると、取り囲んでいた悪ガキたちが、犬の群れのようになだれこみ、どなったり、蹴ったり、ふみつけたり。

だれかがケガをするのではないかと、気が気じゃない。それがリアドのようないやなヤツだとしても、見たくない。カーッと怒りがこみあげ、気づいたときには、なぐりあいのまっただなかにいた。

ぼくは、ほかの子たちより二、三歳年上なので、もちろん体も大きい。でも、もしヤツらに、一団になってかかってやろうというセンスがあったら、ぼくはたちまちたおされ、めちゃくちゃ蹴とばされていただろう。

当然のことながら、ヤツらにそんなセンスはない。またたく間に追っぱらうことができて、ぼくはたおれているリアドを引っぱり起こした。リアドはブルブルふるえていた。あちこちにアザができ、目が早くも腫れあがっている。しかも大声で泣いている。大きくあえぎながらすすりあげて、急におさない子みたいになった。

ほかの子たちはまた、ぼくを取り囲み始めたが、モスクから男の人たちの大声が聞こえると、たちまち逃げ去った。ぼくはリアドの腕をつかみ、引きずるようにして、〈大通り〉をぼくたちのトレーラーハウスに向かった。リアドをつかまえておくのはたいへんだった。小柄なくせに力が強い。しかも、必死で逃げようとする。もう泣きやんでいた。

「放せよ！　痛いんだよ！」

「お礼を言ったら放してやる。礼儀正しく」

「何のお礼だよ？」

ぼくは蹴とばしてやりたくなった。

「おまえの命を救ってやったじゃないか。気づかなかったとか？」

リアドはチラリとぼくを見て、また目をふせた。

「ありがとう、オマル」

「いったい何があった？」

「べつに」

「それ、どういうこと、べつにって？」

リアドは、身をよじって逃れようとする。リアドのもう一方の腕をつかみ、ぼくのほうに向き直らせた。

「理由を言うまで、放さない」

リアドは、鼻をすすって、いじけたような顔をしている。ぼくは待った。

「いつまでも待つからな。何でけんかになった？」

一瞬、脛を蹴られるのではないかと思ったが、怒った目つきはすぐに消えた。

「あいつら、おれの仲間じゃない。あの大きい子、ムスタファってヤツ、おれのお金を盗った」

「どういうお金？　お金なんて持ってないだろう」

リアドは返事をしない。

「そのお金、どこで手に入れた？　言えよ。言わないんなら、あのミニ人殺し集団のところに、連れもどすぞ」

リアドはまた鼻をすすった。

「盗んだ」リアドが言った。小さい声だったので、聞きもらしそうだった。「母ちゃんの言いつけで。赤ん坊のためのお金が必要だからって」

ぼくは唖然として、思わずリアドの腕を放してしまった。でもリアドは逃げようとはしない。

「お母さんに、盗んで来いって言われたってこと？」

リアドは赤くなった。

「命令だって言うんだもん。食べ物を買わなくちゃなんないから」

「配給カード、もらってるだろ？　それを持って、配給センターに行けばいいのに。いろんなもん、もらえるのに」

リアドは首をすくめた。

「母ちゃんが、配給カードなくしたんだ。どういうもんか、わかんなくて。読めないから。母ちゃん、どうすればいいのか、わかんなかったんだ」

ぼくは、しなびたきたない顔を見おろし、思わず同情しそうになって、まずいと思った。

「手加減なんかしないぞ、この悪ガキ。やることなすこと、ムカつくことばっか。それに、仲間とグルになって、ムサをいじめてたよな」

リアドは、ハッとしたように見えた。だれかが自分を見ていてくれたなんて、びっくりしたという顔だ。

「うん、でも、あの人って……」

「ムサは天才だ」ぼくは断固とした声で言った。「おまえなんかより、何百万倍も、えらいんだぞ」

ぼくとリアドはじっと立ったままだ。リアドが目を落としている先は、泥だらけのビーチサンダルをつっかけた足。寒さで紫色に変色している。その横でぼくは、良心の声は聞くまいと、意地を張っていた。

やがて、ぼくはため息をついた。金曜日の礼拝に行ってきたばかりじゃないか。

「なんとかしなきゃな」とぼく。「ついて来な」

リアドはあとずさりした。

「おれを困らせる気だな。逮捕させるのかよ」

「考えがある」ぼくは、まじめな声で言った。「お母さんの配給カードのこと、手伝ってやる。どうやって配給をもらうのか、教えてやる。ただし、また盗みを働くようなら……」

「もうやんないよ。こわいもん」

「そんなら、ついてこい。こなくてもいい。おまえの自由」ぼくは先に立って歩き始めた。気持ちの半分は、ついてこなければいいと思いながら。

ついてきた。

ずらりと並んだトレーラーハウスの間をぬけたところで、少年が一人、かけよってきた。

「ヘイ、リアド、ムスタファの仲間につかまっただろ？」

リアドは、いつものいばったような、いいかげんな態度をとった。

「うん。でも、追っぱらった、よね？」

「ぼくが、たっぷり助けてやったからな」不機嫌な声でぼくが言った。

「こいつ、だれ？」少年が聞いた。

「親戚の兄ちゃん」リアドがスラスラと嘘を言った。

「そうなんだ」少年がものめずらしそうに、ぼくを見た。「とにかく、おまえに言いに来た。ムスタファのギャング、おれたちの縄張りから追い出したから。これからシャンゼリゼに行くんだ。いっしょに来いよ」

「行かない」リアドがぼくをチラッと見た。「ビジネスがあってね。親戚の兄ちゃんと」

このビジネスという言葉のおかげで——ぼくのビジネスプランの大きな欠陥を乗り越える、ビッグアイディアが浮かんだ。少年が行ってしまうのを見とどけてから、リアドの関心をこっちに引きもどした。

「取り引きしよう。おまえを助けてやるかわりに、ぼくの手伝いをしてくれ」

リアドは、警戒する目でぼくを見返した。

「手伝い？　何すんの？」

「ぼくは、ビジネスを始める。バッテリーを売るビジネス」大きな声で言ったので、もったいぶって聞こえた。「そいで、おまえたちチビッ子と、もめ事を起こしたくないんだ。お客さんに、ちょっかいを出したり、盗んだり、ひったくったり、悪口を言ったりされちゃ困る」

リアドは目を細めた。

「そいで、おれに何くれんの？」

ぼくはイライラして首をふった。

「命が助かっただろ。ぼくがたった今、助けてやったろうが。それにこれから、おまえのお母さんと妹たちのために、問題を解決してやるんだぞ」

ぼくたちは歩き、リアドはだまって考えている。やがて、ぼくたちのトレーラーハウスが見えてきた。

「わかった」リアドが言った。「いいよ」

リアドの笑顔をはじめて見た。

トレーラーハウスのドアのところで、ムサとファドが待っていた。

「話してたヤツ、リアドじゃないか?」ムサが言った。「おまえ、あのチビに、手を焼いてるんだと思ってた」

「いろいろあってね。あいつ、もう、ぼくたちを困らせたりしないよ」ぼくは、二人をおしのけて、トレーラーハウスに入った。「これ、肉のにおいじゃない? また、金曜日のまともなランチ、食べられるようになったとか?」

それがまともなランチだったらよかったのだが。というか、ふつうのランチだったらよかった、金曜日だろうがなかろうが。

実際は、最悪のランチだった。

父さんが、いつもとはちがって、なかなかモスクから帰ってこなかった。

「父さんを探してきて、オマル」母さんがしびれを切らして言った。「何かあったのかもしれない。そんな気がする」

ぼくは、おなかがすいてたまらないのをまぎらわそうと、ムサの肩越しに、ラップトップでニュースを見ているところだった。ぼくはあわてて立ちあがったが、トレーラーハウスのドアのところまで行かないうちに、父さんが飛びこんできた。

怒りで青ざめ、細い顔の上で、目をギラギラさせている。父さんは、部屋を大股で横切り、ムサを引っぱって立ちあがらせ、顔をひっぱたいた。ムサはバランスをくずし、ぼくのほうにたおれこんだ。父さんは、また手をあげて、ムサをたたこうとしている。

「ハミド！　何するの？　やめて！」母さんが悲鳴をあげた。

ぼくは両腕をムサの前に広げ、父さんをはばんだ。

「じゃまするな！」父さんが叫んだ。怒りで顔がゆがんでいる。「殺してやる、このヘビ野郎！　何もかもムサのせいだ！」

父さんがぼくの腕に爪を立てた。

「ムサが何をしたっていうの？」母さんは半狂乱になっている。「ハミド！　気が狂ったの？」

「こいつがやらかしたことを、教えてやる！　家族を裏切った。おれを裏切った！　我々がこんな地獄で暮らしているのは、こいつのせいだ！」

それで、何が起きたのかわかった。ムサもわかったにちがいない。その瞬間、この家族はもう二度ともとの家族にはもどれないと、悟ったような気がする。

父さんが怒り狂っているので、事の顚末を聞き出すのには少し時間がかかった。毎日、キャンプになだれこんでくるおおぜいの人たちの中に、ダルアーの農業省に勤めていた人がいたのだ。父さんにシリアを離れるように電話してきた人だ。そもそも、その電話の内容にまちがいがあったようだ。あまりにもおびえていて、きちんと伝えることができなかったのか、パニックになった父さんが、早とちりしたのか。とにかく、その金曜日の朝、お祈りのあとで二人は用心しながらあいさつをかわした。ここヨルダンでも、だれが聞いているかわからないから。話し始めて間もなく、父さんは、疑われていたのは自分ではなく、ムサだったことを知った。

母さんとぼくが止めに入らなかったら、父さんはムサをなぐって半殺しにしていたのではないだろうか。父さんはようやくあきらめ、マットレスの上にくずれるように座りこんだ。疲れ切った顔をしている。

「父さん……」ムサがおずおずと口を開いた。

父さんは腕をあげ、ふるえる手でムサを指さした。

「おれに二度と話しかけるな。おまえは、おれの息子ではない。勘当だ、役立たずで能なしの身障者め」

ムサは、父さんの指に突き刺されたとでもいうように、たじろいだ。

「父さん」ぼくはショックのあまり、必要以上に大声で言った。「どうしてそんな――」

父さんは、真っ赤な目をぼくに向けた。

「おまえも、グルだろうが？　自分の国を陥れようと画策しやがって！　おまえたちのせいで、この家族がどうなった？　地獄につき落とされた！」

「そんな言い方はないだろう！」ぼくは、自分が父さんに怒りをぶつけているなんて、信じられなかった。「もしあのまま村に住んでたら、爆撃されてた、おじさんみたいに――」

父さんはぼくをにらんだ。よく見えないと言わんばかりにじっと。

「何も知らんくせに、この愚か者、能なしのろくでなし」

父さんは、ぼくのこと、そんなふうに思ってたのか。心の中の風船が、急にしぼんだ。

「父さん、お願い」エマンが静かに言った。「オマルはただ――」

父さんはエマンに向き直った。

「おまえもだ！　反抗しやがって！　せっかく見つけてやった結婚相手を拒んだりして！」

父さんはよろめきながら立ちあがった。

「こんなヘビの巣には住んでいられん。ダルアーにもどる。汚名をそそぎ、ムサと反逆者の関係をたち切り、ビラルを見つけ出して、結婚式を滞りなくあげさせる。見ているがいい。今にわかる」

父さんがシリアに帰るのを、みんなでもっと強く止めていたら、父さんはあきらめただろうか。それはわからない。でも、そうしておけばよかったと思う。

その日はそのあと、ひどいものになった。父さんは、いきり立ったままで、半分、気が狂ったように見えた。母さんは泣きっぱなし。ムサは傷ついた犬のように神経をピリピリさせ、エマンはビラルのことを持ち出されて青くなっている。ナディアまで、ぐずってメソメソする始末。ぼくも、父さんの言葉がぐさりと胸にささり、しょげかえっていた。

「愚か者」なんて言われた。「能なしのろくでなし」とも。

その日はずっと、怒りと罪悪感にさいなまれながら過ごした。母さんは取り乱していた。父さんに懇願したり、泣いたり、しがみついたり。そうかと思うと、この人を止めてくださいと大きな声で神さまにお願いした。父さんは母さんに、静かにしろとどなったあと、キャンプを出る〈算段〉をつけに、飛び出していった。

家族はみんな、父さんがまさか本当に戦争のまっただなかに帰っていくとは思っていなかったが、二日後、母さんとぼくは、シリアに帰る父さんが乗るバスのかたわらに立っていた。エマンとムサとファドも見送りに行きたいと言ったが、父さんが、そっけなく、トレーラーハウスに残っていろと命じた。でも、バスが出発する時刻が迫ってくると、父さんの怒りは静まったように見えた。うれしそうな顔にも見えた。

「こうするのがいちばんいいんだよ、レイラ」父さんが母さんに言った。「ここにいても、おまえや子どもたちをささえてやれないからね。少なくとも、また給料はもらえる。ビラルとのことも段取りをつける。もう、わたしの力ではエマンを守ってやれんから。エマンのためには、この結婚が唯一、残された道だ。エマンも、いずれ納得するだろう。神さまがお望みなら、戦争も間もなく終わる。そうしたら、おまえたちをむかえに来て、故郷に連れ帰るさ」

ぼくたちのまわりには、おおぜいの人がむらがって、キャンプの生活に耐えきれなくなった人たちに、心配そうに別れの言葉を告げている。でも母さんはひと言も言葉を発することなく、絶望した大きな目で父さんを見つめている。涙が頬をつたうに任せて。

父さんはふり返って、ぼくを見た。

「おまえに任せたぞ、オマル。母さんの力になってくれ。エマンと小さい子たちのめんどうも見てくれよ」

「父さん」ぼくは思わず口走った。「ムサを責めないでよ。ムサは――」

父さんはおされて、バスのほうに向かいかけている。

「あいつは、道をふみはずした」父さんが答えた。「あいつを堕落させたヤツを、見つけ出してやる」

「ハミド！」母さんが突然叫んだ。「神さまが守ってくださいますように！」

「おまえもな」父さんが大きな声で答えた。

それから父さんは、あとからくるおおぜいの人たちにおされながらバスに乗りこみ、見えなくなった。

第5章

18

きびしくて重苦しい父さんがトレーラーハウスからいなくなったら、せいせいするだろうと思っていたが、本当にいなくなって数日すると、父さんが、どんなにたくさんのことをしてくれていたか、わかった。キャンプを管理している人たちと折りあいをつけるのは、今ではぼくの役目になった。配給の日に必要なものを手に入れるために、行列という行列に並ばなければならない。フアドが遅刻しないで学校に行っているか、母さんとエマンが自分たちだけでトレーラーハウスの外に出るようなことがあれば、だいじょうぶだろうかと心配するのも、ぼくの役目だ。ムサにたよれないのはわかっている。ムサもエマンと同じように、乱暴な子どもたちの群れに恐れをなして、閉じこもっている。それでなくても、父さんの怒りと容赦ない言葉のせいで、半病人のようになっているのだ。

また冬がめぐってきた。日によっては、水たまりに薄氷が張っていたり、トレーラーハウスの外の砂利道が霜で光っていたりする。ぼくは、ふりかかってきた責任におしつぶされそうな気がしていた。何をすればいいか、母さんが言いつけてくれればいいのだが、母さんは、そんなことわかっているでしょうといわんばかりだ。いずれにしても、母さんはナディアにかかりきり。ナディアがまた、体調をくずしているのだ。

「ねえ」母さんは、しょっちゅうエマンに言う。「ナディア、元気がないわよね？　青い顔して、ほとんど食べないし。小さな手にさわってみてよ。氷みたい！」

ぼくがめんどうを見なければならないのは、うちの家族だけではない。リアドとの約束は忘れかけていたが、父さんが行ってしまった翌日、トレーラーハウスの外に出てみると、リアドがぼくを待っていた。乱暴な仲間を引きつれて。

「あとでな」トレーラーハウスの中に逃げ帰りたいのをがまんして言った。「ファドを学校に送っていかなくちゃなんないから」

リアドが腕組みをし、ほかの子たちが一歩前に出た。

「あとじゃだめ」リアドが言った。「今すぐ。うちに食べる物がないんだよ」

ぼくは愚か者で、能なしのろくでなしかもしれないが、いざとなれば、ロケット開発でノーベル賞を取った科学者みたいに、思慮深くなれる。

「わかった」ぼくは、リアドの仲間の中のいちばん大きい二人を指さした。「おまえ、それからおまえ。こっちに来て。名前は？　いや、言わなくていい。〈タイガー〉と〈イーグル〉って呼ぶから」

少年たちは顔を見あわせている。いちばん大きい子が、口を動かして〈タイガー〉と言ってみている。

「ムサ、出て来られる？」ぼくは肩越しに大きい声で呼んだ。「ファドを学校に連れてってくんない？」

ムサがトレーラーハウスのドアのところに出てきた。目を走らせて、様子を見てとった。

「そういうことか」ムサはさらりと言った。本当はこわくて体をこわばらせているのだが、そんなそぶりはみじんも見せない。このキャンプに着いたその日から、悩まされているいじめっ子たちなのに。

ぼくは、タイガーとイーグルを前に引っぱり出し、ムサの正面に立たせた。

「こいつらは、ムサのガードマンだ」とぼく。少年たちがギクリとしたのは無視。「もしめんどうなことを起こしたら、ほんのちょっとでも見くだすような態度をとったら、ひと言でも不適切な言葉を発したら、ぼくがみずから、おまえたちをとっちめる。覚悟しておけ」

こういうおどしがきくかどうか……。まずったかもしれないという思いが、心の中で渦巻いた。タイガーがニヤニヤしている。イーグルはからかうように首をふった。するとリアドがぴしゃりと言った。

「おれの従兄の言葉、聞いたよね。ムサとファドは、今から家族だから」

ぼくはくちびるをかみながら、ムサがファドとしっかり手をつないで、足を引きずりながら歩いていくのを見つめた。ぼくは兄弟に何ということをしてしまったんだろう。

でも、心配しているひまはなかった。ほかの少年たちが、まわりに集まっている。

「ぼくにも名前つけてくれる？」小さい子が言った。はだしの足が寒さで紫色になっている。足の裏が凍った地面にペッタリつかないように、足を丸めて立っている。

「うーん……ちょっとばかし危険な顔してるから。サソリだな」

「じゃあ、ぼくは？」

「おれは？」

「そんじゃ、おれは？」

「ウルフ。ライオン。それから、うーん、レイヨウ」

「レイヨウなんて、やだ」

「そんなら、コブラ。それでいい？　いいね、動物たち」

「動物たちなんて、呼ばないでよ！」ウルフが文句を言った。

「わかったわかった」ぼくは頭をかいた。「こうしよう。今から、おまえたちは警備隊だ。いいかい？」

「やったー、おれたち、フーリガンだ！」小さいコブラが叫んだ。「フーリガンて、かっこいい！」

リアドが少年たちを追いやった。

「オマル——母ちゃんが」

「わかった。行こう」

というわけで、思いがけず、ぼくはフーリガンのビッグダディーにおさまった。父親のいないチビッ子たちの親分。

寒い冬だった。寒くて、みすぼらしくて、ひもじかった冬。シリアからは連日、おおぜいの人がやってきた。数キロしか離れていない国境から、つぎつぎにバスやトラックが到着する。キャンプはみるみる大きくなって、砂漠にまで広がり、新しいトレーラーハウスがどんどん運ばれてくる。そのトレーラーハウスが何キロも先まで列をなして並べられていく。

キャンプに住んでいる人たちの大部分は、死にそうにたいくつしてるように見える。でもぼくは、一日じゅういそがしい。罰当たりかもしれないし、本当によくないことだと思うが、正直言って、父さんがいなくなって一週間もすると、父さんがいてくれたらなんて、思わなくなった。母さんのところには、しょっちゅうメールがとどくので、父さんが無事なのはわかる。ぼくは、父さんのことは考えないことにした。自分できめて、自分で物事を片づけていくのにも、慣れてきた。

ムサがいなかったら、ぼくはたぶん、テングになったと思う。ムサは、どういう手を使ったのか、あの日以来、フーリガンたちを意のままに動かしている。ファドを学校に送っていくときは、フーリガン全員がついていく。一方のリアドは忠実(ちゅうじつ)な犬のように、ぼくにつきまとっている。子どもたちはまたたく間に、ムサのモゴモゴいう言葉を理解(りかい)するようになり、ムサは、ぼくがつけたニックネームの動物たちを登場させながら、物語を話して聞かせている。ムサのまわりに集まった子どもたちが、もっともっとと、お話をせがむ。

ぼくは、はっきり言って、ちょっと仲間はずれ。あの子たちを手なずけたのはこのぼくで、あの子たちは、それでいい思いをしたんじゃなかったっけ？　当然、ミスター・チャーミングは、ぼくのはず。でも、そんなことは気にしない。ガードマンがついて、ムサはついに、自由に出歩くことができるようになった。母さんも、あの子たちがつきそってくれるならと、エマンを外出させるようになった。エマンは大喜びで学校に行き、先生たちと話をしたり、授業(じゅぎょう)の様子を見たり。子どもたちは、なかなかいうことを聞かないらしい。中には、学校に行ったことのない子もいる。みんな何か月も授業を受けていない。悲惨(ひさん)な場面も見ている。そしてとにかく、いつもどこかでいたずらをしている。

父さんが出ていき、ウンム・リアドがなくした配給カードを取りもどしてやり、そのせいで配給を取りに行って運んでくる仕事がふえた。アブー・ラドワンに会いにシャンゼリゼに行く時間が見つかったのは、五日もたってからだった。というわけで、アブー・ラドワンは、ぼくが行っても、うれしそうな顔はしなかった。ちょっと目をあげ、ぼくだとわかったのに、カウンターに目をもどし、こんがらがっている電線をほどく仕事を続けている。

「何してた？　取りきめをしたはずだが。おまえのために仕入れたバッテリーは、もう売っちまったよ」

がっかりして、心臓（しんぞう）が止まりそうになった。

「ねえ、お願い、アブー・ラドワン。来られなかったんだ。父さんが……父さんがね、家で口論になって、シリアに帰っちゃったんだ」

アブー・ラドワンの動きが止まった。やっと目をあげ、ぼくを見てくれた。

「父さんがどうしたって？」

「ダルアーにもどったんだ。働いてる――前は政府の仕事してた」

「そうだってな」アブー・ラドワンの口ぶりはそっけない。

「汚名（おめい）をそそいでくるって」

ぼくは口をつぐんだ。ちょっと言い過（いす）ぎた。

アブー・ラドワンはだまっている。

「それに、リアドって子のこともあったし」ぼくは仕方なく続けた。「お父さんが死んじゃって、お母さんだけなんだ。そのお母さんが、配給カードをなくしちゃってね。新しいのをもらえるように手伝ってやったんだ」

「そうだったのかい？」

「その上、母さんの言いつけも、やんなくちゃなんないし。トレーラーハウスの中では、姉さんが母さんを手伝ってるんだけど、ちっちゃい妹の具合が悪くて、でも姉ちゃんは外に出られないし、兄ちゃんも、あんまり手伝えないし。兄ちゃんは身障者だから」

「ほかにも言いわけがあるのかい、それとも、ぜんぶ吐き出したか？」

ぼくは、怒りで顔がカッと熱くなった。

「言いわけなんかじゃない！　本当のことを言っただけ！」

アブー・ラドワンが、やっと笑顔になった。

「落ち着け、オマル。怒った犬がほえてるみたいだぞ。信じてやるよ」アブー・ラドワンは、カウンターの下に手を入れて、バッテリーの箱を取り出した。「おまえのために仕入れた箱は、おれが全部売っちまったがね。念のため、もうひと箱買っておいた。あっちに行って、売ってみるかい？」

ほっとして大きく息を吐いたもんで、カウンターの上の書類の束が、吹っ飛んでしまった。

ぼくは手をのばして、箱を受け取ろうとした。すると、アブー・ラドワンが箱をひっこめた。

「おい、あわてるな。まだ契約がまとまってないぞ」

＊

アブー・ラドワンと仕事ができたのは、ラッキーだった。すごくいい契約を結んでくれた。世界を征服したような気分で、バッテリーの箱をバッグにおしこみ、意気揚々とトレーラーハウスに帰った。買ってくれる人ならいくらでもいるという、ぼくの判断も正しかった。最初に持っていったバッテリーは、真っ昼間の太陽にさらされた氷が溶けるように、あっという間に消えていった。母さんの手に、もうけたお金をおしこみながら、ぼくは何でもないことのように、言った。

「神さまからの贈り物だよ、母さん」そのときのぼくの笑顔といったら、ほっぺたが裂けるんじゃないかと思った。

「こんなお金、どこで手に入れたの？」母さんは、にこりともしないで、ぼくを見あげた。疑っているのだ。

「もうけたにきまってるじゃん」ぼくはえらそうに言った。「自分でビジネスを始めたのさ」

それからがすごかった。説明を聞き終えると、母さんはほんとに涙をいっぱいためて、喜びまくった。

「すばらしい息子だわ、オマル！　アッラーからの贈り物！」でもそれは、母さんのため息で台なしになった。「どうして、こんなことになっちゃったのかしらねえ？　息子がよりによって行商人になるなんて。あんたは、学校に行くべきなのに！」

エマンが、ぼくの表情を見て、あわてて言った。

「そのうち学校に行けるようになるわよ、母さん。ほら、新鮮な野菜が買えるじゃない。たぶんリンゴも！　あんたには、おそれいったわ、オマル、本当に」

母さんだって、今にわかってくれるさ、と思いながら、ぼくは新しいバッテリーの箱をもらいに、またシャンゼリゼに向かった。もう学校に行く必要なんてない。

＊

それからの二、三週間というもの、ぼくはキャンプの家のそばで、いっぱしのバッテリー王だった。フーリガンたちがしっかり役目を果たし、ぼくが安全に仕事ができるように、目を光らせてくれた。しばらくすると、少年たちはだんだん姿を現さなくなったが、そのころには、ぼくも自信をつけ、商売は順調、と思えるまでになった。

こうした天にものぼる心地の日々は、凍りつくような月曜日の朝に終わった。ぼくはいつものように、トレーラーハウスの間を、

「バッテリー！　バッテリー！　五個買ったら一個おまけだよ！」と大声をあげながら歩きまわっていると、一瞬、こだまが聞こえたような気がした。

「バッテリー！　バッテリー！」

見まわして、ギョッとした。こだまなんかじゃない。これはまずい。

ぼくは、角を曲がった。ムスタファだ。あのライバルグループの、いばったヤツ。リアドをたたきのめそうとしたヤツが、ぼくのいつものお客さんに、バッテリー二個を売っている。

ぼくはわめきながら突進した。ムスタファはすばやく身をかわし、大声で言った。

「つかまえてみろやい、従兄のオマル！」

ムスタファは、トレーラーハウスにまぎれて姿を消した。

ムスタファのバッテリーを買った女の人が、ダメダメというように、ぼくに向かって指を動かした。

「けんかなんて、するんじゃないよ。あんただけの場所じゃないんだからね」

それにしても、フーリガンはどうした？　ぼくのガードマンは、最近どこに行っちまったのか？――答えはこうだ。ぼくの大切な兄ちゃんのムサが、裏切り者のエマンにせっつかれて、あの子たちをうまくけしかけ、学校に通わせ始めたのだ。二人は、あのチビモンスターどもを、一人ずつ説得して、入学手続きを取らせている。そういうわけで、ヤツらはぼくのガードマンをするかわりに、教室に座って、ひどい英語で「あなたの名前は？　ぼくの名前はアリ／マーヒル／アハメドです」なんて練習しているか、ムサにまとわりついて、他愛もない新しいお話をせがんでいるのだ。

その日の売り上げは、いつもの半分以下だった。バッテリーを補充するため、シャンゼリぜにもどるときに、道ばたの石を蹴りまくったせいで、足が痛くてたまらない。さらに悪いことに、どんな目にあったか話したら、アブー・ラドワンに笑われた。

「そんな顔するな、オマル」アブー・ラドワンが言った。「ビジネスというのは、そういうもんだ。おいおい、やだね、聞かれる前に言っておくが、そいつにバッテリーを売ったのは、おれじゃないぞ。おまえがやるべきことは、またすばらしいアイディアを考え出すことさ」

ぼくは口をポカンとあけて、アブー・ラドワンを見つめた。脳ミソを扇風機のようにクルクルまわしながら。

「シムカード……」ぼくは思いつくままを口にした。「カンテラ……うーん、えーと……」

アブー・ラドワンは答えずに、考えこみながら、ぼくを見つめている。

「もっといいことを思いついたぞ」しばらくして、アブー・ラドワンが言った。「午後になったら、またおいで。おまえに向いたものがあるかもしれん」

こうして、ぼくは社会に出た。路上の売り子だったぼくが、ダンボールに入ったバッテリーを安売りするようになり、それから電気工の見習いになったというわけだ。

アブー・ラドワンは、キャンプの子ならだれでも飛びつくようなチャンスを、ぼくにあたえてくれた。とはいえ、がむしゃらに働くことになった。最初のうち、アブー・ラドワンは、ぼくを牧羊犬のようにこき使った。お客のところに部品を持っていって発電機を取りつける、電線につなげる、アブー・ラドワンが苦労してキャンプに持ちこんだものを、注文主にとどけるなど。その上、アブー・ラドワンが留守のときは、店をあずかることもあった。

最初、ぼくがいなくて母さんはやっていけるのか心配だったが、それはほぼ問題なかった。ムサとエマンがフーリガンにたよられる存在になっていたのは、かえってありがたい。朝、フーリガンは、ムサとエマンにつきそわれて配給センターに行き、自分たちの家族の配給をもらってくる。もらった物や数にまちがいがあると、フーリガンたちがえらい人相手に交渉するのを、ムサが助けてやる。

そういうわけで、今では家族全員、たいして守ってもらわなくても暮らしていける。冬が居座っているあいだに、ヨルダンの警官がキャンプに姿を見せるようになった。毎日、まだおおぜいの人がシリアからキャンプになだれこんでくるが、前のように、めちゃくちゃな行動をとることもない。悪ガキ集団や、羽目をはずすティーンエイジャーも、警官の取りしまりのおかげで、少しずつおとなしくなっている。

電気工というのは、とても骨の折れる仕事だ。慎重に、整然と仕事をしなければならない。まちがえると、ヒューズが飛んだり停電したり、自分が感電することもある。

最初は店の奥で、アブー・ラドワンの指示を思い出しながら、こわれたヒーターを修理したり、ライトの付属品を直したりと、一心不乱だった。でもしばらくすると、カウンターでひっきりなしにかわされる会話を聞く余裕も出た。
やってくるお客の話はたいてい、当たり前だが、シリアのことだ。でも悪いニュースばっか。聞きたくなかった。もしかして、父さんの名前が飛び出して、父さんの身の上に何か恐ろしいことが起きたことを知っちまうんじゃないか。それがいちばん心配だった。

「みんな、一か月か二か月で終わると思ってたよな！」ある人が言っているのを耳にした。

「少なくとも、まだ一年はかかる」

「二年だな」べつの人が言った。

「二年だと？　五年だろうが！」べつの人が加わった。「きちんと向きあおうや。シリアにはもどれん、すぐには。もしかしたら永久に。金さえあれば、家族をヨーロッパに行かせるんだが。ドイツに従兄がいるんだ。向こうには仕事がある。ここじゃ、何もない。なーんにも」

ヨーロッパの話が出て、ぼくは耳をそばだてた。ぼくにとってのヨーロッパは、ノルウェー。ノルウェーといえばラソール。でもラソールからは、もう何か月もメールが来てない。母さんのところには、ときどき携帯メールがくる。最後のメールには、こんなことが書いてあった。

〈オスロのカフェで働きはじめました。ここの物価がどんなに高いか、想像もつかないでしょう。子どもたちによろしく〉

ぼくへの伝言は、何もなかった。店を出す話もなし。ぼくはさっきからずっと、ヒーターのスイッチの修理に取り組んでいるが、思わず手が止まった。はじめて、現実に向きあった。

ずっと前から、心のすみではわかっていたが。

ラソールと店を出すというぼくの夢は、ただの――夢。実現することなんて、けっしてない。

ラソールがボスラで言ったことはみんな、ただのお愛想だよ。ぼくは自分に言い聞かせた。

ぼくみたいな子どもに、責任のある仕事をさせるわけないじゃん。英語もしゃべれないし、ノルウェー語だかなんだか、向こうの言葉もちんぷんかんぷんだし。

ぼくはずっと、夢だけは持ち続けようって努力してきたけど、もうあきらめるしかない。

くせもののスイッチの修理にもどったが、涙で手もとがぼやけ、さっぱりうまくいかない。

トレーラーハウスにもどっても、待っているのは暗い会話ばかり。父さんがいたころは、みんな自分の考えをあまり口にしなかったが、父さんがいなくなった今は、エマンとムサがしょっちゅう愚痴をこぼす。エマンは学校で過ごす時間がどんどん長くなっている。フアドを送ったあと、たのまれるままに、先生たちの手伝いをしている。

「今日はまた一人、退学した子がいるの」ある晩、エマンが母さんに言った。ぼくたちは、みんなで車座になって、夕食をとっていた。（ラムのシチューとニンジンのつけあわせで、これは、エッヘン、何をかくそう、ぼくがアブー・ラドワンのところでかせいだお金で買ったんだ。）

「かわいそうね」母さんが心ここにあらずという調子で言った。母さんはさっきからシチューをスプーンでナディアの口に持っていくが、ナディアは口をキュッと結んで顔をそむける。

「マーヒルのこと？」ファドが聞いた。「あの子って、やだ」

「食べながら話すもんじゃありません」母さんのいつもの小言が出た。

「あの家族、やっとの思いでキャンプから出られることになったの。農村で暮らすんですってよ」エマンはうらやましそうだ。

「たよれる父親がいる家族なら、けっこうなことでしょうよ」母さんが苦々しい声で言った。

「お金をかせげるもの、だから出ていったの」とエマン。「子どもたちを、畑で働かせるんでしょうね」

ぼくの横で、ファドが体をこわばらせたのがわかった。見ると、心配そうな顔をしている。

「食べ物も買えないほどの低賃金でね」ムサが小ばかにしたように言った。「いずれにしても、法律違反。ヨルダン人に見つかったら、シリアに送り返される」

エマンが肩をすくめた。

「だから何よ？　どこであれ、こんなところで忘れ去られて暮らすより、ましじゃないの！あたしたち、何を期待してきたわけ？　何もないじゃない。ムサもあたしも学校に行けない。仕事もない」

「ちょっと待った！」ぼくが異議を唱えた。

エマンが手をふって、ぼくの言葉をはねつけた。

「あんたは幸運だったのよ」

「幸運？」もう少しでシチューが喉につまりそうになった。「幸運だって？　てことは、ぼくがバッテリーのことを思いついたのも、ただ幸運だったから？　アブー・ラドワンに気に入られて、仕事をさせてもらってるのも、幸運ってわけ？」

「しゃべるな、オマル」ムサが喉を鳴らしながら言った。「続けて、エマン」

エマンがため息をついた。

「どうしようもないって気がする、それだけ。みんな、監獄に閉じこめられてるようなもんでしょ。希望のかけらもない場所ですもの。しかも、永久にここから出られないかも」

エマンは声をふるわせ、顔をそむけた。

「おまえは、働き続けろよな、オマル」雰囲気を明るくしようとするムサの試み。「じゅうぶんかせいで、おれたちみんなを、密航船でヨーロッパに連れてってくれ」

母さんは、ムサのじょうだんを真に受けた。

「バカなこと言わないでよ、お兄ちゃん。ヨーロッパに行くには、莫大なお金がかかるのよ。みんな溺れてもいいの？　トラックの荷台で窒息してもいいって言うの？　どっちにしてもそんなことする必要ないわ。父さんが、もうすぐもどってくるんだから。父さんなら、どうするのがいちばんいいか、わかるはず」

ムサとぼくは、顔を見あわせた。

ムサはバカじゃないさ。きっと、ヨーロッパに行くことを考えてるはず。ラソールとノルウェーで働くのは、たしかにぼくの夢（ゆめ）だった。でも、家族みんなでヨーロッパに行くというのは、考えるだけで、ゾッとするほどこわい。

そんなことにならないのがいちばん。ぼくは、身ぶるいした。そして、ファドをおしのけて、ラム肉のシチューを少しだけ、おかわりした。

19

母さんが父さんのことであわてはじめたとき、ぼくは耳を貸さなかった。一週間経っても、父さんから携帯にメールがとどかないという。二週間が経った。それから三週間。

「だいじょうぶだって、母さん」エマンはそう言い続けた。「ダルアーがどんな様子か、わかってるでしょ。電気が通ってないんですもの。携帯の電波だってとどかなくなるわ。父さんはメールを送れないだけよ」

「何かあったのよ！」母さんが言い返す。胸に手を当てて、「ここで感じるの」と言う。

「悪いことが起きていたら、知らせが来るはず」ムサが口をはさむ。「だれかが知らせてくれる」

ムサが言うとおりだろう。というものの、一か月もたつと、さすがに心配になった。これまでずっと、物事をきめるのは父さんだった。小さいことも。エマンのヒジャブの色まで。お金をかせいでぼくたちを養ってくれたのも、書類を作って交渉するのも、配給カードや、許可証や証明書をもらうのも、みんな父さんだった。父さんが出ていってからは、ぼくがなんとか代理を務めてきたが、父さんがこれから先ずっといないなんてことは、想像もできない。

仕事でも心配なことが起きていた。アブー・ラドワンが店にいない時間が、どんどん長くなっている。背の高いこわい顔の男の人が、たびたび訪ねてくる。何かを買うわけでもなく、カウンター越しにヒソヒソと話をしていく。いちばんの変化は、仕入れの品物がとどかなくなり、在庫がどんどん少なくなっていること。

「もっと携帯電話が必要だよ」ある朝、アブー・ラドワンに言った。品物が足りなくて、お客さん二人に帰ってもらう羽目になったからだ。「新しいのは、いつとどくの？」

アブー・ラドワンは何も答えない。目をあげて、アブー・ラドワンの顔を見て、心臓が一瞬、止まった。

「あのなあ、オマル」アブー・ラドワンが、ようやく口を開いた。「もう何もとどかん。店を売っちまったから。従兄がドバイで、電気製品の店を出してね。いっしょにやろうって」

ぼくは、アブー・ラドワンの顔を、物も言わずに見つめるしかなかった。

「アブー・マーヒルが買い取ってくれる」アブー・ラドワンは、ぼくと目をあわせないようにしながら話している。「茶色のジャケットを着た、あのでかいヤツ。おまえをやとってくれとたのんだがね、あいつには息子が何人もいるんだって。よその子をやとう必要はないってさ」

「つまり」ぼくはようやく口を開いた。「ぼくはクビ？」

その言葉に、アブー・ラドワンは舌打ちした。

「どうしようもなかったんだ、オマル。今月の終わりまではここにいる。それまでは、おまえもここで働けるさ。おまえは、頭のいい子だからな。だれかがやとってくれるだろうよ。おれも、まわりに声をかけてみる。おい、そんな顔するなって。世界が終わったわけじゃなし」

ぼくは、泣きそうになりながら、よろよろと〈我が家〉に帰った。その朝にかぎって、ぼくたちのトレーラーハウスに街灯から電線を引けたらな、なんて夢のようなことを考えていた。ぼくがパッと明かりをつけたときの、母さんの顔が見えるようだ。アブー・ラドワンに古いテレビをゆずってほしいと申し出てみようとも思ってた。またマンガを見られたら、ファドは（何をかくそう、ぼくだって）どんなに喜ぶことか。

そういうことはみーんな、終わっちまった。

どうして、何もかもうまくいかないんだろう？　みじめな気持ちで思った。それがいつも、このぼくに起きるのはなぜ？

その日の夕食は、ほとんど口にできなかった。ムサはまた、シリアの戦闘について、あれこれわめき、エマンは学校で仕入れてきた、つまらないうわさ話を披露し、ファドは宿題のことでブツブツ言っている。ナディアは一人おとなしいが、最近は、いつもこんなふうだ。

みんなには話せない。ぼくはお皿をおしのけながら思った。負け犬だって思われちゃう。

あれこれ悩んでいるところに、母さんの声が割って入った。

「オマル、あのねえ」母さんが言った。「アブー・ラドワンに、お給料の引き上げ、たのめない？　ナディアに上着を買ってやらないと。こんな天気だもの——」

「引き上げ？　それどころか、母さん、ぼく、解雇されたんだ！」思わず口から出た。「何もかもおしまい！　もうかせげない。ぼくは、ただの役立たず、愚か者、能なし」

　母さんは、頬に手を当てた。

「あら、いやだ！　オマル、何をしでかしたの？　アブー・ラドワンは、ちょっとやそっとのことでは——」

「何もしてないよ！」ぼくは叫んだ。「アブー・ラドワンが店を売っちゃったんだ！　ドバイに引っ越すんだって！　どうして母さんはいつもいつも、ぼくのせいにするの？」

「あらら、ぼうや」母さんが来て、ぼくの横に座った。「ごめんなさい。知らなかったの」

母さんが腕をまわしてぼくをだいた。ぼくは母さんをおしのけたかったが、ほっこりとした腕の中で、なつかしい母さんのにおいをかいだら、もうたまらなくなった。母さんに体をあずけて、こらえきれずに泣きじゃくった。

　すると、ナディアの手が、ぼくの足に触れた。

「どうして泣いちゃったの、オマル？」

「それはだな、こいつ、役立たずで能なしで、秀才でおバカで、無知な天才だからさ」とムサが言った。

「ちがうもん！」ナディアが、猛然と頭をふった。「オマルだもん。あたしの兄ちゃんだもん」

「ぼくの兄ちゃんだもん」ファドが大きな声で言った。

「あたしの弟でもある」エマンが加わった。

「よく考えてみたら、ぼくの弟でもあるな」とムサ。「当然のことながら、ぼくのほうが何千倍もハンサムだけど。そういうことで、エマンが学校からケーキを持ち帰った理由を話して、いちばん大きいところをオマルに食べさせてやったらどう？」

翌朝、目を覚まし、今日は金曜日だと気づいたときは、うれしかった。休みの日だ。土曜日にシャンゼリゼに行く前に、気分を落ち着かせることができる。

父さんが出ていったあと、ぼくたちは金曜日の礼拝に行くのをやめていた。でもこの朝は、ぼくがまだ朝ご飯を食べているうちから、ムサがファドに、早く顔を洗って髪をとかせとせき立てている。ムサがぼくに視線をよこした。

「おまえも行くよな、オマル？」

ぼくは、もう少しで、「なんでだよ？ お祈りなんて、役に立たないだろ」と言いかけたが、長い一日をぶらぶら過ごすのもな、という思いが頭をかすめた。モスクに行けば、少なくともこのトレーラーハウスから出られる。

したくに手間取り、モスクに着いたときは、もうお祈りが始まっていた。父さんはいつも、ムサが立ったり、お辞儀をしたり、ひざまずいたりするのに手を貸していた。その役を、ぼくがやらなくちゃならない。いちばん後ろの列なので助かった。ここならほかの人から見られずにすむ。

何をそんなにこわがっていたんだろう？　二、三人の人が心配そうな顔をしているのがわかったからかもしれない。ぼくたちをチラッと見て、目をそむけるときの顔。さもなければ、数分後に起きることを本能的に感じ取ったからかもしれない。

トレーラーハウスのモスクから外に出て、ムサが靴をはくのを手伝っているとき、モスクの先生に呼び止められた。

「きみがオマルだね？」先生はほほえみながらぼくを見おろした。悲しそうな表情を浮かべている。「それから、ムサ。こっちがファドかな？」

「そうですけど、先生」ぼくは、用心しながら答えた。

やっぱりな、何だかわかんないけど。

「靴はそこにおいて」先生が続けた。「中に入ろう。話があるから」

男の人が三人、カーペットの上で、あぐらをかいて座っていた。そのうち二人は、知っている顔だ。ダルアーから来た人。ぼくたちも、おずおずと座った。大人の話に加わるのには慣れてない。すっかり緊張して、鳥肌が立った。

「アブー・バシールのことは、知らないだろうね？　きのうの夜、シリアから逃げてきたばかりだ」先生は、三人目の人を手で示した。その人は、にこりともしないで、ぼくたちに頭を下げた。「アブー・バシールが、君たちにニュースを持ってきた。悲しい知らせだが、忘れるんじゃないよ、わたしたちはみんな、神さまの手の中にいるってことを。何が起きようとも、それが神さまのご意志だ」

アブー・バシールは居心地悪そうに、体をモゾモゾ動かした。膝の上においた手に、視線を落としている。

「何とも気の毒なことで。何と言ったらいいか。きみたちの父上が――亡くなりました」

耳の中で、ガーンという音がした。ぼくの横で、ムサが腕をガクガク動かしながら、何か言おうとしている。でも、舌が上あごに張りついてしまったようだ。

この人たち、本当のことを知らないんだ、とぼくは思った。そんなの、ただのうわさだろ。

ムサがまた声を出した。男の人たちが、ぼくを見た。ムサが何を言っているのかわからないのだ。

「どうしてわかったのか、知りたがってます」とぼく。

両手をきつくにぎりしめて、手のひらに爪が食いこんだ。

「こちらは、きみたちのお父さんといっしょに、農業省で働いていてね」先生がおだやかに言った。「アブー・ムサが逮捕されたとき、現場にいあわせたそうだ」

ムサがはげしくふるえ出した。つき出した腕が、またガクガク動く。

「おれのせいだ！」ムサが声をしぼり出した。「おれのせいで！」

ありがたいことに、だれも、ムサの言葉を聞き取れなかった。

「そんなはずありません」とぼく。「父さんは政府にたてつくようなことは、絶対にしてません。人ちがいとしか思えません」

「ダルアーの状況はひどいものでね」べつの人が言った。「何も悪いことをしてない人がおおぜい、逮捕されてるんだよ」

「アブー・ムサは、同僚と話をしていた。ところがその同僚が容疑者だったらしい」とアブー・バシール。「警察が一網打尽につかまえて、投獄したんだ」

「父さんは、ひどい目にあったんですか？」ムサがかすれた声で聞いた。

「拷問にかけられたんですか？」ぼくが通訳した。

フアドがぼくの袖を引っぱった。

「何のこと、オマル？　だれかが父ちゃんをひどい目にあわせたの？」

「あとでな、チビくん。おとなしくして」とぼく。

アブー・バシールが、首をふっている。

「アブー・ムサは、警察にもたどりつかなかったんだ。その前に、砲弾がトラックに当たってね。生きのびた人はだれもいない」

「そんなこと、わかるもんか！」思わず、ぼくは言った。「病院にいるかもしれない！　たぶん……」

アブー・バシールが首をふった。

「本当に気の毒だが、オマル。わたしは見てるんだ、お父さんの——お父さんを、この目で見た。みんなで埋葬した。わたしと仲間たちで」

「何なの、オマル？」ファドがぼくの腕を乱暴にゆすりながら言った。「父ちゃんのこと？父ちゃん、死んじゃったの？」

ぼくは、全身の力がぬけたような気がした。かがみこんで、目を閉じた。取り囲んでいる心配そうな顔を見なくてすむように。

「そうなんだ、ファド」とムサが言った。「父ちゃん、死んじゃったよ」

ファドが大きな声で泣き出した。

「泣くな、坊や」先生が言っている。「これは、神さまのご意志。神さまが、お父さんを苦しみから救ってくださったんだ。きみも、もっと強くならなくちゃな」

ムサが咳ばらいをして、唾を飲みこんだ。はっきり話すための準備だ。

「死亡証明書はどうするんですか？ぼくたちの書類は？キャンプの管理者には？」

「『キャンプの管理者』と言ったのかね？」と先生が聞いた。

ぼくが返事をしなかったので、先生が続けた。

「今後は、だれが家族の筆頭者になるのかな？きみだろうね、オマル」

ぼくは目をあげた。ムサが眉をひそめて、ぼくを見た。

「ムサのほうが年上だから」ぼくがボソボソと言った。「ムサです」

先生は、それはないだろうという表情で、ぼくに向かって話を続けた。ムサのことは無視して。

「それで、きみたちのお母さんは、ここのキャンプにおられるのかな?」

「はい」とムサ。「姉と妹も」

「姉と妹も」思わずぼくがくり返した。

男の人の一人がポケットに手を入れて、飴を取り出した。フアドは飴を口に入れて泣きやんだが、大きくヒックヒックとしゃくりあげた。

アブー・バシールが咳ばらいをした。

「いい知らせもあるんだ。父上は亡くなる前に、やっとのことで、きみたちの義理のお兄さんに連絡できたんだ」

ぼくは首をまわして、アブー・バシールの顔を見た。

「ぼくの何だって?」

「きみのお姉さんのご主人。ビラル」

「姉ちゃんは、結婚なんかしてません」

「結婚したも同然、と父上はおっしゃった。きみたちがここにいることも、ビラルは知っていてね。できるだけ早く、お姉さんをむかえに来るそうだ」

まわりのみんなは、うなずきながら、ガヤガヤとぼくたちをはげましにかかった。

「神さまというのは、本当に慈悲深いお方だね」先生が言った。「きみたちを助けてくれる人を、よこしてくださるんだから。いい人をね」

「でも……」ぼくが言いかけた。

フアドは飴をなめ終わり、またぼくの袖を引っぱっている。

「オマル、母ちゃんは、父ちゃんのこと知ってるの？」

母さんに話すなんて、考えるだけでつらくて、ぼくは答えることができなかった。かわりにムサが答えた。

「いや、でも知らせないとな。早く帰って、母さんに話そう」

ぼくはムサが立ちあがるのに手を貸した。男の人たちも立ちあがった。みんな、役目を果たしてほっとしているのがわかる。

先生がぼくの肩をたたいた。

「午後から、妻がお母さんをお訪ねするよ。トレーラーハウスの番号は？　わたしにできることがあれば、妻に伝えてくれればいい」

シリアで父さんが死んだのなら、何をどうすればいいか、ぼくたちだってわかったはず。お葬式をして、お祈りをする。ムサとぼくが父さんの遺体につきそって埋葬場所に行く。家には弔問客が引きも切らず訪れる。そのあとで、母さんとエマンがお墓に花を供える。

でも、この監獄のような見知らぬ土地では、そういうことは何も起きない。夫や父親、母親や姉妹を失くした人がつぎつぎに出てくるので、いちいち話題にするひまもないのだ。

それでも何人かが、トレーラーハウスにおくやみに来てくれた。まっさきに来たのがウンム・リアド。これで、あなたも未亡人ねと、内心喜んでいるのが、ありありとわかった。

ムサがやさしく母さんに話したとき、母さんは真っ青な顔で、マットレスの上にへたりこんだ。ぼくは母さんが、気が狂ったように泣き叫ぶんじゃないかと思ってた。でも、母さんは静かに、涙を流し続けた。

「わかってたわ！」と母さんが言った。「あなたたちに、そう言わなかった？　あの人がバスに乗りこむのを見て、もう二度と会えないと思ったもの」

フォージアおばさんからのメッセージがつぎつぎに携帯にとどくのが、母さんにはなぐさめになった。マフムードおじさんが退院したこと。ジャービルはどこにかくれていたのか知らないが、こっそり家にもどってきて、農場の仕事の大部分をこなしていること。お祈りの言葉や神さまのご加護があるようにという言葉が、母さんの携帯に送られてきて、母さんはそれをぼくたちに読みあげてくれた。涙で声をつまらせながら。

ムサとぼくは、ビラルのことを、ぎりぎりまでエマンにふせておくことにした。でも、ファネズミ顔は、姉ちゃんがここにいるの知ってるって。もう結婚しちゃったんだよ。すぐ来るもんね！」ファドはやめない。「モスクのおじさんが、ムサとオマルに言ってた。

ぼくはファドに、言うなと目配せし、ムサはファドの腕をつかもうとした。

「姉ちゃん、いなくなるもんね。ネズミ顔の〈ミスターおじゃまムシ〉が、むかえに来るから」

ファドは、顔を真っ赤にして怒ってる。

洗濯紐を引っぱっちゃだめ」

「あたしは、どこにも行かないわよ」エマンは、トレーラーハウスの天井にわたした洗濯紐から、かわいた洗濯物を取りこんで、たたんでいる。「失礼なこと、言わないでよ。それに、

「姉ちゃんなんか、だいっきらい！」ファドがエマンに食ってかかった。「でもよかった、姉ちゃん、いなくなるもんね！」

「やれやれ、ダメなものはダメ」エマンの忍耐もつきた。

「でもさ、ぼく、学校に行きたいんだよ。今日は、虹の絵を描く日だもん」

「喪に服してるからよ」エマンが言い聞かせた。「それが礼儀なの」

メソと言った。

「どうして学校に行けないの？」ファドは、いつもとはちがう長い週末が終わったとき、メソ

ドに口止めするのを忘れた。

ん」

　エマンが青くなった。

「それ、本当なの？　ムサ？　オマル？」

　ぼくは、仕方なくうなずいた。

「ぼくたち、姉ちゃんを心配させたくなかったんだ。でもあいつ、シリアから出られないんじゃないかな。無駄な心配は……」

　エマンの表情が怒りに変わった。

「あたしに知らせないなんて、あんたたちに、そんな権利はないでしょ！　あんたたちの話は、即、あたしの将来なのよ！　あたしは、あんな人と結婚しない、それが結論！」

「ぼくにどならないでよ」ぼくはムッとした。「家族のボスはムサになったんだから。やりあうならムサとやって」

　エマンはムサの目を見すえた。怒りとショックがないまぜになった顔だ。エマンにとってムサは、手のかかる子どものころから、しかったりかわいがったりする弟だった。それが急に、保護者になった。これからは、ムサがエマンの人生のすべてをきめることになる。

　思えば、気が滅入ることだが、ムサは農場にいたころ、エマンの結婚に反対はしていなかった。

「エマンに無理強いしないでよ、ムサ」とぼくは言った。「そんなこと、できないだろ」

ムサは首をふった。

「正直言って、現状がわからない。父さんが何をして、何をしなかったか、判明していない。まだ何も動きが取れないじゃないか」ムサが、めったに見せない笑顔をエマンに向けたので、ほっとした。「エマンのために、最善をつくす。約束するよ」

数日たつと、奇妙なことだが、ふつうの生活にもどった。ザータリ・キャンプの暮らしがふつうと呼べるならの話だが。実際、父さんはしばらくここにはいなかったので、家族はみんな、父さんのいない生活に慣れっこになっている。フアドは学校に行き、ぼくはアブー・ラドワンの店に通う。もっとも、ぼくの仕事はどんどん少なくなっている。エマンはトレーラーハウスから出ることはほとんどない。外に顔を出したとたんに、ビラルにさらわれるとでも思っているようだ。母さんは悲しみのあまり、固まってしまったように見える。

ムサは、以前にもまして、ラップトップの上にかがみこむことが多くなった。配給を取りに行ったり運んだりするのは、ぼくにまかせっきり。

「ぼくが仕事できなくなったら、だれがそれを充電するんだろうね？」ぼくはフアドを学校に送りむかえしなくてはならないのにいらだって、意地悪を言った。「いったい、何してんのさ？」

ムサは画面から目をあげることもしない。

「今にわかる」

その日おそく、ムサはうまくあわせられない手で、拍手の仕草をしながら、ゼーゼーとかちほこった声をあげた。

「とっつかまえたぞ！」

「何だって？　つかまえたって、だれを？」とぼく。

ムサは答えない。

ナディアがすっかりおとなしくなったのを、家族のだれも気づかなかった。マットレスの上で飛びはねることも、ふわふわ浮かんでいる綿ぼこりに飛びつくこともなくなった。静かに横になり、親指をしゃぶってる。

「なんていい子なんでしょう」母さんは、そばを通るついでに、ナディアの頭をなでていく。

「家族みんな問題なし」

ビラルが今にも現れるのではないかと思うと、ぼくは気が気じゃなかった。今も毎日、何百人もの人たちが、シリアからキャンプに流れ着く。そのほとんどは子どもを連れた女の人だが、男の人もいるので、ぼくは一人ずつ顔をチェックした。何度か、〈ミスターおじゃまムシ〉のネズミのような長い鼻とより目を見たような気がしたが、どれも思い過ごしだった。

でも、ある日、思い過ごしではなくなった。

ぼくは、シャンゼリゼからの帰り道、いつものように心配事で頭を悩ませながら歩いていた。

ぼくがかせぐお金がなくなったら、どうやって暮らしていけばいいんだろう？　べつの仕事は見つかるだろうか？　ぼくたち家族は、永久にキャンプで暮らす定めなんだろうか？

するとと突然、肘をつかまれた。痛いほど強く。ぼくは、サッとふり向いた。

「やあ、オマル」ビラルが、歯並びの悪い小さい歯を見せて、大きく笑っている。

「家に帰るんだろ？　ついて行くよ」

「ち、ちがう」ぼくは口ごもった。「もらいに行くところで……あの……パンを配給センターに」

「おれはまだ二日しかここにいないがね」とビラル。「方向がちがうんじゃないか？　まあ、いいさ。おまえたちのトレーラーハウスの場所は、わかってるからな」

ぼくは、内心の動揺をかくせなかった。

「どうしてわかった？」

「ああ、そんなのかんたんさ」ビラルが足早に歩くので、追いつくのがたいへんだ。「聞いてまわればいいのさ。大きな村だろ、ここは？」

「そうでもないけど」

ぼくの言うことを、ビラルは無視。

「お父さんのことは、残念だった。おたがい、ウマがあったからな。まあ、そういうことで、おれたちは今から兄弟だ！　姉さんは、元気かい？」

「それが——ええ、たぶん……」

「難民キャンプで結婚式なんて、考えもしなかったよな？」ビラルが笑った。「まあ、何とかなるさ。こっちの道でいいんだろ？　心配するな。一人で行けるから。お母さんがパンをお待ちかねなんだろう」

「あとで行くことにする」ぼくはあわてて言った。ビラルを追っぱらう方法はないものかと必死で考えたが、もうトレーラーハウスのすぐ近くまで来ていて、どうすることもできない。

驚いたことに、ムサはビラルに会えて、なんだかうれしそうだ。外まで出てきてあいさつし、ファドに、トレーラーハウスの中から、小さいスツールを二つ、持ってこさせた。母さんとエマンが料理をするときに使っているスツールだ。

「来た来た！」ファドが、トレーラーハウスの中に走りこんで、叫んでいるのが聞こえる。

「ミスターおじゃま——じゃなくて、ビラルが」

エマンのおびえた声と、母さんのうれしそうな声がする。少しして、母さんが出てきた。めったに見せない笑顔で。二人はそこで立ち話。でも、ぼくは聞いてなかった。ムサの様子を見るのにいそがしかったから。ムサは、精いっぱい背筋をのばして立っている。これまで見たこともないような表情を浮かべて。まじめくさった、いかめしい顔だ。

なんだか父さんみたい。びっくり。大人になったんだ。

「コーヒーをいれましょうね」ようやく母さんが言って、いそいそと中に入っていった。

ムサは母さんが行ってしまうのを待って、スツールのひとつを指さした。ムサが先に座り、向かい側にビラル。見くだすような、軽蔑するような表情を浮かべている。

「お父さんと二人で、何もかも段取りをつけた」ビラルはえらそうな声で、ムサの頭越しに、ぼくに向かって言った。「結婚式は次の――」

「ぼくの――姉は――あんたとは――結婚――しない」

ムサが大きな声でゆっくり言ったので、ビラルにも理解できた。ぎゃくに、ぼくのほうが、聞きまちがえたのでは、と思ってしまった。でも、聞きまちがいではない。どっと喜びがこみあげた。ビラルはハッと驚いた顔をしてから、あわれみのこもったほほえみを浮かべた。

「おれの大事な弟くんよ――」

「ぼくは――あんたの――大事な――弟じゃ――ない」ムサが、耳ざわりなかすれ声で言い放った。

「話にならん。何の権利もないくせに――」

ムサがぼくをふり返った。

「オマル、ラップトップを持ってきてくれ」

こんなムサを見たのは、はじめてだ。ハキハキして威厳がある。ぼくは考える間もなく、したがった。トレーラーハウスのドアのすぐ後ろに、エマンが立っていた。心配そうに顔をこわばらせて。母さんは、何も聞いていない。奥の小さいキッチンで、あれこれコーヒーの用意に余念がない。ぼくはラップトップをひっつかんで、大急ぎで外にもどった。

「あんたのフルネームは、ビラル・ハーヒルじゃないか？」ムサが言っている。

「あったりまえだろうが」ビラルが怒り始めた。

「六年前、ダマスカスの近くのドゥーマに住んでたよな？　自転車店で働いてたね？」

「おい、何なんだよ、これは？」ビラルが言った。

ムサはぼくからラップトップを受け取り、サッと蓋をあけた。

「ここのところをダウンロードしといた、あんたが見られるように」ムサはかなりの早口で話しているが、ビラルは問題なく理解しているようだ。ビラルはスツールの上で、居心地悪そうにしている。

「ここに、犯罪の詳細が出ている」ムサが画面を指で、ポンとたたいた。「レイプ。けがらわしい事件。あんたは、まずしい女性をもう少しで殺すところだった」

ビラルの目が一瞬あわてふためいたが、すぐ立ち直った。

「バカバカしい！　ビラル・ハーヒルなんて何百人もいるはずだ。それなのに、おまえは

──」

「あんただよ」ムサが画面を下のほうにスクロールした。「写真が出てる。ほら、こんなにはっきり」

ビラルはいきおいよく立ちあがり、スツールを蹴り飛ばした。ドアの向こうで、エマンが喜

びの声をおし殺している。母さんが、コーヒーのグラスを小さいトレーにのせて、出てきた。

「そんなもんはいらないよ、母さん」ムサがヨロヨロと立ちあがった。「こいつは帰るから」

「なんですって？　結婚式はどうするの！　まだ相談することがたくさんあるでしょう？」

母さんが、とまどった顔で言った。

ビラルはあとずさりした。

「みんな、でたらめだ！　脅迫だ！　ぜったいに……そんなことは……」

「あんたみたいな金持ちに、どうして奥さんがいないのか、不思議だった」ムサは冷静だ。

「レイプ犯に娘を嫁がせる人なんて、いないってことだ」

母さんが小さく叫んで、トレーを取り落とした。グラスがこなごなになり、黒いコーヒーが母さんの服に飛び散った。ビラルがムサのほうに、にじりより、拳をふりあげた。

「こんな仕打ちをされてたまるか。身障者め。おまえの姉さんには、花嫁への贈り物を、たんまりわたしてるぞ。あのネックレスは……」

トレーラーハウスのドアがグイッと開き、金色に光るものが空中を飛んで、ビラルの足もとに落ちた。

「持ち帰って、あんたのネックレスを！」エマンが叫び、ドアがバタンとしまった。

ビラルは真っ赤な顔で、ゼイゼイとあらい息をしている。ビラルがムサにつめよった。後ろに、いつの間にか人だかりができている。さわぎを聞きつけたのだ。フーリガンも何人か、ムサを守る態勢で、成り行きを見つめている。

「もうだいじょうぶだ、みんな」ぼくは少年たちに声をかけた。「この人はもう帰るから」

ところがビラルは、まだあきらめない。拳をつき出して、今にもなぐりかかろうとしている。ぼくはムサの前におどり出た。おなかにパンチを食らった。ぼくは二つ折りになった。息ができない。

「引き受けた、オマル！　おれたちがやっつける！」ぼくがあえぐと同時に、タイガーが叫んだ。「どうすればいい？」

「ここから追い出してくれ」ムサが、トレーラーハウスにもどりながら言った。「それから、もう二度とここには顔を出さないように、見張ってくれ」

ぼくはまだ、まともに息ができなかったが、ビラルの様子を見ようと目をあげた。ビラルはかがんで、地面に落ちているネックレスを拾おうとした。でも拾いあげる前に、フーリガンたちに引きずられていった。ビラルはぼくをねめつけていたが、負けたのはビラル。一目瞭然。

ライオンがネックレスを拾いあげ、大げさな身ぶりで母さんに手わたした。

「じゃあ、これで、ボス」ライオンはこう言うと、走り去った。

ボスだって？　ムサがボスなんて、チャンチャラおかしくないか？

「ああやって、追いはらってくれてよかった」みんなで車座になって夕食を食べているときに、母さんが言った。「それにしても、ビラルがそんなひどいことをしたなんて、信じられない。あり得ない！　あんたたちの言い分がどうであれ、気前のいい人だったわ。わたしたちみんなのめんどうを見てくれたはずなのにね」

エマンがキッとなった。

「あんな人と結婚するもんですか。絶対いや。もし本当に結婚式を挙げることになったら、あいつの顔にネックレスを投げつけるつもりだった」

母さんが驚いた顔をした。

「そんな考え、どこで思いついたの？　家族がとんだはじをかくところだったわ！」

「レイプ犯と結婚させたほうがよかったとか？」エマンが怒りをこめて言った。「ひと目見たときから、悪いヤツだってわかった」

母さんは話を打ち切らなかった。ムサに向き直った。

「どうやって、あんなこと探り出したの？　人ちがいかもしれないでしょ。たぶん――」

「あいつだ」ムサが顔をしかめながら言った。「もういい、母さん。あのムカつくヤツのことを、あれこれ話すのはやめよう」

母さんは生まれてこのかた、家族の中の男には、口ごたえせずにしたがってきた。最初は父親に。それから夫に。そして今、ムサがその役割を引き継ぐことになった。新たな家長となったムサの声を聞いている母さんの顔に、とまどいが浮かんだ。母さんは何て言うだろうと思っていたが、口を開いたのはムサだった。

「エマン、母さんにお茶をいれてあげて。ショックを受けてるから。自分たちの力で生きていかなくちゃな、母さん。たいへんでも自分たちでやっていかないと。このキャンプに永久にいるわけにはいかない。ここを出る方法を考えよう。出られるようになるさ」

母さんは口を開きかけたが、また閉じた。それを見て、ぼくはハッと気づいた。ムサは実は、母さんのいちばんお気に入りの息子、ってだけじゃなかった。母さんにとって、ムサはずっと、特別に目をかけてやらなければならない赤ん坊だった。もうチヤホヤする必要のない大人に成長していることに、気づきもしなかった。それが今、母さんの頭の中がひっくり返ったのが、ぼくの目にもはっきりわかった。

ぼくの気持ちにも変化があった。急に、ムサにやきもちを焼くことなんかないな、と思えるようになった。

20

三月になり、だんだん暖かくなってきた。夜はまだ寒いが、バケツをひっくり返したような冬の大雨も、いつの間にかふらなくなっている。でも地面は、まだびしょびしょ。ところどころ、水たまりが池になり、まちがってふみこむと、腿まで水につかってしまう。

夕方の六時、肌寒くてジメジメしたなかを、ぼくは、絶望のどん底のみじめな気分で、シャンゼリゼからトボトボと帰ってきた。アブー・ラドワンがキャンプを出ていくまで、あと三日しかない。市場の店主にくまなく聞いてまわったが、仕事をさせてくれる人は一人も見つからなかった。アブー・ラドワンも、ぼくのためにできることは、もう何もない。親切心から、最後までやとってくれているだけだ。

ぬかるみですべって転んだのは、自分のせいだ。考えごとをしていて、足もとをよく見ていなかった。ツルツルして、起きあがるのもひと苦労だ。

我ながら、きたなくて気持ちが悪い。足は膝のあたりまで、泥んこでヌルヌルしてるし、手もべっとりとよごれている。手と足をきたない水たまりで洗い、背中を丸めて、寒い夕暮れのなかを歩き続けた。

エマンは、ぼくを見て、あんぐり口をあけた。

「もう少し気をつけて歩きなさいよ、オマル」エマンがえらそうに言った。「ジーンズは、かわかすのに何日もかかるんだからね」

ほっといてくれ！　ぼくは頭の中で叫んだ。つべこべ言わないで、一人にしてくれ。

「夕食ですよ！」母さんが声をかけた。「お皿を並べてね、ファド」

「ナディアはどこ行った？」ムサが突然言った。

母さんは、料理を盛ったお皿で手がふさがっているので、顎をしゃくって、トレーラーハウスのすみのほうを示した。

「眠ってる、あそこで……あらっ！　いない！」

家族全員、ギョッとして、しばらく声も出ずに立ちつくした。部屋の中にかくれるところはない。ナディアがいなくなった。ぼくは、もがきながら脱いだばかりの、泥だらけのズボンをはき直した。ベトベトした冷たいものが足にまとわりつくのもかまわず。

「ナディア、外に出たんだよ」とぼく。「見てくる」

「でも、もうすぐ暗くなる！」あわてふためいた母さんの、するどい声。「盗まれたんだわ！さらわれたのよ！　あの子――」

「母さん、ナディアを盗む人なんて、いないよ」ムサが、よろめきながら立ちあがった。「今日は、ぼくたち以外、だれもトレーラーハウスの中に入ってないんだから」

エマンが、額を手のひらでたたいた。

「そういえばナディア、さっき入り口のふみ段に座ってた。子どもたちが何人か、子ネコと遊んでて、それを見てた」

「どのくらい前なんだ？」ムサが大声で言った。

「うーん、わからない。二時間？　もっと前かも」

「ナディアはネコが大好きだからな」とぼく。「ネコと遊びたくて、フラフラ行っちゃったんだ。そんなに遠くまでは行ってないはず」

冷静な声で話そうとしたが、内心、恐怖でふるえていた。外は暗くて見通しが悪い。おさない子が外に出るには時間もおそいし、寒すぎる。

それに、水たまり！　そう思うと、新たな恐怖に襲われた。深いところだったら、溺れるかも！

ぼくは、泥だらけの靴に無理やり足をつっこんで、外に出た。ムサもついてきた。

「フーリガンを集める」とムサ。

それからの三十分は、ぼくの人生でいちばん恐ろしい時間だった。トレーラーハウスからトレーラーハウスへと、叫びながら走りまわった。

「ナディア！　ナディア！　ぼくだよ、オマル。チビちゃん！　帰っておいで！」

トレーラーハウスを一軒一軒、聞いてまわっても、答えは同じ。一人で外にいる小さい女の子を見かけた人は、だれもいない。

ぬかるみですべりそうで、とても早くは走れない。悪夢さながら、どういうわけか走ろうにも足がもつれて、思うように動かない。男の人が数人、いっしょに探してくれている。ソーラーランプを持ってきてくれたのは助かった。遠くのほうで、ムサがナディアを呼んでいる。フーリガンたちの高い声も聞こえる。

そしてついに、遠くのほうから、叫び声があがった。

「見つけたぞー！　オマル、どこにいる！」

「ここ！　ここ！」ぼくは、かすれ声をあげながら、声のしたほうにかけ出した。

小さな影がいくつか、大きな水たまりの縁をまわって、ぼくのほうに向かってくる。後ろからムサが、足を引きずりながらついてくる。おくれをとるまいと苦労している。やがて、少年たちの先頭に立ってやってくるのが、ウルフだとわかった。両腕に、動かない大きなものをかかえている。

コブラがかけてきた。

「ぼくがめっけたんだ、オマル。あの子、全身冷たくて、ずぶぬれ。テントのフラップの下にかくれてた」

死んじゃったんだ。ぼくは走りよった。

ウルフがナディアをぼくの腕の中にすべりこませてくれた。とにかくトレーラーハウスに連れて帰らなくちゃ、と体の向きを変えたが、はたと立ち止まった。高い街灯の光が、あちこちの水たまりを明るく照らしていて、別世界に来たような光景だ。全く同じ形をしたトレーラーハウスの列が、果てしなく続いているように見える。ぼくは、腕の中でじっと固まっているナディアを、見おろした。顔がこわいほど青ざめている。目も固く閉じたままだ。でもくちびるが、ピクピク動いてる。息も聞こえる。早くてゼーゼーとした息。

ムサがそばに来ている。

「急げ！　何をグズグズしてる？」

ムサが足を引きずりながら歩き出したので、ぼくもあわててあとを追った。ムサがふり返って、肩越しに大声で言った。

「ありがとな、みんな。それからコブラ、おまえ、よくやったな！」

母さんとエマンはトレーラーハウスの外にいた。近所のおばさんたちが、二人を取り囲んでいる。母さんは、ぼくたちの姿を見ると、金切り声をあげた。走りよってきて、ナディアをだき取り、そのままトレーラーハウスの中にかけこんだ。ぼくたちも続いた。

「ああ、よかった！」おばさんたちが後ろで言っている。「神さまのおかげ。命があってよかった！」

おばさんたちは、ゆっくりと散っていった。

母さんはナディアをマットレスの上に寝かせ、ぐったりした手をさすっている。

「目をあけてちょうだい、おチビちゃん！　ナディア、母さんを見てごらん！」

「ナディアも死んじゃうの、父ちゃんにみたいに？」ファドが大きな声で言った。

「そんなこと、言うもんじゃない！」エマンがぴしゃりと言った。

ファドは、しゅんとして、べつのマットレスのところに行き、膝をかかえて座りこんだ。

時間が経つにつれ、ファドの心配は、そのまま家族全員の心配になった。寒さでふるえていたナディアの体は、間もなく燃えるように熱くなった。呼吸があらく、目は半分閉じたまま。

「医者に診てもらわないと、母さん」たまりかねて、ムサが言った。

「わたしのこと、まぬけだと思ってるの？」母さんがムサに、叫ぶように言った。「ボスラの家にいるとでも？　すぐ近くにクリニックがある家に？」

ドアをそっとたたく音がした。とても小さい音だったので、気づいたのはぼくだけ。用心しながらドアをあけた。さっき母さんと家の前で待っていてくれたおばさんの一人――ウンム・アリが、立っていた。

「小さいお子さん、どんな様子？」と、おばさん。「わたしが診てみましょうか？　わたしは前に――故郷で、看護師だったの」

ぼくはわきによって、おばさんに入ってもらった。母さんは目をあげ、めいわくそうな顔をした。

「おじゃまかもしれないけれど」おばさんがあわてて言った。「先週、子どものための病院ができたのを、ごぞんじないかもと思って。キャンプの向こうのはしに。さっき、お子さんの息づかいを聞いて……肺炎を起こしているんじゃないかと」

「肺炎！」母さんが恐怖に顔を引きつらせて、体を起こした。「ああ、神さま、お助けください！」母さんは、ここで言葉を切って、落ち着こうとした。「本当に？　子どもの病院が？」

おばさんがうなずいた。

「つきそって行けるといいのだけれど、うちも赤ん坊をおいていくわけにいかなくて」

「ご心配なく」ナディアが横たわっているマットレスに膝をついていた母さんが、よろよろと立ちあがった。「ウンム・アリ、あなたは、本当の友だちだわ。オマル、わたしといっしょに行ってね。エマン、ナディアの冬のコートを探して。毛布でしっかりくるんでやらないと」

ぼくはもう、さっきまで着ていたジャケットを再び着こみ、靴を探しにドアのほうに向かっていた。心臓がバクバクする。また、道に迷ったらどうしよう？　キャンプは巨大化している。病院を見つけられなかったら、どうしよう？　ナディアの病気が重くて、母さんとぼくが、キャンプじゅうを歩きまわっているうちに、もしかして……。

「教えてください、おばさん、病院の場所を正確に？」ぼくが聞いた。

おばさんは、手の甲をナディアの額に当てていたが、目をあげて、方角を教えてくれた。

「外壁に、子どもの絵がびっしりと描いてある建物よ」おばさんが言った。「急いだほうがいいわ」

ナディアを探しまわったときは悪夢だと思ったが、真っ暗なぬかるみを、大急ぎで子ども病院に向かうのは、悪夢以上にたいへんだった。ぼくは、どの水たまりが深いか勘でわかるので、そこを避けて歩けるが、母さんには、一歩ごとに指図しなくちゃならない。母さんは、何度かすべって転びそうになった。ぼくたちの歩き方は、とんでもなくおそい。

「ねえ、母さん、ナディアをぼくによこして」ぼくは言い続けた。

母さんは答えず、ナディアをさらにしっかりとだきしめた。

母さん、今に転ぶぞ、と思っていたが、病院まで半分も来ていないところで、やっぱり転んだ。ぼくが、とっさにナディアをだき取ったからよかったが、その直後、母さんが大きな水たまりの中に、しぶきをあげてたおれこんだ。母さんは立ちあがろうと、水の中でもがいている。ナディアをだいているぼくは、どうにも助けることができない。

すると、恐ろしいことに気づいた。

「母さん」ぼくはかすれ声で言った。「ナディア、息してないみたい」

「そんな！　そんな！」母さんがようやく立ちあがった。「あんたが連れてって、オマル！　走って！」

ぼくは一瞬迷って、棒立ちになった。母さんを一人、真っ暗なキャンプにおきざりにするなんて。迷子になるにきまってる。

「グズグズしないで！」母さんが叫んだ。「走って！」

ぼくはパニックになりながら、その場をあとにした。頭の中を、同じ言葉がぐるぐるまわっている。

ナディア、ぼくの妹、死んじゃダメ！　死んじゃダメ。

でも口からもれるのは、むせび泣く声だけ。

ようやく、病院の前に出た。あちこちの窓に明かりがついている。よろめきながら進み、ドアを蹴った。

「助けてください！」ぼくは叫んだ。「お願いします、だれか、お願いします！」

ドアが開いた。ブルーの制服を着た女の人が立っていた。

「ぼくの妹です」と言おうとしたが、喉がしめつけられて声が出ない。

女の人が手をのばして、ナディアをだき取ってくれた。毛布が落ち、ナディアの顔が見えた。青白く、動きもしない。

「この子の名前は？」女の人が聞いた。

「ナディア」ぼくは声をふりしぼった。「ナディア・フセイン。死んじゃったとか？」

女の人は答えず、くるりと向きを変えると、走って後ろのドアをぬけ、大声で呼んだ。

「ドクター・ジャン！　急患です！　三番診察室！」

ドアが閉まり、ぼくは一人、取り残された。

立ったまま、閉ざされたドアを見つめた。ドアの向こうから、あわただしい足音といっしょに、切羽つまった外国語のやりとりが聞こえてくる。手おくれだったのか？　子どもが、あっという間に病気になり、二時間ほどで死ぬなんてことがあるだろうか？　そんなの、あり得ない。絶対、あり得ない！

そうだった、母さん！　ぼくはあわてて玄関から外に出た。病院の中の明かりに慣れた目では、暗がりが、ふだん以上に見えない。

それでも、ほんの数分で母さんのところにもどれた。母さんは、ぼくがおきざりにしたところから、ほとんど動いていなかった。立ち止まったまま、力なくあたりを見まわして、途方に暮れている。

「オマル！」母さんはぼくを見つけるなり、あえぐように言った。「ナディアは……病院に行けたの？」

ぼくは、母さんの腕をとった。

「今、お医者さんが診てくれてる。いっしょに行こう」

病院に入ってすぐの小さい部屋に、若い男の人がいた。デスクの上のコンピューターに、何かを打ちこんでいる。ぼくたちを見て、眉をひそめた。

「ここは、子ども病院ですよ。大人の治療はできません」

エジプトなまりのアラビア語だ。

「お願いします」母さんがデスクに走りよった。「小さい娘のナディア・フセインですけど？　息子が、ちょっと前にここに運びこんだところで。どんな具合でしょう？　よくなるでしょうか？」

男の人がやさしい顔になった。

「神さまがお望みなら。今、みんなで治療に当たってます」

「娘に会えるでしょうか？　わたしがついていてやらないと！」母さんがデスクの上で手をあわせた。「こわがると思います。娘は……」

若い男の人は、困ったなという顔で母さんの泥まみれの手を見た。デスクにきたない手の跡がついている。

「しばらくお待ちください」と男の人。「とにかく、ご自身をきれいにしてもらわないと。院内感染を起こしては困りますから」

母さんがあわてて手を引っこめた。

「それはもちろん。どこで？」

男の人は、二つ並んだ洗面所を指さした。

「何かわかったら、すぐお知らせします。ここにもどって、そのまま待っていてください」

なぜ、あっという間に時間が経つこともあれば、池の水が蒸発するときのように、ゆっくりとしか過ぎない時間もあるのだろう。今も、はうようにしか時間が進まない。手持ちぶさたのまま、白い壁と、目の前の、お知らせを留めている色とりどりのピンを、見つめているしかない。

ときどきドアがあいて、だれかが待合室まで出てくる。そのたびに母さんは、はじかれたように立ちあがる。

「わたしの娘なんです！　ナディア・フセインは！　容体はどうでしょうか？　教えてください、お願いします！」

答えはいつも同じ。

「だいじょうぶですよ。このままお待ちください」

とうとう、もう一週間も待っているのではないかと感じ始めたころ、背の高い西洋人の女の人が、首から聴診器をぶらさげて、待合室に出て来た。

「ドクター・ジャンです」その女医さんが、母さんに手を差し出した。「ナディアのお母さまですね？　こちらはどなたでしょう？」

「オマル、兄です」ぼくはハキハキと答えたが、心の中では、どなりつけていた。グズグズすんな！　ナディアのことを教えろ。

「診察室にお入りください」と女医さん。

がっかりだ。どうしてさっさと、ナディアはだいじょうぶですと言ってくれないんだろう。

母さんとぼくは、小さな診察室でプラスチックの椅子に腰かけ、ドクター・ジャンと向きあった。

「いいお知らせですよ」とドクターが話し始めた。「ナディアはよい反応を見せています。病状はとても重いのですが、回復するでしょう」

母さんが、ぱっと顔をかがやかせて、ぼくを見た。

「聞いたでしょ、オマル？　神さまのおかげだわ！」

でも、ぼくはドクター・ジャンから目を離せずにいた。このお医者さん、なぜ笑顔じゃないんだろう。

「ただし」とドクター・ジャンが続けた。「べつの問題があるのではないかと思ってます。ナディアの様子で、何か気になることはありませんでしたか？」

「何も！」母さんは笑顔のままだ。「とてもおとなしい子で、困るようなことは何もありません。今日は、トレーラーハウスの外にフラフラと出て行ってしまいましたが、それは子ネコが原因で――」

ジャン医師が咳ばらいをして、母さんのとめどない話をさえぎった。

「要するに――ウンム・オマル」とドクター・ジャンが切り出した。

「母さんは、ウンム・ムサですけど」ぼくはどぎまぎしながら、ドクターの話をさえぎった。

「失礼しました、ウンム・ムサ。要するに――ナディアは心臓に問題があります」

その言葉に、ぼくの心臓が一瞬止まった。母さんは片手を頬に当てた。

「生まれたときから問題をかかえていたはずです。これまで、医者に検査してもらったことはないのですか？」

「お医者さんに？　なぜ？　病気したことなんて、一度もありません！」母さんは、とんでもない、という顔をしている。「さっきも言いましたが、ナディアはいたって正常な子です」

「正常とは言い切れないと思いますよ」ドクター・ジャンが静かに言った。「ナディアは、手術が必要でしょう。とても大きい手術が」

ぼくたちは座ったまま、ドクターの顔を見つめた。ギョッとして、言葉にならない。

「心臓の手術ですか？」母さんが声にならない声で言った。「でも、お金がないわ！　費用はどのくらい？」

ドクター・ジャンが首をふった。

「ここでの医療は無料ですが、ナディアの手術はこの病院ではできません。専門の外科医に執刀してもらう必要があります。集中治療室も必要ですし」

もう、遠慮してる場合じゃない。

「手術をしなかったら、ナディアはどうなるんですか？」ぼくは、思わず口をはさんだ。

ドクター・ジャンの表情が深刻になった。

「よくない結果になるでしょう」

母さんの目に動揺が走った。

「わたしたちに何ができるでしょう？　どこに行けます？　このキャンプで、にっちもさっちもいかなくなってるんです。ここで助けていただけないとなると、どこに行けばいいんでしょう？」

「いい解決策があるように思います」ドクター・ジャンが、テーブル越しに、体を乗り出した。「ウンム・ムサ、ご家族は何人ですか？」

母さんは茫然とした様子。だまって、首をふっている。

「六人家族です」ぼくがかわりに答えた。「姉のエマンが十八歳。兄のムサは十六歳ですが、脳性麻痺です。それからぼくが、十五歳。弟のファドが八歳。それに母さんとナディア。全部で六人です」

ドクター・ジャンがうなずいた。

「お兄さんは、脳性麻痺なんですね？」ドクター・ジャンは、デスクの上のキーボードにメモを打ちこんだ。「介助なしに歩けますか？」

「はい、いろいろ助けないとダメですけど、ものすごく頭がいいんです。ぼくなんかより、ずっとずっと秀才で」

「そうなんでしょうね」ドクターは言葉を切ったが、目はぼくの顔に注がれている。「オマル、ナディアを助けることができる病院がロンドンにあります。ナディアの症状にぴったりの専門医がいるんです」

「ロンドン？」ぼくは、バカみたいに先生の言葉をくり返した。「イギリスの？　ナディアはそんな遠いところまで行けません。まだ四歳だから」

「一人で行くわけじゃありませんよ」ドクター・ジャンは、今度は母さんを見ながら話している。「家族みんなで行くんです。みなさんのビザを申請できますから。こういう状況なら、亡命申請が認められるのではないかと思います」

　先生の話は、ほとんど、チンプンカンプンだ。

「亡命？　ってことは、向こうに住むってこと？　ずっと？」

ドアをノックする音がした。看護師が部屋をのぞいて、うなずいた。ドクター・ジャンが立ちあがった。

「ウンム・ムサ、ナディアに会えるようになりましたよ。オマル、あなたはお帰りなさい。きょうだいのみなさんが、どうなったか、やきもきしながら待っているでしょう。明日の朝、またいらっしゃい。家族みなさんの書類を持って。そうしたら、手続きに入ります。そんなに、びっくりした顔をしないで。ロンドンは悪い場所ではありませんよ、天気以外は」

21

トレーラーハウスにヨロヨロと帰るとき、キャンプは静まり返って、人っ子一人いなかった。満月が、ツルリと光るぬかるみに、気味の悪い影を落としている。ナディアを病院に連れていくときの大さわぎにまぎれて、携帯電話を忘れてきたので、何時ごろなのか見当もつかない。真夜中のようだ。

ひしめくように並んだトレーラーハウスの中からただひとつ、ソーラーランプのにぶい明かりがもれている。ぼくたちのトレーラーハウスにきまってる。

エマンは、ぼくの帰りを耳をすませて待っていたのだろう。ノックする前にドアをあけてくれた。

「どうだった？　どうしてこんなに時間がかかったの？」

「ナディアはよくなる。少しは」

ぼくは、泥だらけの靴を脱ごうと、もがいていた。

「どういうこと、少しは、って？　母さんはどうしたの？」

「ちょっと待ってよ。着がえるから」

　エマンは小走りに小さなキッチンコーナーに行き、ぼくは体をくねらせながら、泥がこびりついた服を脱いで、パジャマをたぐりよせた。ファドはマットレスの上で、寝相の悪いかっこうで眠りこけているが、ムサは、エマンといっしょに待っていた。ムサは、じれったそうに、ぼくを見ている。

「ひと晩かかって、着がえるつもりかよ」ムサが不機嫌な声で言った。

　ムサのとなりにドサッと腰をおろした。どっと疲れがおしよせた。

「朝になったら、全部話すから」ぼくは、横になれるように体をたおしながら、眠そうな声で言った。

　ムサがまた、せっついた。

「だめだ。今話せ」

　二人がぼくを寝かせてくれるまで、何時間もかかったような気がする。やっと眠れると目をつむったときも、二人は緊迫した声で話し続けていた。

　目を覚ましたのは、ふだんよりだいぶおそかった。エマンはもう、外出用の服を着ている。ぼくがシャンゼリゼの売店の在庫の中から見つけてきた、ヒビだらけの鏡の前に立ち、ヒジャブの乱れを直している。ぼくはまだ覚めきらない頭のまま、起きあがった。

「ムサはどこ？　ファドはまだ寝てんの？」

「ファドは、もうさんざんフーリガンたちを探しまわったのよ。病院への道案内をしてもらおうって。帰ってきてまた寝ちゃった。ムサはモスクに行ってる。先生が、ダマスカスで心臓の専門医をしてる方の兄弟をごぞんじなんだって。ナディアの病状をもっとくわしく教えてもらおうってわけ」

ぼくは、あくびをしながらヨロヨロと立ちあがり、のびをした。

「病院にまっすぐ行って、ドクター・ジャンに聞けばいいのに？」

「外国の女医さんの言うことを、そのまま信じるわけにはいかないって。小児科の先生なんでしょう？　心臓のことはくわしくないんじゃないの？」

エマンはすぐにも出かけようと、ドアに向かっている。パンパンにふくらんだポリ袋を両手に持って。

「ちょっと待った」ぼくは言って、父さんの着古したズボンを探した。「先に行ってて、すぐ追いつくから。で、その袋、何が入ってんの？」

「母さんの着がえでしょ、洗濯に使うものでしょ、それに母さんの携帯電話。オマル、あんたはここにいて、ファドを見てて。あの子、すごく動揺してるから。あんたにメールで連絡したいけど、電池がからっぽだわ」そのとき、ドアをノックする音がした。「タイガーが来たんだわ。あんたの朝食、残してあるからね。紅茶もまだ温かいはず。じゃ、あとで」

そう言いおいて、エマンは出かけて行った。

朝食は少ししかなかった。固くなったパンの切れはしがちょっとだけ。それを食べてから、また腰をおろした。フアドを起こさないように、注意しながら。

ぼくは、トレーラーハウスの中を見まわした。母さんもエマンもいないトレーラーハウスにいるのは、めったにないことだ。はじめて、まともに見たような気がする。ここを、よくこんなに整えたもんだ。ダンボール箱をいくつか探してきて、ぼろいテーブルにしてるし、鏡もある。エマンが学校で見つけてきたこわれた椅子もひとつ。ぼくが添え木をして、しっかりさせた。シリアから運んできて、マットレスにかけている色あざやかな敷物は、唯一、心を引き立ててくれるもの。でもほかの物と同じく、清潔にカラリとさせておくのは至難の業だ。このトレーラーハウスを、〈我が家〉なんて、どうしても呼べない。窮屈でみすぼらしい場所。でもひとつだけいいことがある。外に、引き金に指をかけた狂人どもがいないこと。戦車の中や飛びまわるヘリコプターから、ぼくたちをこっぱみじんにしようと待ちかまえている狂人どもが、ここにはいない。

「イギリス」ドクター・ジャンが言っていた。「ロンドン」

想像をめぐらした。ぼくはもう、ラソールとノルウェーに行くことを夢見ていたバカな子ではない。イギリス行きは、実現するかもしれない現実の話なのだ。そう思うとワクワクする。でも、ちょっとこわい。

イギリスに行ったら、また学校に行かされるんだろうな。また、バカな子、アホ、愚か者、なんて言われるんだよな。

イギリスの学校では、これまでの学校の中でいちばん苦労するだろう。だって、英語がぜんぜんわからないもん。

頭の中で、わずかに知っている英単語を並べてみた。

ハロー、マイ　ネーム　イズ　オマル。アイ　アム　フィフティーン　イヤーズ　オールド。マンチェスター・ユナイテッド。ワット　イズ　ユア　ネーム？

絵葉書を売っていたときのセリフを、思い出そうとした。

アンティークス、ナイス　アンド　チープ……小声で言ってみた。

まずいな。その先が思い出せない。

ま、そんなこと、現実になるわけないさ。ぼくは自分に言い聞かせた。キャンプを出てイギリスに行ったなんて人はだれもいない。夢やぶれてバーン、そんなところさ。

ファドがモゾモゾして、目をあけた。ボーッとぼくの顔を見ていたが、やがてガバッとはね起きた。

「ぼく、眠っちゃった、オマル。母ちゃんはどこ？」

「病院にいる。ナディアにつきそって」

「ナディア、死んじゃった？」

「まさか。お医者さんが、よくなるだろうって。でも心臓が悪いんだって。手術しなくちゃなんない」

悪かった、目を覚ましてから、まだナディアのことを考えてなかった。

ファドがうなずいた。

「ぼく、手術のこと知ってるよ。サソリの母ちゃんが、ダルアーで手術したんだって。そいで、よくなったって。母ちゃんは、いつ帰ってくるの？」

「さあ。ムサとエマンが、どんな具合か見に行ってる。ぼくは留守番」

「朝ごはんある？」

「ちょっとなら、たぶん。見てきな」

ファドはパンを持ってもどってきて、ぼくの横に座った。

「手術はいつ終わるの、オマル？　ナディアは今日、帰ってくる？」

「そうはいかない。ドクターは、まず体調をよくしないとだめだって。それからイギリスに行って、手術を受ける。みんないっしょにイギリスに行くんだよ」

ファドが、あんぐり口をあけた。

「キャンプを出てくってこと？」ファドの目があわてている。「そんなの無理！　ここ、安全だもん！　だれも殺しに来たりしないもん！」

「ロンドンだって、ぼくたちを殺しに来る人なんて、いないと思うよ」

「どうしてわかるの？　そこでも戦争が始まるかもしれないでしょ。ここにいなくちゃ。父ちゃんは出てったら、死んじゃったもん」ファドの目から涙があふれた。「ぼく、ここが好き、オマル！　フーリガンたちがいるし。ぼくたち、学校でお話を作ってるんだ」

ぼくはショックだった。

「ここが好き、なんて言うなよ、ファド！　そりゃないだろう！　ボスラの家が、どんなによかったか考えてみろよ」

「ボスラなんて、覚えてないもん！」ファドがわめいた。「ぼくをここから連れ出したりしないでよ！　ほかの人だけで行けば」

ぼくはあきらめた。

「心配するな」ファドをなだめた。「そんなことにはなんないと思うよ」

ムサとエマンがそろって帰ってきた。ムサは、モスクから病院にまわったのだ。ぼくはジリジリしながら待っていた。ナディアは本当にだいじょうぶなんだろうか？　イギリス行きの話、ぼくの聞きまちがいだったとか？　どうしてみんな、なかなか帰ってこないんだろう？

やっと帰ってきたとき、二人の顔を見て、これはまずいな、と思った。

「ナディアは持ちこたえてるわ」エマンが、コートのボタンをはずしながら言った。「でも、まだ、危険を脱したわけじゃない」

ぼくはギョッとした。もう山は越えたとばかり思っていた。

「あのイギリス人のドクター、あれでいいのかね？」ムサが言った。「あの医者に何がわかる？心臓の専門医じゃないんだぞ」

ぼくにはよくわからない。ドクター・ジャンのこと、ぼくは信頼しているが、たぶん、ムサみたいに疑ってかかるほうがいいのかもしれない。

「母さんはね、ものすごく後悔してる」とエマン。「ナディアの様子がおかしいって、気づくべきだったって、言い続けてるわ。ナディアのそばを離れたくないんですって。でも、今晩はここに帰るように、説得してきた。母さんにまともな夕食を作ってから、今晩はあたしが病院に泊まる。そうすれば、母さんもここで、少しは眠れるでしょ」

「会えたの？　ナディアに？」ぼくが聞いた。

「ドア越しにね。近くには行かせてくれないの。すごくちっちゃく見えてね、オマル。細い腕をチューブにつながれて……」

エマンは続けられず、涙をぬぐった。ぼくは、トレーラーハウスの中にいるのに耐えられなくなった。

「パンの配給、もらってくる」とぼく。「おいで、ファド。学校に送ってやるよ」

その日は、長い一日だった。ぼくは、いつもの雑用をこなした。石油缶に水を満たし、パンの行列に並び、配給センターで一週間分のレンズ豆と米とパスタをもらってきた。

ようやくトレーラーハウスにもどって荷物を運び終えると、ぼくより早く母さんが帰っているのに気づいた。母さんとムサがトレーラーハウスのまんなかで顔をつきあわせて立っている。ぼくは、二人の大げんかの真っ最中に鉢あわせしてしまったのだ。

「臆病者のまねをして、イギリスに逃げるなんて、おれたちのすることじゃない」ムサが叫んでいる。「おれたちは、シリアの革命に貢献すべき！　祖国に帰る努力をすべきなんだ！」

「何が祖国よ？」母さんが言い返した。「祖国なんてないじゃないの！　ダルアーへの仕打ちを見たでしょう？　それにボスラも。あんたはナディアに、命を救ってくれる手術を受けさせたくないの？　妹のことは心配じゃないの？」

ムサの顔が真っ赤になった。

「もちろん、心配だよ！　でも、あのイギリス人の女医のこと、母さんはどれだけわかってるの？　あの人が、優秀な医者だったら、どうして、このザータリ・キャンプなんかで働いてるの？　おれは、信用しない」

「なら、どうしろって言うの？」母さんは手を腰に当て、顔をつき出している。「戦争のまっただなかに飛びこんで、ダマスカスの子ども病院まで、えんえんと旅をしろとでも？　たどりつくまでに、みんな死んじゃいますよ」

「ちょっと立ち止まったほうがいい」とムサ。「とりあえず、セカンドオピニオンをもらうべき。インターネットで調べてみる。ナディアがちゃんと回復するまで、旅行はできない。その間に、ほかの選択肢はないか考えればいい。エマンのネックレスがまだ手もとにあることを、お忘れなく。あれで、外科医へのしはらいもできる。心配しなくていいよ、母さん。どうすればいいか、おれがきめるから」

「とんでもない！」母さんが爆発した。「あんたが何もかもきめるなんて！　これまで男どもは——聞いてるの？——いやというほど、自分勝手に物事をきめてきた。ドクター・ジャンがわたしたちをロンドンに送りこんでくれれば、子どものための世界一の外科医が、あんたの小さな妹の命を救ってくださるの。それから、あんたのお姉さん！　エマンのことを考えたことあって？　あのネックレスは、わたしたちがもらったものじゃないのよ。エマンのものです。ネックレスをどうするかきめられるのは、エマンだけ」

ぼくは、片方の靴を脱いだものの、もう一方ははいたまま、みじろぎもせずに立っていた。あんまりびっくりして、動くこともできない。ムサもショックを受けているのがわかる。

「もちろん、おれだって、姉さんや妹にとっていちばんいいことをしてやりたいよ」ムサの番だ。「でも、イギリスに行ったら、おれたちは、山ほどいる難民の中の一家族さ。チャリティーにすがって生きる難民。イギリス人が、アラブ人やイスラム教徒のことを、何て言ってると思う？　おれたちはみんな、気の狂ったテロリストだと思ってやがる。よく考えてよ、母さん！　おれたちはシリア人なんだ！　自分の国の近くにいなくちゃ。プライドを持たないと——」

「プライド?」母さんがいきり立ってさえぎった。「ここにとどまればプライドが保てるとでも?　このトレーラーハウスはどこから来たと思ってるの?　チャリティーじゃないの!　オマルが今日もらってきたパンは、どこから来たの?」

二人がそろって、ぼくのほうを見た。ぼくは両手をあげてあとずさり、もう少しで脱ぎ捨てた靴につまずくところだった。

「チャリティーですよ!」母さんは、ほとんど、わめいている。「どっちにしても、もうおそいわよ、ムサ。ドクター・ジャンには、お願いしちゃったんだから。もう国連難民高等弁務官事務所に連絡を取ってくださった。そこが、わたしたちのために、亡命希望者用のビザを申請してくれる。ドクター・ジャンが、緊急事態だと言ってくださったの。あなたが、外国の女医さんにこれ以上失礼なことを言う前に話しておきますけど、看護師の一人が、ドクター・ジャンのことをくわしく教えてくれたわ。あの方は有名な小児科医で、このキャンプでは無償で働いていらっしゃるそうよ、チャリティーでね」

母さんが口をつぐんだ。

ムサはだまっていた。それから首をすくめ、立ち去った。

母さんが大きく息をついた。母さんの勝ちだ。力んでいた母さんが、空気のぬけていく風船のように、少しずつ平静になっていくのがわかった。ぼくは、家族が大きく変わる現場を見たな、と思った。ムサは、受け継いだばかりの王座を明けわたし、かわりに母さんが物事をきめる役目をになったのだ。

＊

それからの数週間に、ヨルダンに来てから続いていた生活が、がらりと変わった。エマンと母さんは、かわるがわる入院中のナディアにつきそった。ナディアはだんだんによくなっているが、旅をするには、まだまだかかりそうだ。ぼくもナディアに会いに行ったが、そのたびに緊張した。ナディアの体力がなさすぎて、いつものように遊べない。にらめっこして笑わせても、すぐ咳こんでしまうので、悪いことしたような気になる。ムサのほうが上手に遊んだ。ナディアのベッドのそばに腰を落ち着けて、お話をしてやる。ナディアがとちゅうで寝てしまっても気にしない。

ドクター・ジャンが進めてくれている手続きは、がっかりさせられることもあれば、ワクワクすることもあった。もうすぐロンドン行きの飛行機に乗れると思うこともあれば、次の日には問題が起きて、もう永久にザータリ・キャンプから出られないかも、というほどの事態におちいった。

ナディアが退院した日は、ザータリ・キャンプに来てからいちばんいい日だった。家族そろって、ナディアをむかえに行った。母さんが、こわれやすい陶器の器を運ぶときのように、そっとナディアをだいた。エマンとぼくが、母さんのバッグとナディアの着がえを持って、両わきを歩き、ムサとファドが後ろに続いた。しばらく雨がふらなかったので、ぬかるんでいたところも固まりはじめている。気温も高くなってきた。間もなく、洪水やヘドロに悩まされることもなくなるだろう。そのかわり、いまいましい砂漠の砂が、渦を巻いた土ぼこりとなっておしよせるはず。

看護師たちとドクター・ジャンが、ナディアにさよならを言いに外に出てきてくれた。ナディアは入院中に、すっかり人気者になっていた。ぼくたちが、いよいよ病院をあとにしようというとき、ムサが前に進み出た。咳ばらいをして、できるかぎりはっきりと話し始めた。

「母と家族一同を代表し、妹に最良の治療をしていただいたことに、心から感謝いたします」

ムサが話し終えると、母さんがドクター・ジャンにかけより、先生の首に両腕をまわした。二人は立ったまま、しばらくの間、笑ったり泣いたりしていた。

トレーラーハウスにもどると、近所の人たちが待っていてくれた。ウンム・アリは、どこで手に入れたのか、ケーキを持っている。みんながナディアを取り囲んで、なでたり話しかけたり。ぼくは一瞬、もうすぐザータリ・キャンプを出ていくのが、なんだか申しわけなくなった。本当にここの住民なんだ、って気がした。

その翌日、ぼくたちのビザがとどき、そのあと、みんなの航空券もとどいた。出発まで、あと七日、あと六日、あと五日になった。荷造りに関して心配する必要はない。持っていくものは、何もないに等しい。でも、考えなければならないことはあった。そのリストのいちばん上が、リアドのことだ。

ぼくが、ここを出ていくことになったと話すと、リアドはワッと泣き出した。

「行っちゃダメ！　おれをおいて行かないでよ！」リアドは、むせび泣き、しゃくりあげながら言った。

リアドはぼくについてまわった。まるで犬のように。うっとうしいが、いじらしくもある。そんなリアドを、どうしたら立ち直らせてやれるか、考え続けていたが、いい考えは浮かばない。ところが、ぼくたちが出発を翌日にひかえた日、リアドは自分で立ち直るきっかけをつかんだ。

ぼくはシャンゼリゼに向かっていた。アブー・ラドワンの店を引き継いだ新しい店主に、ぼくたちの携帯とムサのラップトップを充電してもらいたいと、たのむためだ。リアドは、いつもどおり、影のようにぴったりとくっついてくる。それが突然、かけ出して角を曲がって行ってしまった。ぼくは、トレーラーハウスの迷路に入って見失う寸前に、リアドの襟をつかむことができた。

「どこに行こうとした？」

「かくれてるんだよ！　あの店の前は通れない。おじさん――あの人に見つかっちゃう」

「だから？」

「そいだから、あの人に見られちゃ困るの」

やましい顔だ。ぼくは眉をひそめた。

「あの人から、何か盗んだな？」

リアドはしぶしぶうなずいた。

ぼくはリアドの体をゆすった。

「リアド、おびえながら暮らすのは、やめなくちゃ。今から、おまえはべつの人になる、いいね？　まじめな子になったんだぞ。やり直そう」

「うん、でも、オマル――あのおじさんは、そんなこと知らないよね？」

「見つかったら困る店は、何軒ある？」

「一軒か二軒。三軒か四軒。もっとずっと、本当はね。たいていつかまらなかったんだけど、あのおじさんにはつかまった」

「いつまでもかくれてるわけにはいかないよ。何とかしなくちゃ」

「どうすればいい？　あの人につかまったら、ボコボコにされちゃう」

「そんなことはしないさ。ちゃんとやれば、だいじょうぶ」

「じゃあ、どうすればいいのさ？」

ぼくは、リアドのやせた、心配そうな顔を見おろして、やめときゃよかったと思った。なぜ、こんな腕白小僧のめんどうを見る気になったんだろう。そのリアドが、期待に満ちた犬のように、ぼくをじっと見つめている。

「よし、リアド。よく聞け。今からおまえに、二つのことを言う。ぜったい忘れるな」

リアドが、こくりとうなずいた、真剣な顔つきで。

「正直は最良のポリシー。これがいちばんめ。その意味は、嘘をついたり、盗んだり、だましたりしちゃいけないってこと。ビジネスマンには、特に大事。ぼくのあとについて言ってごらん。『正直は最良のポリシー』。さあ続けて」

「正直は最良のポリ――ポリ――何だっけ？」

「ポリシー。いちばんいい生き方ってこと」

「わかった。もうひとつは？」

「悪いことやまちがったことをしたら、あと始末をすること」

リアドは一歩、あとずさった。

「マジで……？」

「そう、マジで。そのおじさんのところに行って、あやまらないと」

リアドが逃げ出すかまえを見せたので、腕をしっかりつかまえた。

「そんなの無理だよ、オマル！　殺されちゃう！」

ぼくは、できるだけこわい顔をしてみせた。

「何を盗んだ？」

「ヘアクリップをいくつも、妹たちに。ほかのものも二、三個」

ぼくは、悲しそうな顔で首をふった。

「おまえはほんとにバカだね、リアド。ケチなヘアクリップのために、犯罪を犯したんだぞ?」

リアドが、怒った顔をした。

「犯罪なんてひどいよ、オマル。それに、きれいなヘアクリップだったもん」

「盗みは犯罪さ。人のものを盗むことを泥棒という。おまえは泥棒だ。そうだろう。さあ、始めよう」

ぼくはポケットを探って、大切なコインをいくつか取り出し、リアドの薄ぎたない手の中におしこんだ。それから、リアドの背中を軽くおした。

「行け」

「行って、どうすんの?」

「行って告白しろ。何をしたか話して、あやまって、お金をわたすんだ」

ぼくはまた、リアドをつかまえた。そうでもしなければ、逃げ出しただろう。

「いやだ!」リアドがわめいた。「かわりに行って、話してきてよ!」

ぼくはリアドを自由にして、両手をあげた。

「そんなことはしてやんない、リアド! 引っぱっていくこともできない。いい人間になりたければ、自分で行くしかない」

リアドはきたない足を見おろした。ビーチサンダルの上で、指をモジモジさせている。

「どんなふうに言うわけ？」

「自分で考えなくちゃ！　行け。後ろからついてってやるから」

あのときのリアドには舌を巻いた、正直言って。リアドは肩をいからせ、胸を張って、毅然とした態度で店の前まで歩いて行った。店主がふり向き、リアドの顔を見た。店主は大柄で意地の悪い顔で、見るからに恐ろしい。櫛やローション、ヒジャブ用のしゃれたピンを飾ったカウンターに、マニキュアの瓶を並べている。

「すみません、おじさん」リアドが、恐る恐る声をかけた。

店主がリアドを見おろした。

「おまえだな！」店主が恐ろしい声でかみついた。「また来たのか、チビ盗人？　この店の物にちょっとでもさわったら、その頭をむしり取ってやるからな！」

リアドはひるんだが、ふんばった。

「聞いてください、おじさん――おわびに来ました――そいで、おれが持ってった分、はらいます」

店主が鼻先で笑った。

「どうせ悪だくみだろ？　そんなにはらえるのかよ、クリームやシャンプーやリップスティックや――」

「それは、おれじゃない」とリアド。「フーリガンのほかの子たちの分」

「だれだって？」

「おれの分は、妹たちのためにヘアクリップ三個と、母ちゃんのために爪やすりとプラスチックのバラの花だけ」リアドがふるえる手で、ぼくのコインを差し出した。店主はしぶしぶ受け取り、裏と表をよくよく見てから、ポケットに入れた。

「じゅうぶんだ……ただ」店主が、まだ疑いが晴れないというように言った。「だいたい、なぜこんなことをする？」

「こうしたのは」リアドがていねいに説明し始めた。「正直なのが最良のポリ――ポリ――」

「ポリシー」ぼくが助け舟を出した。

店主が首をまわして、ギラギラした目でぼくを見た。

「見覚えがあるな」

「アブー・ラドワンのとこで働いてました」とぼく。「電気工の見習い中だったんです」

店主がうなずいた。店主の目は思ったほどこわくないな、と思い直した。

「アブー・ラドワンってのは、いいやつだ。出ていったそうだな」

「はい」とぼく。「ぼくも同じく。家族といっしょに。もうすぐ」

店主が、よくわからんという顔をした。

「じゃあ、この子とおまえは、どういう関係なんだ？」

「おれの従兄(いとこ)」ぼくが答える前に、リアドが、どうだいという声で言った。

ぼくはリアドを小づいた。

「正直に、リアド、覚えてるだろ?」

「本当の従兄じゃないって、わかってるよ、オマル、でもそうだったらいいな。オマルがここにいてくれたら、ほんとに、ほんとにいいんだけど」

店主が、ほかのことに注意を向けそうになった。

「ぼくが力になってやってるんです」ぼくはあわてて言った。「こいつ、根はいい子で、お父さんが死んじゃって、お母さんは一人で困(こま)ってて、小さい妹が三人もいるんです」

「このキャンプには、そんな人、わんさかいるって」店主は、同情(どうじょう)する気配もなく言った。

店主は子ども用アクセサリーの箱をやぶいてあけ、カウンターの上に並(なら)べ始めた。

リアドはそれを、冷ややかな目で見ている。

「その小さいピンクのブレスレット、いちばん前に並べれば」リアドが言った。「ちっちゃい子にも見えるように。そうすれば、母さんに、買ってよーって、せがむと思うよ」

店主がリアドにするどい目を向けた。

「おまえ、こういうの、好きなのか?」

リアドは物言いたげな顔だ。

「うん、きれいなもんはいいよね。この店って、いいもんばっか」

店主がまた顔をしかめた。

「それが売れんのだよ。金を持ってるヤツがいないから」

リアドの頭の中をかけまわっている考えが、ぼくにはだいたい読めた。

「お金がないだけじゃないってば、おじさん」とリアド。「おれの母ちゃんみたいな女の人って、ちっちゃい子どももいて、シャンゼリゼまでなかなか来られないんだよ。でも、おれが、売れそうなもんを箱につめて、それを手ごろな値段(ねだん)で買い取って、おれんちのほうのトレーラーハウスをまわって売れば……そしたら、おれもおじさんも、ちょっとはもうかるんじゃないかな」

ぼくはこらえきれずに、笑い声を立ててしまった。

「リアド、品物の入った箱を買うお金は、いったいどうするのさ？ 一セントも持ってないくせに」

「盗(ぬす)むのさ」店主が腹立(はらだ)たしそうに言った。「一度泥棒(どろぼう)をするとな……」

「盗んだりしないよ」リアドが熱心に言った。「おれ、べつの人になったんだもん。まじめな子になって、やり直す」

店主の頬(ほお)が引きつった。

「で、おまえの従兄——じゃないこの兄ちゃんが言ったこと、聞いただろ？ 盗まずに、どうやって、お金を手に入れる？」

リアドがぼくに、にんまり笑ってみせた。

「オマルからお金、借りるのさ」

そうくると思った。

「で、いつ返してくれるの？」とぼく。

「まだ。まだ無理。でも、いつか返す、オマル、約束する。母ちゃんにわたさない分は、どんどん貯金する。そいで、シリアの家に帰ったら、女の人が使う、こういうきれいなもんをたくさん売る店、やるんだ。それから家を買って、ずーっと母ちゃんのめんどうを見る」

ぼくはハッと息をのんだ。リアドが描いている夢は痛いほどわかる。小さいころのぼくが、ここにいる。薄っぺらな絵葉書の束を前にして、空想にふけっていたぼく。リアドはトレーラーハウスをまわったところで、ほんの数セントしかかせげないだろう。でも、リアドにやめとけなんて、だれが言える？

「よし」ぼくは、ふくれっつらをしながら言った。「貸してやるが、ひとつだけ条件がある。学校に行って、読み書きと計算を習うこと。で、いくら貸せばいい？」

トレーラーハウスにもどってみると、ムサが一人、ぽつんとしていた。

「母さんはナディアをモスクに連れてった」ムサが言った。「エマンは学校に、ファドをむかえに行ってる。ぼくのラップトップ、充電してくれた？」

「ひと財産すっちゃったよ。ここではみんな、ぼくのこと、億万長者だと思ってるみたい。充電のお金、いつはらってくれる？」

ムサがニッと笑った。

「オックスフォード大学で政治学の教授になったらな」

「夢の中の話だろ、どんくさ」

ムサが肩をすくめた。

「手に入れたばっかだろうが？　夢を」

外で話し声がした。エマンが帰ってきたのだ。

「ムサ！」エマンが声をかけた。「出てきて。フーリガンたちがムサに話があるって」

ファドがトレーラーハウスの中に入ってきた。紙の束をしっかりかかえている。

「先生が、ぼくの絵をぜんぶ、イギリスに持っていきなさいって」ファドは鼻高々だ。「見てよ、オマル」

ぼくは最初の一枚を手に取った。戦車の機関銃から黄色い光の線がのびている。戦車の前の赤い海には人がたおれてる。

「これ、いつ描いたの？」とぼく。

「来たばっかのとき、かな。見て、これ、きのう描いたんだ。先生が、すばらしいって」

ぼくは、何の絵か解明しようと、目から離して見た。

「飛行機、だよね？」

「あったりまえだろ！　翼、わかんないの？」

「窓の中にいるのは？　うちの家族？」

「そうだよ、バカみたい」

「すみのほうにいる馬は、何してんの？」

「馬が好きなんだもん。ネコも。ウサギも」

絵をファドに返しながら言った。

「みんな、とってもいい絵だね、ファド」

「イギリスの学校でも、絵を描かしてくれるかな？」ファドはちょっと心配そうだ。みんなどうして、ぼくに答えられない質問ばっかしてくるんだろう。

でも、ぼくは大きな声で言った。

「もちろんさ、ファド。サインペンとか、いろんなもんでね」

外で、コブラが甲高い声で叫んでいる。

「お話してー、ムサ！」

ファドが絵を放り出して、ドアのほうにかけていった。ドアを閉めないで出ていったので、ムサが外のふみ段に腰をおろしているのが見える。フーリガンたちがムサを囲んでしゃがんでいる。

「むかしむかしあるところに」ムサが始めた。「信じられないくらいハンサムな王子さまがいました。脳性麻痺で、おもしろい話し方をするので、何を言っているのかわかるのは、特別な人だけでした」

「そんなのお話じゃない！」ウルフが大きな声で言った。「自分のことでしょ。もっとちゃんとしたお話して」

「わかったよ。むかしむかしあるところに、ものすごく狂暴で危険なフーリガンがいました。フーリガンたちは、世の中のためになるすばらしい行いをすることにしました。タイガーや、ウルフや、ライオンが――」

「コブラも！」コブラが甲高い声で抗議した。

ムサがコブラのほうに、指を立てて左右に動かした。

「じゃますんな」

少年たちはうれしそうにソワソワしていたが、やがて口をポカンとあけたまま静まり返った。お話が続いている。

ぼくたちは、ほとんど物がなくなったトレーラーハウスで、いつもとはちがう最後の食事をした。母さんは、残っていた配給の食糧を、みんなウンム・リアドにゆずった。鍋や、お皿や、スプーンやフォーク、バケツ、缶に入った水、国連がくれた料理用コンロもいっしょに。

でも、近くに住んでいる人たちが、山のようなごちそうを持って来てくれたので、キャンプに来てからいちばん豪勢な夕食になった。

朝の五時までにメインゲートに行って、アンマンの空港まで連れてってもらうことになっている。空港には七時半には着く予定。いくつかのバッグに荷物をつめ終え、母さんとエマンが洗濯してきれいにしてくれた服は、すぐ着られるように準備してある。

「少しは眠っておかないとね」母さんはあくびをしながら、ナディアをだいて横になった。「携帯電話の目覚ましを四時にセットしてあるから」

ぼくも横になり、毛布をかけた。眠れないまま、トレーラーハウスの上のほうについている小窓から、月の前を雲が横切っていくのを見つめた。となりのマットレスでは、ムサがしきりに寝返りを打っている。

「起きてるの？」ぼくは眠るのをあきらめて、ささやいた。

「あったりまえさ」

「ロンドンまでの飛行時間、どのくらいかな？　知ってる？」

「五時間くらい」

「てことは――えーと――あと十一時間たったら、ロンドンにいるわけ？」

「よくできました、天才」

ぼくたちはしばらく、だまりこんだ。

「ムサ」しばらくして、ぼくが口を開いた。「イギリスに行くのは、自分たちの義務から逃げ出すことだって、まだ思ってる？」

「もちろん、おれたちは逃げる。でも、もう手おくれ。ナディアのために行くしかない。それはもう、納得した」

トレーラーハウスの向こうのはしで、ゴソゴソ音がした。かすかな月明かりの中で、エマンが起きあがっている。

「二人で、何をボソボソ言ってるの？」

ぼくも起きあがった。

「二人とも眠れないんだ」

「あたしも」

「じゃあ、こっちに来れば」

ぼくのマットレスの上に、エマンとムサも座れるように、場所を作った。膝をかかえて、三人並んだ。

「ムサ、あたし、ナディアの手術をここで受けさせるしかなかったら、あのネックレスを売ろうと思ってた。わかってるわよね？」エマンが言った。

「わかってるって。母さんの言うとおりだ。あれは姉さんのもの」

「でも、母さんとあんたで、変なことたくらんじゃ、いやよ。ロンドンで最初に会ったシリア人と結婚させようなんて」

「どうしてわかった?」とムサ。「姉さんを追い出すのが、おれの人生最大の目的なのさ」

エマンがムサを小づき、つんのめったムサを、ぼくが引っぱり起こした。

「少なくとも、姉さんと結婚したいって男たちが、行列を作るんだろうな」とムサ。「はっきり言って、ぼくに目を止めてくれる女の子なんて、現れっこないけど」

「そんなことないって」ぼくは、ちょっといきおいこみすぎた。「兄ちゃんて、頭がいいじゃん。女の子もきっと——」

「やめろったら、オマル」ムサが強い口調で言った。

ナディアが咳をした。母さんが半分目を覚まし、ブツブツ小声で言いながら、ナディアをだきよせた。

「あんたたち、こわくない?」エマンが小声で言った。「あたしはこわい」

「おびえまくってる」とムサ。

「崖っぷちから見おろしてる感じ」とぼく。「底が見えない」

空をおおっていた黒い雲が消え、トレーラーハウスの中に月の光が煌々と差しこんだ。

「今、何時?」ぼくが聞いた。

エマンが光のほうに腕時計をかたむけた。

「四時五分前。起きなくちゃ。いよいよね」

エマンが手をのばして、ぼくの手をにぎった。ぼくは、もう一方の手でムサの手をにぎった。「ぼくたち、イギリスでうまくやっていけるかな?」ぼくが小声で言った。「向こうの人、ぼくたちを受け入れてくれるだろうか?」

二人から、答えは返ってこなかった。

最後に――作者からの手紙――

本書『はるかな旅の向こうに』は、シリアの壊滅的な戦争をくぐりぬけて生きた、一人の少年と家族の物語です。すべての戦争と同じく、シリアの戦争も、人々にたいへんな苦しみをもたらし、町や村を大々的に破壊しました。その結果、多くの人々が安全を求め、故郷からほかの国々に逃れていきました。紛争の中で、いちばん残酷なのが内戦です。同じ国民がたがいに戦うのですから。隣人と隣人、政府と一部の国民が戦うのです。

何年か前、私はレバノンに住んでいました。深刻な内戦のさなかで、多くの町が破壊され、おおぜいの人が命を落としました。暮らしが崩壊し、家族が恐怖の中で暮らしているさまを、私はこの目で見てきました。

シリアの状況がどんどん悪くなり、絶望した難民が安全を求めて海をわたり、ヨーロッパを目ざすようになっています。私は、多くの人たちと同じく、何かしなければ、と思うようになりました。数えきれないほどの人たちが、かかえきれない悩みに、打ちのめされているように見えます。私は、難民の長い列をながめるだけではなく、一人一人の顔を見たいと思いました。彼らがどんな思いをしているか、理解するために。

そういうわけで、ザータリ難民キャンプとアズラク難民キャンプで、教師と若い指導者を対象にした作文教室を開かないかと誘われたとき、すぐに承諾しました。参加者はみな、故郷シリアを離れなければならなかった人たちで、私を温かくむかえてくれました。私は彼らの勇気と忍耐に深く心打たれました。彼らと話をするたびに、またキャンプの外の困難な状況の中で暮らしているシリア出身の人たちに会うたびに、何か私にできることはないかと聞いてまわりました。すると、自分たちのことを書いてほしいと言うのです。それがきっかけとなって、オマルとオマルの家族が、私の心の中に姿を現し始めたのです。

この物語を読み終えた方々は、オマルとムサとエマンは、この先どうなるのだろうと思われたかもしれません。イギリスでの新たな生活はうまくいくのだろうか。人々は彼らを歓迎してくれるだろうか。新しい学校に入れるのか。落ち着いて、夢を実現できるように手を差しのべてもらえるのだろうか。

このような質問に答えを出していくのは、実は、みなさん自身なのです。

では、私たちに、どんな手助けができるでしょう?

ヨルダンに滞在しているあいだに、私は大きな支援団体の仕事を見てきました。その仕事ぶりはすばらしく、支援の価値はじゅうぶんあります。その一方で、地元の小さなチャリティー団体のネットワークが、感動的な活動をしているのにも出会いました。それは、マンダラ・トラスト THE MANDALA TRUST というネットワークです。彼らはシリア難民のさまざまな格差を埋め、必要に応じてすばやく効率的な手助けをしています。

その取り組みのひとつに、教育を受ける機会を失った難民の子どもたちのための学校があります。希望の学校と名づけられています。二〇一七年現在、七十五人の子どもたちが、またとない教育の機会を得ています。子どもたちは学校で使うあらゆる物を必要としています。教科書と机、紙と鉛筆、絵本や図鑑、ホワイトボードなど、あらゆる種類の備品です。もちろん、先生方の給料にあてる資金も必要です。ちなみに、先生方も全員、難民です。

くわしいことは、私のウェブサイト（www.elizabethlaird.co.uk）から、「希望の学校」（WELCOME TO NOWHERE & THE HOPE SCHOOL）のページを見てください。子どもたちの様子や、今、何を必要としているか、最新情報がわかります。また、この学校のために、あなた自身が資金集めをするにはどうしたらいいか、どこにお金を送ればいいかも、のっています。あなたも、戦争によって人生が激変してしまったオマルやムサ、エマンやファドのような子どもたちを、直接、手助けできるのです。

エリザベス・レアード

*本文中、差別的な用語が使用されている部分がありますが、作品の性質上、そのままといたしました。

著者：エリザベス・レアード Elizabeth Laird
イギリスの作家。夫の仕事の関係で、エチオピアやレバノンに長期滞在した経験を持つ。パレスチナの子どもたちを描く『ぼくたちの砦』、エチオピアのストリート・チルドレンを描く『路上のヒーローたち』、内戦下のレバノンを舞台にした『戦場のオレンジ』（いずれも評論社）など、問題作を次々に発表している。

訳者：石谷尚子 Hisako Ishitani
翻訳家。上智大学文学部英文学科卒業。おもな訳書に『イスラエル 永遠のこだま』（ミルトス）、『ママ・カクマ—自由へのはるかなる旅』『ぼくたちの砦』『路上のヒーローたち』『戦場のオレンジ』『世界一のランナー』（いずれも評論社）などがある。NPO法人難民自立支援ネットワーク理事長。

はるかな旅の向こうに

二〇一七年十二月二〇日　初版発行

◆著者　エリザベス・レアード
◆訳者　石谷尚子
◆発行者　竹下晴信
◆発行所　株式会社評論社
〒162-0815 東京都新宿区筑土八幡町2-21
電話　営業〇三-三二六〇-九四〇九
編集〇三-三二六〇-九四〇三
◆印刷所　中央精版印刷株式会社
◆製本所　中央精版印刷株式会社

乱丁・落丁本は本社にておとりかえいたします。

ISBN978-4-566-02456-4　NDC933　p.372　188㎜×128㎜
http://www.hyoronsha.co.jp

エリザベス・レアードの本

石谷尚子／訳

ぼくたちの砦

イスラエル占領下のパレスチナ。ガレキの山を片づけてつくったサッカー場が、ぼくたちの「砦」だ。いつか自由を、と願いつつ、希望をもって生きる少年たちの物語。

路上のヒーローたち

エチオピアの首都アディスアベバ。さまざまな理由から家をはなれ、路上で暮らす少年たち。誇りを失わず、けんめいに生きるストリート・チルドレンを描く問題作。

戦場のオレンジ

内戦のつづくベイルートの町。十歳のアイーシャは、大切なおばあちゃんの命を救うため、敵の土地に入りこむ。少女の勇気ある行動が大人たちを動かして……。静かな感動を呼ぶ物語。